WUAN ZHI HAI

无岸之海

温亚军 / 著

时代出版传媒股份有限公司
安徽文艺出版社

图书在版编目（CIP）数据

无岸之海/温亚军著.--合肥：安徽文艺出版社,2021.9
（温亚军作品）
ISBN 978-7-5396-7184-0

Ⅰ.①无… Ⅱ.①温… Ⅲ.①长篇小说－中国－当代
Ⅳ.①I247.5

中国版本图书馆 CIP 数据核字(2021)第 055680 号

出 版 人：段晓静	
责任编辑：张星航	装帧设计：褚 琦

出版发行：时代出版传媒股份有限公司　www.press-mart.com
　　　　　安徽文艺出版社　　www.awpub.com
地　　址：合肥市翡翠路 1118 号　　邮政编码：230071
营 销 部：(0551)63533889
印　　制：合肥创新印务有限公司　　(0551)64456946

开本：880×1230　1/32　印张：11　字数：200 千字
版次：2021 年 9 月第 1 版
印次：2021 年 9 月第 1 次印刷
定价：45.00 元

（如发现印装质量问题，影响阅读，请与出版社联系调换）

版权所有，侵权必究

如果你仔细去看,兵营在所有当过兵的人一生旅程中,确像一个码头。兵们从这里上岸,驻足,作长久的停留,然后,又从这里上路,各奔东西。

风一刮起来,树叶发芽的时候,新兵该下中队了。
树叶开始落了,老兵该复员了。
一批老兵从塔尔拉走了,一批新兵又到塔尔拉来了。
塔尔拉就像一个码头,迎来了一批批新兵,又送走了一批批老兵……

A1

叶尔羌河像一截马肠子,弯弯曲曲地穿行于塔克拉玛干沙漠的边缘,河流到西北角的荒滩上,突然像人的胳膊一样弯曲过来,绕了一个大圈子,圈子里面就留下了一个方圆几百公里的岛屿。

　　这个岛屿就是塔尔拉。塔尔拉像一个圆头圆脑的孩子,安安静静地躺在叶尔羌河宁静的臂弯里。叶尔羌河静静地注视着她怀里的这个孩子,无论她是丰满还是枯瘦,她都以宽大的胸怀、无比的耐心接纳和倾听着发生在塔尔拉的每一个故事。她把塔尔拉的每一个故事都深深地藏在心里,又不动声色地将这些故事连同塔尔拉祖祖辈辈人的希望和幻想,还有他们的痛苦和忧伤,一齐裹挟着,奔向很远很远的地方……

　　塔尔拉。

　　无论用什么方言念着这个地名,都会认为是外国一个不起眼的地方。

　　叶纯子第一次听到这个地名,是在四川攀枝花市的一家鲜花店里。过后,叶纯子怎么也不会想到,就是这个念起来有点别扭有点异国风情味道的名字,从此就根植在了她的心中,与她结下了不解之缘,使她的人生有了巨大的改变。

　　在后来所有的日子里,叶纯子也没有搞明白,塔尔拉这个与自己丝丝相连的真实含义到底是什么。

　　叶纯子是随新兵一起来到塔尔拉的。因为她所认识的吕建疆今年在新兵连里担任指导员,只有等到在喀什驻训的新兵连训练结束了,才能让她来到塔尔拉。所以叶纯子就算好日期,在三月底上路来到新疆喀什,没想到这个路程一走就是六天,先是悠悠荡荡三天火车,然后吭吭哧哧又坐了三天的汽车,感觉已经走到了天的边沿,再走就该跌出天的边了,才终于到了那个叫喀什的地方。这一路的艰辛叶纯子还没来得及说,见到吕建疆的第一句话却是:"我没有耽搁看沙枣花吧?"

在叶纯子的印象中,吕建疆永远是一副不苟言笑的严肃样子,这次却给了她一个意外,不但脸上的神情放开了点,还居然腼腆地笑了笑,说:"还早着呢,塔尔拉的春天要到五月份才能到来。"

"怎么可能呢?在我们那里,五月都快是夏天了!"

"你们那里毕竟是你们那里,可这里是塔尔拉。"

吕建疆不好意思地笑笑,好像塔尔拉的春天来得这么晚都是他的过错似的,他小声地说了句:"对不起,塔尔拉会使你失望的。"

叶纯子当时心想,还不至于这么严重吧。

对塔尔拉的了解,除过一年前吕建疆去攀枝花接兵时,在鲜花店和叶纯子的那次偶遇交谈了几句外,再就是后来在两人的信件来往中,吕建疆对塔尔拉的叙述了。虽然在他们的通信中,塔尔拉成了一个很重要的话题,但实际上叶纯子对真正的塔尔拉并不了解多少,她的印象还只是停留在这个具有异国风情的地名,和这个具有异国风情地名的地方那芳香弥漫了整个春天的沙枣花上。

但叶纯子还是不顾一切地来了,在她心里,塔尔拉是一个充满了无穷诱惑力的神秘地方。她就想搞明白,为什么那个当兵的一提到塔尔拉，神情就是那么凝重，目光里充满了让人难以捉摸的内容。也就是从看到那种神情的那一刻起，叶纯子就在心里琢磨，塔尔拉到底是个什么样的地方，为什么会让她仅从这个奇怪的名字上就有种想了解它的欲望？也许是叶纯子骨子里注入了太多的思考，导致了她的固执和好动的性格，所以当吕建疆在信中纯粹是出于一种下意识或者是出于礼节性地说出如果有机会请她到塔尔拉来时，她竟没有一点要客套一下的意思，毫不犹豫地就提笔给吕建疆回信说她要到塔尔拉来。她不顾父母的阻拦，随便捡拾了一下自己的行李，毅然登上了西行的列车。

一到新疆，叶纯子就被新疆粗犷、雄奇的自然环境惊呆了："原来世界上还有这么苍茫、辽阔的地方！"尤其是一看到天山，叶纯子简直不能控制自己奔涌的感情，真想大喊大叫一番，宣泄一下一直积压在胸中的郁闷。叶纯子是一心致力于雕塑和绘画专业的，用她专业的目光来看这个地方，处处呈现出自然主义的美感和艺术的张力。从四川美术学院毕业后，叶纯子就一直没有找到合适的工作。其实她对工作要求不是太高，只要有一个能接纳她、能让她发挥自己特长的地方就行了，可现实总是不尽如人意，她不但找不到一个能施展她才能的职业，而且她还饱尝包括她的亲人在内的许多人情世故的冷暖，为此她一直很苦恼。自从在攀枝花第一眼看到吕建疆，见多了油头粉面、被城市生活捏造得已没有性格的男人的叶纯子，立刻就被吕建疆棱角分明、刚毅的黑脸膛儿吸引住了，她的脑子里当时就闪过了这么一个念头：吕建疆这张脸就是个天然的雕塑模型！待吕建疆一开口说话，他淳厚的音质更是充满了磁性，一提起新疆，吕建疆那种急急忙忙地想一下子将"新疆"这个概念表达清楚的说话方式，使叶纯子对吕建疆还有新疆充满了强烈的好奇。这种好奇心困扰了她好长时间，最后又促使着她，毅然地抛开牵绊她的许多世俗的东西，不顾一切地来到了新疆。

　　在叶纯子眼里，天山是这个地球的脊梁，傲然挺立在中亚腹地，它像一个坚强刚勇的汉子展示着雄性裸露的蓬勃肌体，给人一种力的美感。但天山在许多人眼里，它没有能力撑到天上，就在苍茫的荒野上堆起一座气势非凡的高地，使东方大地从此有了高度，有了一片明净的天空和圣洁的厚土。从此，晶莹的雪再没有消融，冰封千里，承受着阳光的厚度，也吸引了世人的目光，作为仰望，能够掂量出天空下的天山沉甸甸的誓言一般的重量，这些誓言焦灼了千年万年，很难改变，就像人的信念。叶纯子心里这么想着，吕建疆他们在这么远的地方当兵，一定有这样的信念，他们的心态才如此平静，那么自己的信念应该是什么呢？她感到很迷茫。

　　卡车载着新兵一大早从喀什出发，向塔尔拉开进。一路上几乎见不到人影，四周全是一望无际的戈壁滩，浩瀚如海，偶尔出现一些土沙包，连绵起伏，似碧波大海上层层叠叠的波涛一般。卡车行驶在石子铺就的路上，就像一艘小船在浩渺的大海上航行一般，既辨不出前进的方向，也望不到令人振奋的海岸线。

正是戈壁滩这种毫无边际的沉寂,让最初走进塔尔拉的人产生一种进入海洋的感觉。

叶纯子坐在专门留给她的驾驶室里,早被颠簸得头脑发涨,一路上她的胃里都在翻腾,有几次差点就要吐出来了,可到最后又只是一阵干呕,她昏沉沉地斜倚在靠背上。吕建疆和新兵们坐在卡车大厢里,叶纯子看到开车的老兵一副认真驾驶请勿打扰的样子,也不好和他说话,正好饱受颠簸的她也是难受得不想开口,便强忍着不适几乎半躺在座椅上默默地看着前方无穷无尽的戈壁滩。车窗外的戈壁滩始终没有改换它的景色,无论走到哪儿,给叶纯子展示的都是空旷和寂寞。叶纯子心里感叹着,如此广袤的戈壁多少个世纪来远离喧嚣远离繁华,就这样静静地寂寞着、孤独着、偏僻着和荒凉着,它的心中,该是有着一个什么样的梦吧,所以才如此执着如此忍耐!如果换了是人,人能忍受这样的荒凉、这样的寂寞吗?叶纯子转过身向后面望去,她听到从车厢里传来的,在车的震荡中摇晃着的咳嗽声,尽管什么也看不到,可她还是感觉到了一种安慰,心中有了踏实感。戈壁滩毕竟只是戈壁滩,让它永远独自守着秘密好了,只要到了塔尔拉,一切都会像她想象中的那样充满了诗情和画意,会使她大开眼界,让她灵感不断的。叶纯子天真而乐观地想着。

因为塔尔拉在叶纯子的心目中已经被幻想过无数遍,真正快要见到它了,难免心里会激动的。这份激动,使她强撑起疲乏的身子,望着前方和天粘连在一起的茫茫荒原,不由自主地感叹了一句:"这多像大海呀!"

叶纯子就这样走进了塔尔拉,也走进了她的与从前生活截然不同的另外一种生活。

A2

天快黑的时候,卡车像一艘饱经沧桑、已经疲惫不堪的旧船,在茫茫的瀚海中行驶了将近一天时间,终于靠到了码头一般的塔尔拉。

准确点说,塔尔拉就是荒漠中一座小小的孤岛,在渐渐暗下来的天色里,像一个张开臂膀的温暖的家,正等待着外出的人们归来。

早迎接出来的中队长一边大声叫老兵帮新兵们往下搬行李,一边叫值班员吹哨子集合新兵,准备开饭。

营房里一片嘈杂声。

叶纯子从驾驶室里跳了下来,她像一道明亮的闪电,在营区里刺啦一声划过,所有的嘈杂声都被击成碎片,悄无声息地落到了地上,所有的目光都像谁下了口令似的,唰地一下齐齐地都聚到了叶纯子身上。

叶纯子很难为情,要不是夜色遮掩,她真不知道该怎么办才好。

还是中队长老练,在片刻的愣神之后,他迅速走上前来,笑呵呵地握着吕建疆的手说道:"老吕,真有你的,不但带了一帮新和尚,还接来了一位天使,塔尔拉今年可真是交了好运了。"

中队长中等个头,微胖,看上去壮壮实实的,脸有些黑,一双又大又圆的眼睛,特别有神,并且里面包含着很多内容,一看就是个有头脑又干脆利落的人。

第一次见面,叶纯子就感觉到中队长这个人有军人的气质,并且不失风趣。叶纯子就有一种亲切感,她很礼貌地把右手伸出去,对中队长大方地介绍道:"我叫叶纯子,是……吕建疆……的朋友吧!"她一直没有想过该怎样介绍自己,猛然碰上这个问题,思维一下短路,有点语无伦次了。

"知道!知道!我是王仲军,我们对你太熟悉了。"中队长大着嗓门说着,却没有回应叶纯子伸出来的手。

叶纯子的手被冷漠地晾在那里,她有点尴尬地侧过头望了望吕建疆。吕建疆不置可否地笑了笑,就示意中队长快伸手去接叶纯子的手。

中队长依然乐呵呵的,却对叶纯子已经伸出并且一直架着的手好像没看到似的。旁边人一看就明白他这是装出来的。

叶纯子心里咯噔了一下,咬了咬嘴唇,自己悄悄地缩回了手。

中队长扯着嗓子喊了一声:"值班员,集合家伙们去吃饭,不饿是不是?愣看个啥呀?"

值班员集合队伍走了,中队长才转过身来,对叶纯子说:"实在对不起,让你难堪了。这里是塔尔拉,家伙们都在这里看着,我要和你握手,他们会有想法,今夜就得全体失眠了。"

叶纯子听中队长这样一说,觉得有意思,扑哧一下笑开了,心里没有了想法,刚才那手足无措的尴尬也消失得不见踪影了,竟好奇地说道:"没这么严重吧,中队长！我也知道你是三中队的中队长。"

"好,我们算是早认识的老朋友了。"中队长笑着说,"不是我故弄玄虚,过阵子你就知道这些家伙的心理了。"

这时,一个声音从背后传过来:"王仲军,你又在发表什么歪理邪说呢?"

几个人忙回过身来,中队长王仲军对正走过来的发话者说:"政委,我这是给小叶讲咱塔尔拉人的特色呢。"

政委刘新章哼了一声,笑道:"就你那些邪说,塔尔拉的特色都变味了。"

王仲军赶紧给叶纯子介绍:"小叶,这是支队刘政委,我们的直接首长。"

"什么首长不首长的？我是刘新章,是来这儿蹲点的。"刘新章对叶纯子说,"别听王仲军那些说法。小叶,你可是我们全支队都知道的'名人'了,吕建疆到处宣传你,早把你描绘得大家心里都能刻画出你的模样了。这次你能来塔尔拉,可是我们塔尔拉的天大幸事了！"

叶纯子听政委这样说,白了身旁的吕建疆一眼。

不知天色有点暗了,还是吕建疆故意装看不见,他没有理会叶纯子用目光转送来的埋怨,却说:"政委是老塔尔拉人了,可以说他是塔尔拉中队的创始者了。"

"创始者算不上,但这个中队一组建,我就在这里,"刘新章有点感慨地说,"在塔尔拉可不是一天两天了,这种感情是什么也取代不了的！"

刘新章这么一说，大家突然都沉默了。叶纯子一下子感觉到了这些军人一提到塔尔拉，神色都变得特别凝重，心里便想，看来塔尔拉还真不是个一般的地方呢……

还是刘新章打断了这短暂的沉默："都愣着干什么？赶紧让小叶进房子里休息，坐了一天的车呢。"

把叶纯子让到中队部坐下后，中队长王仲军把吕建疆拉到外面的房子，小声说："老吕，你这家伙咋不事先打声招呼？她说来就来了，也没有准备准备。"

吕建疆说："我也没有想到她会来，说来就来了，纯属'突发事件'，也只好把图书室旁边的那间小屋收拾一下，将就将就了。"

"胡说！"王仲军瞪了吕建疆一眼，"人家可是天使，能降临咱塔尔拉，算是咱们塔尔拉的天大幸事，虽是'突发事件'，但咱不能随便处置一下呀，怎么能说将就呢？"

说到这里，王仲军又压低嗓子说了一句："我看这个叶纯子长得还真不赖，川妹子就是水灵，你可别错过这次机会啊！"

"你说什么呀！人家可是奔着塔尔拉来的，说是采什么风，你不知道呀，她可是个画画的，算是个艺术家了，你千万不要胡乱说话。"

"艺术家又咋了？塔尔拉的风多的是，随她采去，可塔尔拉的人也得采采的，人比风实在多了。你可要主动点。"

这时，指导员付轶炜走了进来。付轶炜是三中队的指导员，吕建疆是副指导员。吕建疆在新兵连担任指导员,算是低职高配,因为新兵连是临时单位,新兵训练一结束,集训干部和班长都各回各的单位,恢复原先的职务。付轶炜一进来就说:"老吕,今年你给咱挑的新兵怎么样?"还没等吕建疆回答,又小声说道,"我刚才听说,那个叶纯子来了,快叫我看看,她一定比照片上更漂亮吧!"

王仲军扫了付轶炜一眼,说:"你的用心我知道,你问新兵情况是假的,主要是想看人家叶纯子是吧?这会先别急着看她了,咱俩就一起先去看看新兵吧。"说着,拉着付轶炜就走,嘴里还说着,要叫伙房给叶纯子加两个菜。

王仲军给伙房作了安排后,和指导员来到饭堂看新兵。

十七个新兵一群狼似的围着一大盆汤面条吃得声音乱响,用来盛面条的勺子传来传去一直就没有停过。几个老兵站在旁边笑着欣赏新兵们的吃相,被王仲军轰走了。王仲军对几个老兵说:"有什么好看的?你们原来不也是这样?猪黑笑乌鸦。"将老兵们轰散后,付轶炜转着圈子把每个新兵都看了一遍。新兵们只顾埋头忙着吃,顾不上理会他们身后转圈的人是谁,也有的偷偷用眼睛瞄一下付轶炜,搞不清谁是谁,没有一点反应。

王仲军看着新兵们的吃相,估计饭不够吃,便又到伙房叫炊事员再做些汤面,一定要让新兵们吃饱。

回到中队部,付轶炜对吕建疆说:"你今年带来的这批兵可比去年的新兵能吃多了,一群狼一样。"

吕建疆因为是副职,这几年支队新兵训练,总把他抽到新兵连去任职,所以这几年三中队的新兵几乎都是他带回来的。

吕建疆咽了一口饭,说:"新兵连一到分兵就全乱阵了,今天早上炊事员都顾各自单位的兵了,没有做早饭,中午又没有地方吃饭,一路上就这么来了,好不容易到现在吃上了一顿饭,你说这些新兵能不跟狼一样吗?"

付轶炜说:"分完兵应该到饭馆去吃点饭,家伙们还年轻呢,身体还嫩呢。"

吕建疆说:"我也这么想,但参谋长像吃人的狼一样在后面紧着催,哪还有吃饭时间呀?"

一直听他们说话的刘新章,这会儿接过话来,笑着说:"连参谋长也成狼了,那我就是一匹老狼,说不定还是狼精。"

正在吃饭的叶纯子一直听着他们在说"狼"呀"狼"什么的,这时实在忍不住了,扑哧笑了,幸亏嘴里没有饭,不然非喷出来不可。

"你们说话真有意思,把兵们都比喻成狼,那你们是什么?"

王仲军抢过说:"我们也是狼呀。在塔尔拉这地方,把人比喻成狼不是贬低他,而是找着法子在变相褒扬呢。"

叶纯子看着王仲军说:"这就是塔尔拉表扬人的规矩?"

"是的,塔尔拉有塔尔拉的词典,有一定的特点。"

"我倒要看看,塔尔拉到底和别的地方有什么不同。"叶纯子说着,望着刘新章,"刘政委,我还想从你那里多了解一下塔尔拉呢。我一直不明白,塔尔拉到底是怎么回事,你们一提起来,都像雕塑似的,一脸的凝重,还有深刻。"

刘新章说:"其实也没什么,只是我们在这待的时间长,多些了解罢了。这个地方比较艰苦的。小叶,慢慢地,你对塔尔拉这个地方和人有了了解,就会和我们一样有些认识了。"

王仲军接过来说:"想全面了解塔尔拉,得请教刘政委,他不但是老塔尔拉人,而且认识塔尔拉的开发者,这些建设兵团的老前辈,为塔尔拉付出得太多太多了……"

王仲军说到这里,刘新章叹了口气,说了句:"这块土地厚重啊!"

A3

叶纯子住在指导员付轶炜的宿舍里,这是中队长王仲军的主意,指导员暂时搬到队部去住。王仲军说全中队只有指导员的宿舍最干净了,把最好的住处让给天使住理所当然。指导员也乐意让出自己的宿舍,说如果这位天使能留下来长期住就更好了。他这样说着,故意看了一眼吕建疆,并且很注意地观察着叶纯子脸上的变化。

叶纯子觉察到付轶炜正看着他,也听明白了他的言外之意,就觉得这塔尔拉的人有趣,怎么刚见面就这样开她的玩笑?她的心里慌了一下,脸上却没有表现出什么。为了掩饰自己的慌乱,她含糊地笑了笑,找了个话头说:"我算什么天使呀?我只是一个灰姑娘而已。"

"天使的到来并非这样的恳请,"王仲军说,"而是为了心中一个闪动的念头自然降临,你怎么能说自己是一个灰姑娘呢?"

付轶炜说:"是呀,叶纯子,你是有史以来第一个到塔尔拉来的姑娘,并且是一个美丽的不带任何偏见的姑娘,对我们塔尔拉来说,你就是天使。你看你的到来,都激发出中队长的感慨了,他刚说的那句话像作诗一样。"说到这里,还转过头,表情很认真地问王仲军,"你是从哪里临时背了几句诗歌?今天倒用得恰到好处,用得这么深刻。"

王仲军打趣地说道:"你以为呢,别看咱平时不看那些什么诗歌之类的东西——当然咱也看不懂,但在关键的时候,咱也能来几句高雅的,唬唬人。"

几人哈哈大笑。

叶纯子笑着说:"你们在一起这么快活,真有趣,塔尔拉果然很有意思,看来我这次没有白来。哎,吕建疆,你怎么老在信上给我说塔尔拉枯燥寂寞呢?"

一直没有吭气的吕建疆望了望王仲军和付轶炜,说:"你初次来塔尔拉,对塔尔拉还不了解,时间一长,你肯定会觉得很无聊的。尤其是这里的自然环境一暴露出真面目来,你就知道塔尔拉是什么样子了。"

"那我倒要看看。"叶纯子一脸纯真地说,"我这个人天生就好奇,这次看来收获肯定不会小。"

王仲军叹了口气,点上一支烟,说:"但愿你能有所收获,塔尔拉对外人是很苛刻的。"又转向吕建疆说,"老吕你可要照顾好叶小姐,不然,看我怎么收拾你。"

付轶炜接过话头说:"老吕,我还忘了告诉你,叶纯子到咱塔尔拉来,支队其他的领导也都已经知道了,并且领导们都还为此专门作过研究。刚才我们出来时,刘政委向我作了指示,要你一定照顾好叶纯子,给她提供便利条件。你最近的主要工作,就是为叶纯子做好服务保障,中队的事有老王和我呢。对了,支队给咱们又调来个新排长,干部队伍壮大了,工作上的事你就更不要操心了。你就安心照顾叶纯子吧。"

其实,付轶炜在叶纯子到达喀什的当天,就向支队政治处打了电话,一来他向上级汇报一下叶纯子要来塔尔拉这件事,二来他想征求一下上级的意见,让叶纯子以吕建疆未婚妻的身份能名正言顺地住在中队。因为叶纯子不是吕建疆的直系亲属,住在部队没有正当理由,付轶炜是支部书记,他得注意做这方面的工作。他打过电话不久,在塔尔拉蹲点因为工作问题又暂时回到支队的政委刘新章就把电话打了过来。刘政委听了政治处的汇报后,在电话上告诉付轶炜,同意叶纯子住在部队。塔尔拉的干部找对象难,姑娘都想尽办法往外出走,这会儿要来这么一位天使,她能来肯定是对吕建疆有好感,要吕建疆一定要抓住这个机会,可别扭扭捏捏的,看着这个大好机会白白浪费掉。付轶炜一听政委的那份急切,忍不住当时就笑开了,他一边不出声地笑着还一边在电话上给刘政委解释说叶纯子和吕建疆还没有那层关系。刘政委说:"没有才更要培养嘛,培养了不就有了吗?在这件事上中队干部得帮忙,可以叫叶纯子住的时间长点,长到什么时候,就得看吕建疆什么时候能攻下这个堡垒。"付轶炜故意跟刘政委说:"按规定不是家属来队只能住一个月吗?"刘政委很干脆地回答:"这不是还没有成为家属嘛,特殊情况要特殊对待,不要老抱着那些条条框框不放,该灵活运用的时候还是得灵活些。我在塔尔拉蹲点还有一段时间,看到时能不能在关键时候帮吕建疆使上一把力。"付轶炜因为有了政委这一番话,心里对叶纯子的到来有了底,所以他出门后,又压低嗓门对吕建疆说:"老吕,叶纯子'莅临'塔尔拉可是咱们的一件天大幸事,连刘政委都发话了,这次就看你的了,送上门来的机会可一定要抓紧抓好,千万不能错失良机啊!"

王仲军也说道:"老吕还真有你的,去趟攀枝花接了一次兵,就真攀上了一枝花。叶纯子不但人长得像一朵花,而且看起来心地也不错的,你可不能攻不下来,叫我们几个失望哟!"

吕建疆不好意思地红着脸说:"去你的,你们俩净胡说,人家咋会看上我呢?黑得非洲人似的不说,又待在这荒凉的塔尔拉……"

吕建疆这么一说,几个人就都不说话了。沉默了一阵,王仲军开口说:"塔尔拉的自然环境咱是没有办法改变,但咱们可以从自身的条件来改变。嗯,老吕你还是应该对自己很有把握的,你长相不赖,用时髦的话来说,挺帅的,有型。虽说黑了点,但也只是稍微黑点,比我可是白多了。这个很好办,今后挑选几个更黑点的家伙多在你身边转悠,让他们来做你的陪衬,像我这样的,还有今年的新兵里,我发现那个叫林平安的也够黑的,算他一个,这样一对比,你不就占上风了?对了,老付,你今后最好不要去叶纯子面前晃来晃去的,因为你长得太白了,可别坏了老吕的大事。如果坏了大事，就是我们能放过你，刘政委知道是你坏了老吕的事，他可不一定能饶得了你。"

"哎，这话说得可一点都没错！"这时，从旁边突然多了一个声音。

三个人回头一看，原来是刚从食堂回来的政委刘新章："小吕呀，我们能够帮的是一定尽力，但关键还是要看你自己，你得把这件事当作一件政治任务来完成，你可要给我抓紧了抓牢了，不能让小叶姑娘空着手跑了，就是跑，也得抓着你的爱情跑，不然到时说不定我还给你一个处分。"

吕建疆一听，急了，连比带画地抗议开了："就这样轻装上阵，我都还胆怯呢！政委，您还给我这么大压力，不是让我更力不从心吗？再说，人家也只是来塔尔拉瞧瞧的，也不定就有别的意思呀，看看你们这比我还紧张的……"

刘新章等人就笑开了。刘新章就说："行了，吕建疆，不管你说什么，反正任务我是交给你了，能不能圆满地完成任务，就看你的了。你就给我们的塔尔拉上演一出美丽的爱情戏吧，让叶尔羌河做证，塔尔拉不是只有茫茫戈壁滩，只有令人胆战的苦水期，也有芳香的沙枣花，更有美丽动人的爱情！"

刘新章的话，让王仲军和付轶炜也激动不已。是啊，在这荒凉的戈壁滩上，能够看到美丽的爱情之花的绽放也应该是这偏僻地带的一种幸福吧！

吕建疆看着情绪有些激动的政委，没有说话。在这几个人当中，只有他才能深深理解政委希望他能够给艰苦的塔尔拉带来一段美丽的爱情这段话的含义。

刘新章把目光投向了已夜色浓重的戈壁滩,心中的激情因爱情的话题而迟迟不能平息。这个塔尔拉的老兵多么想让塔尔拉多一些让人值得留恋、值得驻足的人和事啊。

离开塔尔拉后的这么多年,对刘新章来说,可谓平淡如水,虽然他的仕途一帆风顺,从组织股长到政治处副主任,再到主任,一直到政委,没有卡一点壳,一晃,近十年的时光就这样过去了,倒不是说他刘新章感叹时光流逝,自己虚度了这么多年,而是他觉得自己在部队的这些年过得充实,也很顺当,就是太顺当了,他才突然间觉得太平淡,没有起什么波澜,他心里才时常充满了惆怅。这种心态是近两年才有的,可能是随着年龄的增长,自己突然间就变得多愁善感了吧,刘新章经常这样想。当然,还有一种面临的现实问题已经摆在了他的面前,就是该"向后转"了。他已经到了该考虑这个问题的时候了,从发展的情况来看,不是今年,就是明年,他刘新章该转业,离开部队了。从内心讲,刘新章当然不想转业,当了二十多年的兵,要叫他离开部队,脱下这身军装,这种感情是很难割舍的。可部队有部队的规定,像他这种情况的团职干部,全总队有一百多个,可总队副师的位置,只有三个部门的副职,才七八个,并且都有人占着,就是有空位置,也轮不上他刘新章了。他已经过了这个位置的年龄极限,要想再往上升,是不可能了。刘新章心里有数,他只有走转业这条路了。转业对每个军人来说,都是很悲哀的事情,过习惯了有规律的生活,要一下子脱了这身军装,结束各种约束,从此过另外一种生活,从感情上谁都难以接受。所以刘新章一想到转业的事,心里就一下子无所适从,真不知自己该怎么办了。

刘新章心里乱糟糟的时候,想得最多的就是塔尔拉,这个叫他魂牵梦萦的地方,总是在他心里占有非常重要的位置。一有时间,他就会到塔尔拉来,只要一踏上这块土地,呼吸到这里的空气,他空落落的心里会踏实,他乱糟糟的思绪会平静。

因为过去的塔尔拉在刘新章的记忆中,是刻骨铭心的,永远珍藏在他的心灵深处了。而那些记忆中,更多的是,一个个清晰而叫他伤感的人物,和一段段让人无法从中走出来的往事,这些人和事像他的灵魂一样,他无论走到哪里,都附着在他的心上,占据着他心灵深处的一块圣地。在这块圣地的人物之中,有一个叫秋琴的女人,这个女人使刘新章一回忆起来,心里总是苦涩不已的,因为秋琴是刘新章这一生中第一个喜欢上的女人。这个女人的悲惨命运总使刘新章陷入沉重的伤感之中……

B1

刘新章这辈子最大的悲伤,就是他在塔尔拉认识了秋琴,以及和秋琴发生情感纠葛了。人最容易受伤害的就是情感了,刘新章和秋琴的情感,受伤最重的是刘新章,多年以来,每当夜深人静的时候,刘新章一想到秋琴,心就隐隐作痛……

那年秋琴死的时候,正是中秋节。

那天刮过一阵温暖的秋风,风从大漠深处带来了一种非常好闻的气味,除秋天庄稼成熟的味道,最浓烈的是弥漫在漠野上空的节日气氛里的酒香。塔尔拉的人被这种香味熏出了满脸的红光。秋琴在这样的气氛里很自然地排挤出肚子里怀了整整十个月的婴儿,然后把自己挂在了胡杨林中那棵最不起眼的沙枣树上。

那天是中秋节,刘新章陪着结婚差一天就满一年的妻子红柳,回塔尔拉和妻子全家过团圆节。全家人围满一桌吃着丰盛的团圆饭,那种气氛暂时叫人还想不起别的事情,尤其是叫人伤感的人和事来。酒过三巡,大家都已经脸红脖子粗的时候,秋琴的弟弟秋生一脚踹开门,带来一股风冲了进来。风在酒桌上盘旋了一阵方才停住,刘新章就闻到了那种熟悉的能令人陶醉的气息。

根明叔的反应是灵敏的,他忽地从椅子上弹了起来直盯着秋生的眼睛。秋生就更加惶恐不安,竟说不出一句话来。

根明叔是刘新章妻子的老爹,但刘新章一直管他叫叔。就是刘新章和妻子红柳结婚那天,刘新章叫惯了口还是管他的岳父叫叔,被妻子瞪了好几眼,可根明叔哈哈笑着说叫叔好,叫叔习惯,听着亲切。

秋生站在门口,脸红得像暖暖的秋阳一样,不是喝过酒的那种样子。

"我姐上吊了!"秋生说。

首先是根明叔被这句话击得站立不稳,摇晃了几下,重重地跌回到椅子上。

一束斜阳红红地从秋生身体四周钻进了屋子,破碎地洒在了地上,也有一些洒在冒着热气的菜肴上,各种菜肴显得异常辉煌。

刘新章的反应有点过分夸张,他说出的话也会叫人生疑。刘新章只说了句:"她怎么会上吊呢?"这句话好不容易打破了沉闷的空气,却引起了在场所有人的反感。尤其是刘新章妻子红柳,她狠狠地在桌子下面踢了刘新章一脚,她的尖头皮鞋刚好踢到了他的小腿骨上,疼得他龇牙咧嘴,但他没敢再说什么。

"在什么地方?"过了会,根明叔才有气无力地问了句。

秋生的回答有些吃力,但大家都能听清楚。

秋琴上吊是在那片塔尔拉人都熟悉也很崇敬的军息林。

军息林就是第一批开垦塔尔拉的老军垦们作古后的墓地。

那是一片不太大的由胡杨和红柳夹杂着生长在一起的特殊的树林。

大家赶到军息林的时候,秋琴直直地挂在那棵躯干弯曲的沙枣树上,周围已经围了一圈塔尔拉的人,其中就有为秋琴接生的青婆。青婆怀里还抱着一个破布包裹着的婴儿,那是秋琴刚生下来的孩子。

根明叔的出现,使围观的人很自觉地往后退了退。

刘新章和妻子或者更多的人,根本不敢去看死了的秋琴。大家站立的方向是秋琴的侧背后,笔直的秋琴被秋天的夕阳投下的阴影不太完整地印在沙土地上,因为夕阳被稀薄的胡杨树叶撕扯得残缺不全。秋琴的影子也就残缺不全,她的影子所占据的那个地方成为人群中的一个缺口,没人承担影子那块空洞的地方，那里就像一个空洞的门，从这个门里，显示了里面的一切。

那是秋琴的一生。

根明叔就站在了秋琴的一半影子里，他的脸上一半红一半黑，夕阳烧着他一只明亮的眼睛，发出奇异的有点吓人的光，那种光致使大家不敢看他的眼睛。当时可能都傻了，没有人知道该怎么办，只有看着根明叔，想看他怎么办。

"为啥不放下来？狗日的看什么看？"根明叔愣了一阵儿，才吼了这么一句。

人们被根明叔一吼，都不好意思地往后退，没一人上前。

这就是秋琴，挂在沙枣树上很现实的秋琴！

刘新章望着眼前的一切，还能说什么呢？他毫不犹豫地向秋琴走去。所有好闻的和不好闻的气味刘新章都闻不到了，看到秋琴挂在树上的那一瞬间，他的感觉已经麻木了。如果那棵树上挂的是别人，刘新章想他也会后退的，他也怕死人，可那里挂着的是秋琴，他就得走向她，他没法怕她是死人，他只知道前面就是秋琴，他就应该走向秋琴。

红柳的目光一直跟刘新章，她的目光中所有的情感波澜都一览无余：有伤，有痛，有怨……但刘新章没有注意到，所有旁观的人也没有去注意她目光里的色彩，在这种时候，直直地挂在树上的秋琴是众人所有目光的聚焦点。

根明叔满脸的愤怒，但他的目光没有再注视秋琴，他看着另外一个地方，那个地方就是军息林中突起的一个个坟堆。他看得很专注。

军息林中很静,秋风也早溜得不见一点踪迹,时间流过人们与树之间的空隙,也流过秋琴与树、与大家之间的空隙,却流不出一丝动力。时间缺乏很多的能量,时间只会无声无息地流动。

段建新的出现有些奇怪,他一改往日的面孔,很庄重地突然出现在大家面前。他的出现止住了正走向秋琴的刘新章。段建新的模样让平时看惯了他的人们都有些不习惯起来,他把往日的漠然抛得无影无踪,相反有些热情过度地看了看围观的人群。他根本不理会根明叔的愤怒,还很随便地走到根明叔跟前,很认真地给根明叔递了一支烟。根明叔不理会段建新的举动,目光粘在了不远处山包一样的坟堆上。

段建新手中的烟被秋生一拳打掉,秋生冲过去就要打段建新,被刘新章拉住了。

段建新很平静地看了看秋生,又看了看挂在树上的秋琴,然后才转身走到青婆跟前,看着青婆怀里的一堆破布包着的婴儿,伸手在破布里摸索了一阵儿,终于在婴儿胯间摸索到了一个他盼望已久的物件,段建新的脸上就有了喜色,并且恢复了以往的表情,变得不再庄重。他随便地环顾了一下四周,竟兴奋地说:"是个儿子,我也有儿子了!"

然后,段建新不顾大家的目光,扯开破布看了看婴孩粉嫩的脸,嘿嘿笑了两声后,才转身向秋琴走去。

秋琴被大家轻松地从沙枣树上卸（再没有恰当的词形容这个场面里的动作了，刘新章后来为用了这个字而心里很难过）了下来，秋琴被大家抬着缓缓地放在了沙枣树下的沙土地上。秋琴平躺下后，靠得最近的刘新章分明听到一声淡淡的叹息声从秋琴的嘴里发了出来，仿佛她终于解脱了似的。刘新章被她的叹息声击得心里一阵颤抖。

　　段建新却围着秋琴转了转，发出奇怪的惊叹声，然后说："秋琴为啥要死？她不能死，我有儿子了，她为啥要死？"

　　段建新这样说时很疑惑地望着众人，他对秋琴的死比别人还莫名其妙。

　　秋生大吼一声："我姐是被你害死的！"扑过去一脚就踹倒了段建新，两人立即扭到一起，在地上滚来滚去。

　　根明叔叫大家拉开秋生他们，刘新章发现有人在拉扯中狠狠地在段建新腰上踢了几脚。

　　大家好不容易把秋生和段建新分开的时候，郭连长才摇晃着瘦瘦的身子来到了军息林。

　　郭连长是秋琴的父亲。

　　郭连长出现的时候，夕阳已经开始隐退，军息林中的光线慢慢暗了下来。郭连长满身酒气地往秋琴跟前随便一站，睁圆那对永远睁不大的眯缝眼，看了看地上的秋琴，回头骂了一句狼一样号叫的秋生："号啥号？你娘早就死过了。"

　　秋生不理睬他爹的骂声，继续号叫着。周围有好多人流下了眼泪。

郭连长说:"都是些没出息的货,死了,都死吧,死了也就清静了。"

天就黑了。

刘新章一当兵,就在塔尔拉。因为部队驻在塔尔拉的劳改农场,一年四季都在看守犯人。而刘新章作为上进心强、表现突出的兵被分配放牧中队的几十只羊,他时常将羊赶到荒滩上去,他就是那时在荒滩上放羊时认识秋琴的。认识秋琴,就像认识他们同年兵老乡一样自然。在没有界限的荒滩上,除了刘新章放牧的一群羊之外,远远近近的,也有其他的放牧人,秋琴就是其中的一个。秋琴其实注意了很久这个喜欢坐在一边望着羊群发呆的、穿军服的放牧人。然后有一天,秋琴在注视刘新章的时候,刘新章正好一个回头,与秋琴的目光撞在一起。秋琴在慌乱的躲避后又大方地抬起头冲刘新章笑了笑,很熟络一般地打着招呼:"你不是当兵的吗? 你为什么也会放羊?"

年轻真是好啊。后来的刘新章每每想起和秋琴相识的经过时,总会在心里这样感叹。

因为同样年轻,他和秋琴很快就说到了一起。刘新章就这样认识了秋琴或者秋琴就这样认识了他都是很正常的事,那时候秋琴在刘新章的心目中是一个很纯真、很可爱的少女。她爱问一些部队上的事情,对部队有着很浓厚的兴趣,对一切都充满了好奇。

在那些寂寞的放羊的日子里,刘新章和秋琴坐在荒滩上看着羊群在一起低着头吃草,他们的话题就很热烈。那些日子比起在中队训练看犯人的日子要丰富得多。渐渐地刘新章和秋琴熟悉后,秋琴就无拘无束了。有次她说刘新章是个很有灵气的男孩,就因为她的这句话,他就激动了起来。后来,秋琴就邀刘新章到她家里去,但他并不敢把漂亮的秋琴请到部队上去玩。

刘新章之所以敢去秋琴家里,主要是听秋琴说她有很多书,刘新章对书的喜爱胜过他对那些军事知识的钻研。当然,读书比起和秋琴在一起说话要无趣得多,但不可能每时每刻都能和秋琴在一起说话,不能和秋琴说话的时候,能和书相伴也是很不错的。

而秋琴的爸爸郭连长对秋琴带个当兵的到他家里表示出了空前的冷漠。郭连长对当兵的冷漠主要是缘于他以前也是当兵的,并且他是跟随王震将军解放了新疆然后开荒成了军垦战士,他是经历过战争立过战功也经历过生死的老军人。他看不起刘新章这样没有用枪打死过一个敌人只是在靶纸上打洞的当代军人,他说当兵就是为了打仗,就是因为有了战争才产生了军人这种职业。

郭连长的这种论调让年轻气盛的刘新章十分听不惯,他涨红着脸反驳郭连长说是因为有了战争才有了军人这个职业,但战争只是暂时的,而之所以有战争就是为了人类永远不要再有战争。现在的和平年代正是战争的最终结果。战争产生了军人,军人消灭了战争,维护和平是军人这种职业的永恒目的。所以说,和平年代的军人才更能体现军人的素质和军人的价值。

郭连长不紧不慢地喝了一小口酒,他看了看像斗鸡似的怒发冲冠的刘新章,毫不理会面前这个战士对军人职业神圣的维护之心,带着鄙视的神情慢条斯理地说,没有战争了现在的军人就不能叫作军人。军人只存在于战争中,战争结束了军人也就消失了,既然消失了,也就谈不上还有什么军人的价值。

"正像我们,"郭连长说,"战争一结束,我们就回到了土地上,并且是为了垦荒而来,是和当年打仗一样伟大的。这才是价值!"

刘新章正不知道该怎样驳斥郭连长时,秋琴过来,拉着他去看她的书,离开了极为轻视他的郭连长。

秋琴的书的确很多,都是她经常托人从场部买来的,她说就是这些书使她在清冷的日子里,寂寞的心灵有了依托,有了梦想,也有了希望,使她的目光透过塔尔拉,越过叶尔羌河,看到了一个丰富多彩的世界。

刘新章当时并没有意识到,也正是这些书,让秋琴最终背叛他和他的爱情。

秋琴后来说:"别理我爸,他这个人——"

秋琴没说完她爸这个人怎么了就停住,她给刘新章留下一个悬念,这种悬念使刘新章产生了许多想法。在以后的日子里,刘新章试图破解这个悬念,但都被秋琴很巧妙地掩饰过去了。

刘新章曾问过秋琴老家在什么地方。秋琴说在北京。新疆汉族人都来自内地,后代都承父辈的祖籍。但在后来刘新章和秋琴的父亲郭连长混熟后,他在看不起刘新章的语气中给刘新章讲了他的一些英雄功绩。刘新章曾问过郭连长的出生地,他说他是陕西榆林人,十五岁就跟随王震的三五九旅在陕北南泥湾开垦"小江南"了。他的故事叫刘新章没法怀疑,但对秋琴说她是北京人这件事刘新章心里却一直有一个疑团,他知道这里面肯定有一个故事。后来刘新章问秋琴时,秋琴只是淡淡地说,她母亲是北京人,她随她母亲。

A4

这天晚上,塔尔拉失眠了,更多的人是因为叶纯子的到来。突然来这么一个跟塔尔拉没有一点关系的年轻女性,而且又这么漂亮、温柔,这在塔尔拉是前所未有的。这种新鲜事刺激得好多人难以入眠,在这遥远而荒凉的塔尔拉的夜晚,这些失眠的人由叶纯子的到来而更多地想起了自己的亲人、朋友和同学以及故乡的每一情每一景。

副指导员吕建疆更是睡不着,脑子里全晃动着叶纯子的影子,尤其是和叶纯子第一次在攀枝花的花店里见面,当时说的什么话,一幕幕很清晰地浮现在他眼前。他把其中的那些细节细细回味得多了,反而有些细节会变得模糊起来,为了确证这些细节,他一夜几乎没有合眼。因为坐了一天的车,疲劳使他有时候迷迷糊糊地快睡着了,可一旦想到一个情节里的一句话,或者一个细微的动作,他的脑子又立马变得清醒异常,绞尽脑汁地去想那句话或者那个动作。这样反反复复地使吕建疆大脑极度紧张,有时迷迷糊糊地要睡着了,突然间就会惊醒过来,发一阵呆。

最后，吕建疆干脆起来不睡了，穿上衣服走出门外。外面一片漆黑，并且寂静得像这个世界不存在似的。这种寂静会使人非常恐惧。吕建疆习惯了这种寂静或者说是恐惧，但他还是心里有点慌乱，四处看了看，因为今夜没有月亮，房子和树木的轮廓不是太明显，但他还是准确地从黑暗中捕捉到了指导员的那间宿舍，他知道自己睡不着，都是与这间宿舍有关，宿舍里的叶纯子第一次住在塔尔拉的这间宿舍里，她睡得着吗？忽然他想起政委刘新章说的要拿出军人的勇气来追求叶纯子的话来，虽然是在黑暗中，他仍感到脸上一阵燥热。他屏住气息，静静地向着叶纯子住的那间宿舍倾听着，他以为自己可以感受睡眠中叶纯子的气息，可万籁俱寂之中除了他自己的呼吸，他什么也没有感受到。

正在他愣神凝想间，自卫哨兵从远处走了过来，声音很轻却带着几分威严地问了句："谁？"

吕建疆回过神来，做了回答，还例行公事地与哨兵对了口令，哨兵才往别处走去了。吕建疆不好意思在叶纯子住的地方再逗留了，便信步走出营区，来到了营区后面的戈壁滩上。这个地方是他原来喜欢来的，虽然戈壁滩上空旷得没有一丝可以瞻仰的物体，但他像其他家伙一样，喜欢到这里来看看，尤其是心里烦恼的时候，到这里来转一圈，心里或多或少会舒畅点。当然，今夜他心里并不烦躁，相反却非常激动。激动有时候像烦恼一样，需要找个地方静下来。

旷野的风吹了过来，不大，却带有阵阵寒意，毕竟还只是初春季节,塔尔拉还处在冬春交替的时候。吕建疆毫无目的地走着,一个劲地望着前方,虽然前方什么也看不到,但他的心灵里能感到前面有他看到的希望。吕建疆虽然出生在新疆团场,可他也是一个年轻人,也有一颗不安分的心,他从偏僻的团场走出来当兵,为的就是走出去,到外面的世界闯一番。可命运有时就这样不公平,把他从一个闭塞的团场又放进了更加偏远闭塞的塔尔拉。刚到这里的时候,他悲观过、失望过,也曾试图想办法离开这里,想逃离这个像海洋一样的地方,找到这个海的彼岸爬上去,到一个文明和喧哗的地方去,过一种属于他这个年龄段的生活。他的奢望并不高,能到喀什就行了,喀什在他的心目中就是一个处处体现着文明和现代感的城市了。为此,他刚当上干部后不久,又分回塔尔拉后,他曾去找过当时的政治处主任、现在的政委刘新章,可命运偏偏跟他过不去,让他连这点愿望也达不到。有一阵子,吕建疆很痛苦,抱着混日子的心态,在塔尔拉度日如年,只要待在塔尔拉时间一长,慢慢地他的心里也会变得平静,一旦离开塔尔拉,到外面去一次,他那种不安分的心又会动荡不安起来。这次到喀什去训练三个月的新兵,吕建疆的心里又开始激起浪花了,如果不是叶纯子的突然来访,给他的心里注入一种兴奋剂的话,他又得和塔尔拉磨合一阵子,才能静下心的。不管是什么目的,叶纯子能够来这里,对他来说就是莫大的慰藉了。吕建疆在塔尔拉这么多年的磨炼中,也像塔尔拉人一样,对生活抱有乐观态度了,这种想法是塔尔拉每个人共有的,不论是生活中的,还是感情上的,大家对前面还没有看到的,都充满着热情和向往。

吕建疆在荒野上走了将近一夜,天色微明了,他才回到营区,洗把脸跟着部队出了早操回来,看到叶纯子起床了,他过去问叶纯子晚上睡得可好。叶纯子的回答是起初有点睡不着,后来可能是坐车累了,就睡着了,并且睡得非常踏实。"塔尔拉的夜这么宽大静寂,能睡不好吗?"叶纯子最后还说了这么一句。吕建疆心里多少有点失望,自己一夜都在回想着和她结识的前前后后,被折腾得一夜无眠,她倒没有像自己一样失眠,还睡了个安稳觉,真是个奇怪的姑娘。吕建疆坚信,这个夜晚塔尔拉失眠的人肯定很多,来了新兵有了新面孔,还有叶纯子这么一个年轻女性,家伙们,包括王仲军、付轶炜,他们不失眠才怪呢。谁不想家想亲人呢?

其实,塔尔拉失眠的人很多,但一夜没睡的人,除吕建疆之外,还有一个人,就是政委刘新章。

刘新章这次是来塔尔拉蹲点的,老兵复员后,在新兵还没有下中队这段时间,中队勤务工作比较重,兵员紧张时,中队干部也得执勤站哨。一般在这期间,支队领导都分工到各单位蹲点,直到新兵下到中队工作稳定后才离开。塔尔拉的这个三中队是刘新章分工时包的点,就是不这样分工,刘新章一年下部队最多的单位,还是塔尔拉三中队。叶纯子到达喀什时,刘新章因为支队的工作问题中间回了一趟支队,接到付轶炜的电话后,刘新章又马不停蹄地赶了回来。塔尔拉是个艰苦的地方,再加上其独特的地理环境以及三中队特殊的工作性质,本身与外界接触就很少,更少有女性愿意驻留塔尔拉。刘新章考虑到中队里一下子来了个年轻的女性或许会造成大家工作的不安心。还有更重要的一个原因,是从塔尔拉走出去的刘新章,不仅是初恋留在了塔尔拉,他的整个灵魂都已经留在塔尔拉了,再怎样繁华热闹的地方,也吸引不了他,他的身心只属于塔尔拉。

　　无眠的夜晚,刘新章想得最多的,不仅是塔尔拉的工作现状,还有他深深藏在记忆中的塔尔拉和塔尔拉的悲情岁月、秋琴,以及根明叔他们。在他的人生经历中,塔尔拉以前那段刻骨铭心的一切已经很难从他的心灵中抹去了,随着时间的推移,有些痛心的事会慢慢地淡化,但没法使人忘记。如果没有人去触及,那些往事也许会没有声息地隐藏在心灵的深处,可美丽而年轻、浑身充满了青春活力的叶纯子一下子踏进了塔尔拉,她的清纯与现代却使刘新章的记忆猛然间像被用一个什么很尖锐的东西碰触了一下,那碰触到的地方如同滴落在餐巾纸上的水珠,很快就洇出很大的一片来。是的,他想到了曾和叶纯子一样年轻一样清纯的秋琴,想到了以前的一切。他失眠了。失眠的痛苦,刘新章体会得太深了,十几年来,他有时叫失眠折腾得筋疲力尽。在叶纯子到来的这个夜晚,失眠又一次袭击了他,使他痛苦了一夜。实在是睡不着了,刘新章便爬起来,一个人在漆黑的夜里走上一晚,他走到了叶尔羌河边。黑暗中的叶尔羌河,无声无息地流着,那在夜色中泛着轻微的亮光的河水悠悠荡荡地翻着他的记忆。他沿着叶尔羌河又走到了军息林中,在根明叔、青婆等人的墓前转了转,最后停在秋琴的坟墓前站到了天亮。自从离开塔尔拉后,刘新章一旦工作和生活上出现情绪烦躁的时候,他就到塔尔拉来,一到塔尔拉,他去得最多的地方,就是军息林。每次到了那里,他一看到那些熟悉的墓堆,想着每座坟墓下面自己熟悉的人,他就坐下来和他们交谈,他谈他现在的生活,现在的工作方式,现在的生存状态。说完了,他就静静地等待着,尽管他永远也等不出里面的人走出来回应他的倾诉,但在等待的过程中,他烦躁的心在慢慢地平静下来,那种心无所属的感觉会变得很淡、很轻。等他走出军息林的时候,就是他的身心已经得到最大放松的时候。

可这一夜,刘新章在军息林中心里没有平静下来,他更多地回忆起以前与秋琴认识和交往的情景,他也想起秋琴最后的悲哀结局。在黑夜里,他用心和坟墓里的秋琴对了一夜的话。他问秋琴最多的,就是叶纯子来到塔尔拉,会成为塔尔拉人吗?他希望叶纯子会成为塔尔拉人,这些基层年轻干部的年龄越来越大了,叫他这个政委最头痛的就是他们的婚姻大事了,如果叶纯子能留下来和吕建疆促成一段良缘,那该多好啊!可是叶纯子会吗?塔尔拉这个地方自然环境这么恶劣,而叶纯子就像是一朵带着露水的正待盛开的鲜花,鲜艳欲滴,让人看着都不忍碰一碰,生怕一碰之下,那露水便蒸发了,留下了虽也是花,却是晦涩干枯的花。但塔尔拉的条件这么差,叶纯子对于它,也许只能是个过客,这个地方不属于她这样很有灵气的女性,也不要因为自己的这分私心而让人家姑娘受苦。他把自己这种矛盾心理跟秋琴说了无数遍,天都亮了,他还拿不定主意,是该做工作让叶纯子留下,还是让她走呢?

同以往一样,坟墓里的秋琴没能帮他出个主意来。

虽然坟墓里的秋琴没有告诉刘新章他应该怎么做,可是刘新章在那一晚明确地给了自己一个主意,他决定无论是以一个老塔尔拉人的身份还是以支队领导的身份,他都要尽自己最大的能力来帮助和成全吕建疆与叶纯子。

过了几天,刘新章把中队长王仲军和指导员付轶炜叫到一边,也不征求他们的意见,自己做主了,对他们说:"通过几天的观察,他发现叶纯子是个思想与情感都非常丰富的年轻人,又热情又有文化,要给她和吕建疆多创造机会,多给他们一些接触的时间,必要时组织出面穿针引线,把她留住,解决吕建疆的老大难问题。"

指导员付轶炜听了刘新章的话,面有难色,刘新章看到,便问道:"这有难度吗?"

付轶炜一听政委这样问,便说:"这个还不好说,我主要是想到小叶一个女性,目前又与部队的人没有瓜葛,住在中队妥不妥?"

刘新章说:"这个不算什么大问题,我回去后给支队常委们通个气,谁要有说法,就找我好了。人家小叶这大老远来到塔尔拉,多不容易,住个把月没问题,关键是你们俩要多敦促吕建疆,这家伙有过恋爱失败的经历,他心里有后遗症,虽说不严重,但多少会影响他的积极性。你们一旁也要好好做工作,要让叶纯子对我们塔尔拉产生很深的感情,对塔尔拉有感情了,自然对人有更深的感情了。你们要用严肃的态度来对待这事,不要一遇这事就拿人家来开玩笑。如果没把这事促成,看我怎么收拾你们。当然,人家姑娘要实在不愿意,也不能采取强硬态度,到时弄得不好,既影响了军民关系,又伤害了人家小叶姑娘,那可就别怪我这个政委不近人情!"

刘新章的这番话,说得王仲军与付轶炜半天无话,他们想这事可严重了,政委都下命令了,他们无论如何推都要推着吕建疆向前,这次吕建疆要是不努力成功,说不定把他们也给连累上挨政委批的。两人都无奈地相视一笑。

刘新章单独找吕建疆也谈到了这个问题,吕建疆只是一个劲地傻乐着,刘新章问得急了,才支支吾吾地重复着以前的老话:"人家叶纯子能看上咱吗?"气得刘新章说不出话来,又不敢拿话逼他,怕逼急了,惹得吕建疆更不敢使劲。

刘新章最后专门和叶纯子谈过一次,可他除了说了些部队这些干部是怎样为了社会为了我们的国家奉献着自己青春的这些大道理,更多的还是介绍了有关塔尔拉的情况。因为他发现叶纯子对塔尔拉特别感兴趣,所以才临时抛开了直接主题,走了一条曲线救国的道路,想用塔尔拉来打动叶纯子。其实他原来的主题也就是想直截了当地询问一下叶纯子对吕建疆有没有意思,可一见到叶纯子那热情而单纯的笑容,他的心就拐了个弯,要叙述的话题是一句都没有说出来。他想,叶纯子毕竟刚来塔尔拉不久,这个时候还不适合讲这些想法,否则局面还没有打开,就先吓着了叶纯子,那可就物极必反了。他得缓冲一下,要先让叶纯子对塔尔拉这个地方生出依恋感,然后才把塔尔拉的人推到她面前去。他想叶纯子是从繁华城市里走出来的,她虽然性格中有和秋琴相同的地方,但她毕竟不同于秋琴,她之所以能从都市里走到这偏远的塔尔拉来,就是因为她看到了都市有太多的虚幻和做作,塔尔拉能真实地向她展现与都市的轻浮绝然不同的朴实与厚道。而秋琴待在塔尔拉久了,看惯了这儿的落后和偏僻,所以才会在瞬间被繁华和热闹吸引,也才会抛弃他们纯朴的爱情去找寻所谓的真实的生活。

可什么又是真实的生活呢?

王仲军绕到最后,虽然奔向了主题,想问一下叶纯子对吕建疆的看法,但也只得到了叶纯子的一句话:"吕建疆这个人挺好玩的!"

怎么个好玩法,王仲军从叶纯子满含笑容的脸上得不到答案,他盯着叶纯子一双美丽的大眼睛足足一分钟,最后,也只好把叶纯子的话理解成现在的年轻人说话和做事都挺含蓄。

A5

塔尔拉最吸引住叶纯子的,还是吕建疆那张很有特色的脸,这张脸首先给她的印象,便是强烈感人的色彩,还有粗犷的脸型,在饱满的肌肉下面,她能看到筋肉在皮下潜伏着的伸张力量,有种内在的普通而又深刻的东西能够给她提供绘画基础的原型,所有这一切都赋予他的表情一种使人无法忘记的特征。除吕建疆之外,叶纯子还发现了一些这样的脸。这些脸对学雕塑、绘画专业的叶纯子来说,太具有诱惑力了。

如果说是好奇心促使着叶纯子来到新疆塔尔拉的,那么,最根本的是满足了这种好奇心之后,她静下心来想,还是吕建疆这个人对她充满了诱惑,无论从艺术上,还是从人的本质上,她都有这种感觉。

于是,吕建疆陪着叶纯子转完了塔尔拉的角角落落后,叶纯子就迫不及待地要投入她的艺术创造之中。她告诉吕建疆,先要把他和这些有特点的兵塑成泥塑像,然后,她要画一大批不同于以前的画。

起初吕建疆不同意叶纯子用他当模特,但叶纯子坚持要塑他,并且说,如果他没有可塑感,她就不会对他这么感兴趣了。

这句话一出,吕建疆不敢再拒绝了。他意识到这句话的分量,并且懂得他和叶纯子之间可能目前只有这种纽带连接着了,如果这条带子不小心叫自己弄断了,后悔就来不及了。吕建疆便很配合叶纯子,带上几个家伙去找泥塑的黄土。塔尔拉属于荒滩,有些地方的土质还可以,但里面含太多的沙子,黏性也不大,不适合泥塑用,跑了好几天,也没有弄到泥塑的材料,没办法,塔尔拉这地方连黏土都找不到。叶纯子有点失望地说用这种沙子多的土凑合着用好了。吕建疆看着叶纯子失望的神情,心里特别内疚,心想着一定要想办法弄点黏土回来,但塔尔拉的土里都含有沙子,到哪里去弄呢?总不能托人从外面往回带土吧。

吕建疆苦思冥想了几天,也没想出能使的招来。其实不仅是吕建疆,三中队的官兵,连支队政委刘新章都在为黏土的事想办法,他甚至想给支队打电话叫人从喀什带些黏土来,但考虑到他一出口,这事就弄大了,到时会有闲话,便和大家一起想办法,就地解决。坐在一起,大家都出了不少主意,可就是没有一个是可行性的办法。吕建疆正愁眉苦脸干着急的时候,一个家伙来跟吕建疆说,他有一个办法,就是不知道行不行。刘新章赶紧问:"什么办法?咱们先试试再说。"这家伙说:"咱们何不试试用水洗洗沙土呢?"

吕建疆一听,觉得新鲜,便问这个家伙怎么洗。

"挖些泥沙用水稀释后,把沙子和水分离开,然后用过面的网漏过滤一遍,把沙子过滤出来,等泥沉淀了,稍干一点不就可以用了?"

"对呀!"吕建疆兴奋地一拍手说,"这办法好!你这个家伙聪明,不像我白长个脑子。这样吧,为了省事,咱们就到叶尔羌河边去洗沙土,沉淀好了再拿回来!"

有了主意,吕建疆当即就带上几个家伙,到叶尔羌河边挖了个大土坑,引来河水洗泥沙。几个人一身泥水地干了一天,洗出了一池子浑泥汤,吕建疆用手抓着泥汤,手上感觉没有沙子了,心里特别欣慰。泥塑的材料有了着落,吕建疆才把这个好消息告诉叶纯子。叶纯子一听他们所为,眼睛瞪得又圆又大,跟着吕建疆到河边一看那池泥汤,感动得一句话都说不出来,当时心里就想,这些塔尔拉的兵真是太可爱了,居然会为了她的泥塑,连这样笨拙的方法都能想出来。她用手轻轻地撩起泥汤,被稀释的泥水从她的指缝间漏回了泥坑，滴出的声音又轻又柔，落在了她的心里，她的心中悄悄沉淀下了一种情感。

又过了几天，河边坑里的泥可以用了，吕建疆和叶纯子等人把泥运了回来，一切听从叶纯子的安排，大家齐动手把泥巴搓成泥条，摆放整齐后，为防止泥条风干，还用塑料纸捂好，给叶纯子准备好了泥塑的前期工作。

叶纯子开始泥塑了。她先打了一个头部的草稿，要给吕建疆塑一个完整的脸部正面像。吕建疆听话地坐在叶纯子面前，按他自己的话说，充当着"模具"。一旦投入她喜爱的工作中，叶纯子就很快进入了状态，她的手迅速地抓着泥巴，一大把一大把地往草稿上粘着，显得干练而仔细，看上去没有一个多余的动作，也没有浪费一点泥巴。她一边塑着，一边不停地打量着前面的吕建疆。

吕建疆被看得不好意思了。那种被人专门注视着的感觉，使他心里有点慌，他本来就是个生性羞涩的人，这会儿更觉得全身不自在了。为了打破这种不自在，吕建疆不时地想找些话来说，但他一开口，马上就会受到叶纯子的制止："别说话，注意保持面部表情，不要有变化！"吕建疆一听，就马上住口了，心里却想，我只是当模特又不真是木头人，不让我动还不让我说话，僵在这里的滋味还真不好受呢。可又不能不听叶纯子的指挥，于是，他就目不转睛地盯着叶纯子的一双手，看着她娴熟的动作。叶纯子抓着泥条的手，就像握着一把手术刀，并且手法惊人地迅速，如一个魔术师在玩魔术一般，有时，会稍稍停顿一下，沾满泥巴的双手叠放起来抱在胸前,观察着吕建疆的面部,再细细审视着作品,思考一阵,一会儿似乎在脑子里又形成了新的决定,马上会下手重新来做。吕建疆看着这一切,心里想着,即使他与她之间什么也不会发生,她寻找到了属于自己的艺术感觉之后走了,他也不会怪她的,他会记住她一生的,尤其是她这种专心致志的神情,面对手上的作品,她好像是在苦苦地思索着一件令人痛苦的事情,却能将这些痛苦化在完成作品的快乐之中,还有她突然间转过头,她观察他的时候,那种出神凝视的眼神,似乎看透了他的内心,使他有种自己的灵魂赤条条地呈现在她眼前的感觉。他的心里这才真的慌了,因为在他内心一直埋藏着一个很大的秘密。他想走出塔尔拉!说句实话,塔尔拉的哪一个人没有这个想法呢?可是大家都隐藏着自己的这种想法,没有人会对别人说出自己走出塔尔拉的愿望。所以他把这个想法当成秘密,这个秘密几乎成了他一直奋斗着的目标,因为他从王仲军、付轶炜身上,更重要的是从老塔尔拉兵、政委刘新章身上看到了一种悲凉,一种对生活的无奈的认同。当然他从来没有把自己的这个想法给任何人透露过,因为这只是个想法而已,具体能不能实施,只有天知道。作为边疆建设兵团人的后代,吕建疆可以吃别人不能吃的苦,但他忍受不了内心的这种压抑。他最早的女朋友就是因为他在塔尔拉的留守,才毅然地离开了他。那个谈了两年恋爱的高中女同学从来没有来过塔尔拉,只是从他的信中断断续续了解塔尔拉的概况,从远距离看了看这个地方,便从此与他毫不相干了,她最后的信中说,他的生命根植在了塔尔拉，可她不想把自己的青春奉献给寂寞，她已经走出了农场，她需要的不应该再是一种原始的生活状态，而应是接近现代化的生活方式，是那种有舒缓的音乐、闪烁的霓虹，当然更有高耸的楼群、鼎沸的人声的生活。收到信后的吕建疆有整整三天没有开口出一下声，之后走出塔尔拉的念头便固守在他的脑子里。他想如果不能走出塔尔拉，也许自己的最有分量的岁月就在这个寂寞的地方度过了，而且过得无声无息、无情无趣，不管怎样，为了生活的质量，他一定要离开塔尔拉。虽然他对塔尔拉像刘新章一样充满了感情，但他的感情并不能留住他的心，或者说他的感情纯粹是一种表面化的，就像每个人都会对他所居住过的地方有一种感情一样，完全没有刘新章来得那么真切，那么深厚，那么凝重，他十分渴望的是塔尔拉外面的文明世界。虽然叶纯子的到来重新给他点燃了情感的明灯，但他从没有想过要放弃离开这里的念头，相反却是更加强烈，只是他沉着的外表没有将他的秘密泄露出来罢了。

在整个塑像过程中，叶纯子偶尔也会用艺术以外的目光来注视一下吕建疆，只是这么一眼，便又回到了手里的活上，当然她也注意到了吕建疆关注着她的目光，但她绝不为此分心，埋头把活干完，才说了句："你，为什么一直盯着我不动？"

"你不是不叫我动吗？"吕建疆很好笑地反问了一句。

叶纯子扑哧一声乐了，说："但我没叫你一直盯着我呀，你知不知道，你这样目不转睛地盯着，我很难为情的，你说这样我还怎么干活？"

"原来你也怕别人盯着你呀?"吕建疆说,"我这个模特,不但要被你盯得很难受,还要木偶一样僵着难受,这样吧,看在你是个姑娘的分上,我这双份的难受与你一份的难受算是扯平了。"

说着话,叶纯子的作品已经初步完成了,招呼吕建疆过来看。吕建疆上前好奇地看了看,发现这叶纯子还真是有本事,用一团泥巴就把自己的脸部塑出来了,并且塑得挺像回事,打眼一看,还真像自己呢。

"怎么样?"叶纯子问道,"气质上有什么欠缺的,我再修。"

吕建疆说:"你塑得不错,挺像我的。"

"光是像吗?"

"我这种没有欣赏水准的人,只能看个像与不像了。"

"气质上呢?"

"看上去比我深刻得多,我要是有这么深刻就好了。"

"那么说就不像你了?"叶纯子接着吕建疆刚才的话头说,"看来我塑得不是很成功。"

"没有!"吕建疆说,"我不是这个意思,你塑得很成功。我从来没有亲眼见过雕塑过程,今天看到你在这么短时间里,完成得这么生动,真是很有感慨的。"

"感慨什么?"叶纯子追问道。

"我们离艺术越来越近了!"

"其实,我们本身就离艺术不远,到处都是艺术,可以信手拈来。"

"生活是吗?"

"也许是,也许不是!"

A6

今年的新兵林平安,是吕建疆带到塔尔拉三中队来的。

那天分兵时,林平安站在队列里,看着一个个新兵被点到名字后,拎上所有的家当出列站在指定位置上。林平安就把搓板一样的胸部硬硬地挺着,等候自己的名字被点到。他心里很慌。等到身边稀稀落落只剩下几个新兵时,林平安心里真急了。刚开始,他还不信昨天排长说的会没有人要他这样的兵,他想这是部队,不是生产队,不会像生产队那样干活都分着等级。林平安想,他不就是比别人笨点,一直到新兵连结束走队列还同手同脚吗?这似乎不影响他在别的训练项目上会有好的成绩,比如投弹,还有射击,他可是得了良好以上成绩的。可排长经常说他笨,笨得像只猪,倒是班长挺同情他的,说农村人出来当兵不容易,一下子从一个无知的青年成为军人,换了一种生活和生存方式,这中间有个反差,这个反差得有个适应过程。

班长一直都很照顾林平安,林平安也一直把班长当成兄长一样看待。但到了新兵连结束快分兵时,林平安见许多排长、班长到处挑选军事素质好的兵,却没有一个人过来问过他,他便主动找班长说:"班长,你对我最好了,我跟你去吧。"

班长却对林平安抱歉地一笑,说:"我也想带上你到我们中队,可这样不行,我带你回去,中队长准得给我一个处分。"

林平安听班长这么一说,心一下子空落落的,他就有一种被人抛弃的心酸感。虽然班长好心好意地对他说了一些鼓励的话,但他还是一个人跑到营房后面的荒滩上偷偷地哭了一场。哭过后,他就去直接找副指导员吕建疆。他想着去找吕建疆说说自己的苦恼。吕建疆听了林平安的一番诉说后,说:"这是部队,到了部队你受过三个月的军事训练,并且授了衔,是一名军人了。你是军人你还担心什么?"

　　林平安听吕建疆这么一说,心里就踏实了,心想自己已经是一名军人了,不能再小孩子气了,今后得控制一下自己的情绪,首先不能动不动就哭。

　　可分新兵的时候,身边的新兵都快分完了,怎么一直听不到点自己的名字呢?林平安虽然直直地站着,心里却翻腾得厉害:"为什么会出现这样的场面呢?难道真叫排长说中了,我没有人要了?指导员只是为了安慰我才那么说的吧?"他这样想着,脑子里一片空白,像新兵连后面的荒滩一样无边无际,没有一点真实的能够让人抒发一下情感的东西。这时他有点后悔来当兵,但他不来当兵,他姐绝对不允许。他父母去世得早,他唯一的亲人就是比他大两岁的姐姐了,他姐把他拉扯成人,为了弟弟能有点出息,她做牛做马都愿意,因为林平安是他姐的唯一希望。林平安也想着走出他生活了二十年的山村到外面来闯一番天下的,他姐为他选择了当兵,他们都认为只有部队才是个最能闯出一番天下,能够有出息的地方了。谁知林平安还没有开始闯,就陷入了这样的孤单无助的境地中。他临当兵走时,他姐还认为弟弟终于可以出息了,让他买上点心到处串亲戚哩,他姐绝对不会想到弟弟来到部队迈出的第一步竟然是这样的尴尬情形。她要是知道弟弟现在的这种状况,会怎样想呢?她肯定是伤心欲绝。

林平安一想到他姐,泪水忍不住就涌了出来,他的目光透过薄薄的泪帘望出去,越过了所有的身体,看到操场上那排挺拔的白杨树,他的身板就软了。站在冬季的冷空气里,他深深感到背上的背包是那样沉重,沉重得让他的心有点支撑不住了。

就在林平安感到自己就快要倒下去的时候,有人在他的屁股上不轻不重地踹了一脚,他才如梦初醒一般四下望了望,发现长长的队列已经不存在了,只剩下他一个人,还傻愣愣地站在那里。空荡荡的操场中央站着指导员吕建疆,吕建疆踹了林平安一脚后,笑骂道:"林平安,你的耳朵叫驴毛塞了?叫了几声都听不到。"

林平安听到喊他的名字,慌忙答了声"到",跑步出了已经不存在的队列。刚跑了几步,看到新兵们已经分成一个个小队列,他不知道自己应该到哪个队列里去才对,就急急地站住,抬手扶了扶有点歪的帽子,掩饰自己的慌乱。

这时,一股漠风从操场走过,卷起一片白色的尘土,漫过操场和操场上的每个人。林平安看着灰蒙蒙的人影,有些不知所措,茫然地看着那股风尘发呆。

吕建疆提着林平安的一网袋脸盆、牙具等物什跟上来,对林平安说:"林平安,你往什么地方跑?"

林平安从吕建疆手中接过自己的网袋，小声叫道："指导员，我……"

吕建疆说："你去我们三中队了。"

林平安一听，愣了愣，随即一股热热的东西从心底涌了上来，硬从眼眶里发泄了出来，他当时真正地感觉到了自己的双眼在冬季的寒流里冒着热气。他当时想对指导员说句什么，但一时又说不出来。吕建疆看着林平安的样子，笑了笑，说："快去那边集合，我们要上车了。"

林平安就跟着吕建疆到了三中队。

林平安分到了三班，同时分到三班的新兵还有周胜利和杨树明。一个班里有三个新兵，林平安就觉得不会孤单了，要不然老兵太多，只一个新兵的话，他真不知道该怎么和老兵们相处，想说句新兵的傻话也没个人听呢。

三班长是甘肃人，说话鼻音很重，分完新兵后队列一解散，就开了个班务会，他对三个新兵今后的工作提出了许多要求。

林平安把班长的这些要求同新兵连做了比较，他发现有许多不一样的地方。班长讲完后问大家有什么不明白的时候，林平安就提了出来。他问班长怎么每天只训练半天，新兵连每天都是全天训练的。

三班长愣了一下，以前从没有出现过新兵一来就发言的，并且发现这个脸膛黑乎乎的新兵提了这么一个傻问题，就把眼一瞪：

"这里不是新兵连,你如果觉得训练太少,可以再回新兵连去。"

林平安就不敢吭气了。新兵连的生活他算是领教过了,每天早上起床号响之前,就得提前起来整理内务,不然被子就叠不成豆腐块,拿不上内务卫生流动红旗,还得挨班长的训。一到起床号吹响,出操、洗漱、吃饭、训练,就连成一条线了,根本没有空闲的时间,现在每天要空上半天不训练,他在心理上一下子接受不了,忍不住就问了,没想到问的方式有问题,惹班长生气了。林平安心里不是个味,心想着以后说话一定要注意。

新兵到中队后休息一天,熟悉中队的情况。

林平安趴在床铺上,给他姐写信。他在信中没写自己直到新兵连结束了,走队列还同手同脚,只写他已经分到了连队,是新兵连的指导员把他要到三中队的,他没写分兵时的情形,他怕姐为他难为情。在信中他还写了一些中队比新兵连怎么怎么好的话,反正是一切都好,告诉他姐不要操心他。最后他给他姐写了些问候的话,为了显示出自己已经是军人,和以前不一样了,说等发了津贴,就寄回去给姐买件好衣服穿。

林平安写字慢,等他把信写完,新兵周胜利已经把全班老兵们的床单都洗完了。杨树明也搬了够烧一个礼拜的煤(塔尔拉的三月晚上还得生炉子),还把那两个不太大的窗户玻璃擦得很明净。林平安找了找也没有可干的活了,心想着班里共三个新兵,就他一人没有干活,怕老兵们对他印象不好,到处找活干,最后实在找不到,就从每个老兵的床下面找出他们的胶鞋来,用凉水洗了。林平安洗完胶鞋时,手冻得都麻木了,搓了半天,放到肚子上暖了好长时间,才慢慢有些知觉了。不管怎么说,他也算干了活了,他心里才觉得踏实些。

第二天早上出早操时,问题就出来了,三班除三个新兵外,其他老兵全穿着笨重的大头鞋,因为胶鞋没有干。全中队的队列里不但有种沉闷的脚步声,而且步伐不整齐,影响了早操内容,收操的时候,中队长在队列前点名批评了三班。

解散后,三班长吊着个脸,回到班里就开始训林平安,说林平安看上去除了脸黑点外,一点都不傻,怎么干下了这等傻事,成心让三班在全中队面前丢脸!

林平安被训得两眼湿湿的,心里特别委屈,自己本想做点好事的,谁知坏了全班的名誉。他的心里很难受,任班长训着,他没有解释一句。

B2

那时候,因为有了秋琴的缘故,刘新章喜欢上了每日在荒滩上放羊的日子,他和秋琴在荒滩上嬉戏、随意交谈的情景成了他那一段记忆中最温馨的片段。

刘新章是在和秋琴的感情日益加深的时候认识根明叔的。

第一次见到根明叔,是在一个只有春风却不见春天景象的日子里。

那时候,刘新章不再放羊,已调到后勤班当了班长。那天他和战友们赶着牛车去很远的荒漠里打柴火,荒漠里有很多土沙包,里面全是柴火,无论刨开哪个土沙包都可以刨出很多梭梭和红柳根。在干燥的荒野里,他们把秃山包刨得面目全非。在尘土飞扬中他们很卖力地挖出了一大堆梭梭和红柳根,装满了几牛车后,他们都已经成了土人。赶着牛车往回走时,意外的事情发生了——他们迷路了。

迷路的经历,那种无可奈何极其焦急的心态,别人肯定无法体会。荒漠里似乎有一种被压抑的混乱空气,一种被压制着的阴谋就要爆发似的。仿佛有种要爆炸的东西需要十分细微的细节安排,某种细微而又全无准备、完全不可预见的东西。这种带有幻想的状态既允许人们置身于一个未知的事件之中,又要叫人们像先知一样保持冷静,在这种状态中那尚未可知的小小细节开始模糊而又执着地往一起凝聚,形成怪异的晶体一样的颗粒,像冬天窗户玻璃上结的霜。那些霜样的晶体显得那么怪诞,彻底地无拘无束,一个劲地在刘新章他们的脑子里扩散。然而客观存在着的命运却要由最严酷的自然法则操纵,而他们此时的心态也是一样,他们要服从一些不可抗拒的规律,要服从自然界说不清道不明的方向的支配。这是他们从来没有经历过的。

实质越真实,越实在,近在咫尺,看得见也摸得着,刘新章他们面前希望的现实就似乎变得越微妙、越不可捉摸,他们越来越固定不变,而他们眼前的景物却以同样的程度越来越膨胀。他们的紧张状态达到了无以复加的程度,刘新章想他当时有那么一点点的悲观,刹那间,因为他体验到了那种超出身体之外的东西。他完全丧失了时间和空间的感觉,在这转瞬即逝的近乎永恒中他突然觉得这世间的一切都自有它的道理，都是顺理成章的真理。

同时，刘新章也想到过，有些朝思暮想的奇迹有时也会发生。

那天他们出来的时候，有点刮风，不过有阳光。但到后来，风刮得大了，就不见一丝阳光了，天地间一片浑浊，根本辨不清东西南北。他们瞎转着并失去信心时，就只好趴在牛车的柴火上，任牛拉着车自由地在荒漠上行走，它把他们拉到哪算到哪。他们绝望地想着各种摆脱困境的办法，比如观察土沙包的四面，白的一面是太阳晒得多的一面，应该是南面，可走了一阵，感觉越走离塔尔拉越远了，又折回来。折腾了半天，一切都是徒劳。

最后还是牛把他们带出了迷途。牛拉着柴火和他们来到了一条河边上。

这就是叶尔羌河，充满了宁静和富态的诱惑。

刘新章他们很奇怪，在茫茫洪荒里居然有这么一条河。他们当时并不知道这条河叫叶尔羌河，是塔尔拉赖以生存的河流，河流拐弯的地方离他们居住的地方并不远，可刘新章没有见过。他也不知道他们现在到达的叶尔羌河地段离营区只有三十多公里的距离。经历了迷路找不着方向的焦急和恐慌后，一看到这条平平静静的河流，就像有一只温柔的手轻轻地抚摸着他们的狂躁的心一样，他们一下子就踏实了。当时他们什么也不顾，都来了精神，大吼大叫着，从牛车上跳了下来，向叶尔羌河扑去，把脸埋在河水里，趴在那里大喝了一通后，才发现河水并不清净，有些地方浑浊得还不如他们营区里的涝坝水。但那时候顾不了这么多,能够走出那漫无边际的荒漠,见到这样一条河流,已够让人激动的了。

就在他们在河边毫无顾忌地激动欢呼的时候,刘新章突然发现在不远处的河边上坐着一位沉静的老人。老人凝望着无声无息流淌的河水发着愣,这群穿着军装的年轻战士的欢呼和雀跃,一点也没有让他受到影响,他视他们就像他面前流过去的河水一样,根本不在乎他们的出现。

这个老人就是根明叔。根明叔是第一批走进塔尔拉的军垦战士之一,并且从此以后,刘新章和他有了<u>丝丝缕缕</u>的联系。

第一次见到这样一位沉静而孤独的老人叫刘新章吃了一惊,因为他的那只眼睛是瞎的。根明叔觉察到了刘新章在注意自己,偏过头用那只好眼睛正视刘新章的时候,刘新章感觉了阴冷的风从自己的心头上流过。但刘新章没有心悸。刘新章还没有到那种被他吓走的地步,可刘新章那时候心跳得特别快。他没有想过这个独眼人的出现,在没有人烟的地方意味着什么,他只想既然有河流有了人,也就不是什么怪事了。

刘新章壮着胆子走过去向根明叔询问这是什么地方。

根明叔用那只独眼冷冷地看了看刘新章一身被尘土弄得不成样子的军装,没有回答他。

刘新章从根明叔的目光里读懂了根明叔的意思,他觉得自己土不拉几的样子,着实对不起这身军装,他下意识地拍了拍身上的土,把军装拉了拉,其实是拉不平整的。

但根明叔再看刘新章时，却开口说话了。他说这是叶尔羌河。

刘新章说："叶尔羌河？这怎么可能？"他从一些老兵的口中听说过这条河，得知这条河是一条伟大的、穿过了塔克拉玛干大沙漠的河流。他没有想到这样一条伟大的河流会在这个时候出现在他面前，在他曾经的想象中，叶尔羌河雄伟得能与天山相比，他以为自己要见到这河还不知要经过多少时间呢，可居然在这里他见到了这条河流，而且这么轻易，现实中的它与他想象中的相去甚远，这么安静，这么丰腴，叫他有点难以置信。

"它怎么可能就是叶尔羌河？"刘新章的语气犹犹豫豫的。

"可这就是叶尔羌河。"根明叔语气坚定得再不容刘新章置疑。

刘新章没有被他们迷路后走出这么远而感叹，反而一下子对这条在心目中、在神圣位置上存放了很久的河肃然起敬。他认真打量着眼前的这条河，河床很宽，河水在荒漠上平平地摊开，像一条宽阔柔和的布平铺在大漠上，把蛮荒的大漠切成两半。叶尔羌河流经的全是荒凉的漠野，给大漠深处的生灵注入了一线生机，包括塔尔拉所有吃用的水，全是从这条河里引过去的，它在大漠人心目中占有神圣的位置。眼前的叶尔羌河水的气势把河堤反衬得异常弱小，河水似乎不受河堤的阻拦，铺到哪里就算流到了哪里，与大漠没有明显的界限，一切都是永恒的。刘新章看着眼前的景象，怎么也想不到他竟会在猝不及防的时候见到他心仪已久的叶尔羌河，它以这样的姿态一下子蹿了出来,在他的脑海里就再也跳不出来。

这就是叶尔羌河,它的伟大之处就是这样不经意地存在于大漠人的心里。

根明叔问刘新章他们怎么会到这里来。

刘新章说他们打柴火,刮风后就迷路了。

根明叔说:"幸亏你们还有牛,是牛把你们带出了迷途,牛是很有灵性的。"

后来在塔尔拉再见到这个瞎了一只眼的老人时,刘新章才知道他的名字叫乔根明,从那时候开始刘新章就叫他根明叔了。

当时在叶尔羌河畔,根明叔告诉刘新章他们塔尔拉离这条河其实不算太远,也就是三十多公里的路程。三十多公里的路程在新疆根本不算远,按新疆人的说法,几步路的事。

后来刘新章问根明叔,听说从叶尔羌河往塔尔拉引水,要流经上百公里远的距离。根明叔告诉他,引水要从上游河床高处开渠,所以要远些,这也不奇怪。奇怪的是那天在叶尔羌河边,根明叔给他们随手指了一下,叫他们顺着这条路走,就可以回到塔尔拉。

根明叔指的是一条并不能算作路的路。这在荒漠上也是很正常的事,荒漠上到处都可以是路。

刘新章只是奇怪根明叔也知道塔尔拉。

根明叔对刘新章很奇怪地笑了笑,说他就是塔尔拉的人。

不经意间认识了叶尔羌河,这使刘新章的心里多了一份对塔尔拉的柔情。回到中队后,刘新章在老兵的指点下,专门去了一趟距离塔尔拉最近的叶尔羌河段。那时叶尔羌河像哺乳期的羔羊,是那样丰腴柔和,充满了诱惑。刘新章坐在河畔,听河水轻轻向前走动的声音,看着河水轻轻奔流着,在面前一闪一闪。他感觉到河水温热的气息像一只无形的手柔柔地抚摸着他年轻而单纯的心。当然这时的他,心里盛满了对秋琴美好的爱情。

A7

三中队新分来的排长,叫吴一迪。吴一迪到塔尔拉的时候,新兵刚下中队没几天。

从喀什坐公共汽车,到进入塔尔拉的路口下来,上士阿不都早已经等在那里了。从通汽车的公路到塔尔拉还有二十四公里,这段路程没有通车辆,三中队派老兵阿不都赶着牛车来接吴一迪。

坐了八个多小时的汽车,又转乘牛车,吴一迪总有种不太真实的感觉。已是阳春三月了,灿烂的晴空中没有一丝云彩,也没有风。太阳懒懒地照在人身上,能感觉到春天的温暖了,戈壁滩上却没有一丁点儿春的气息,一切都是褐黑色的宁静。这种宁静压抑而空洞,拉车的老牛偶尔弄出一点响声,也显得极不真实。牛车走在平坦的石子路上,像一只不慌不忙的蜗牛,在一望无际的茫茫荒原上蠕动着。起先,吴一迪对牛车的速度有些性急,但望着牛车走过的石子路上,竟然连一点浮动的尘土都没有,只有牛蹄子踢踏碎石子的细碎声和牛车快要散架似的杂响声,单调地冲击着他的身心,慢慢地,他就有了随遇而安的无奈感,心里也就慢慢地平静了。

赶车的阿不都是维吾尔族人,不善言语,除去刚见面自我介绍名叫阿不都,是专门来接吴排长的外,再没多说一句话。他坐在牛车前面,手里扬着一根红柳枝,一声不吭,只是专心地赶着牛车。吴一迪看着阿不都认真的样子,心想其实在这样空旷的戈壁滩上赶车,根本不必这么用心,何况又是老黄牛拉的车,完全可以任它自己走的。

吴一迪想打破沉寂,掏出烟来递一支过去。阿不都没有接,却很客气地说了声谢谢。吴一迪以为他不会抽烟,便自顾自点上一支烟抽了起来。这时,却见阿不都从身上摸出一个铁盒子和几张报纸来,对着吴一迪晃了晃说:"吴排长,你抽莫合烟吗?我们塔尔拉的人都抽这个,劲足!"

吴一迪听说过莫合烟的厉害,摆摆手谢绝了。

阿不都就卷了一支莫合烟,点上火有滋有味地抽了起来。

吴一迪抽了一支烟后,靠在自己的行李上,就有点犯困了。他的脑子接受了牛车慢悠悠的现实之后,没有繁杂的思绪在脑子里乱撞了,有种看淡一切的心态,任牛车摇摇晃晃在海洋一般的荒原上。

吴一迪迷迷糊糊地睡着了。

吴一迪是被阿不都叫醒的。牛车终于将他们摇晃到了塔尔拉。吴一迪睁开眼一看,几排土坯房竖在眼前,墙皮脱落了不少,露出了干裂的土坯,门和窗子上还挂着厚厚的棉褥子。显然,这里还没有一丝春天的气息。

吴一迪忙跳下牛车，还没有顾上扶一下头上的帽子，就听到阿不都对他说："吴排长，这是指导员。"

吴一迪赶紧转过身，向一个瘦瘦的高个子上尉行了个军礼："指导员，我是吴一迪，前来三中队报到。"

指导员付轶炜还过礼后，抓住吴一迪的手，说："吴排长，欢迎你到三中队来工作，今后咱们就在一起做事了。"

吴一迪正想说几句客气话，指导员却说："看，中队长来接你了。"

吴一迪回头一看，只见一个粗壮结实的上尉已经走到了面前。他迎上去，给中队长行了个军礼。中队长却没有还礼，招了一下手，就握住了吴一迪的手，平淡地说了句："你来了。来了就好。"

吴一迪笑了笑，心中有点纳闷，他和中队长是第一次见面，给他敬礼，他咋不还礼？中队长头上还戴着帽子呢。按新条令规定，不戴帽子在营区也可以行举手礼，指导员没戴帽子都给他还了礼，中队长戴着帽子却不还礼，是不是他不欢迎自己来？

吴一迪正想着，几个战士已过来从牛车上搬下了他的行李。阿不都一边招呼着兵们，一边问吴排长的行李搬到哪里。

吴一迪这才注意到，老兵阿不都走路的时候腿有点瘸。在路口阿不都接上他的时候，因为急急忙忙地搬行李而没有注意到阿不都的腿有点问题。他愣了愣，想问一下阿不都，又觉不妥，便对阿不都说："我的行李就搬到班里吧，排长应该住在班里。"

中队长王仲军却说:"搬到中队部去,你住队部。正规啥呀?"

指导员付轶炜也说:"就是,我也是这个意见。大家住在一起也热乎。"

付轶炜的房间让给叶纯子住了,他搬到队部住了几天,觉得几个人住在一起,说说话,热热闹闹的,时间也过得快些。

几人进到中队部,吴一迪忙掏出烟来,先递给中队长王仲军一支。王仲军接了,当着吴一迪的面,掐掉了过滤嘴,将短了一截的烟含在嘴上,点上了火。

吴一迪怔了怔,见王仲军若无其事的样子,就接着给付轶炜递烟。付轶炜推让着不接,吴一迪以为指导员在跟他客气,就连着让。这时王仲军开口说:"别给他了,浪费。"付轶炜笑了笑说:"我真不抽烟的。"吴一迪就自顾自地点上一支红塔山,轻吸了一口说:"这塔尔拉真够远的,走了一整天。"

王仲军接过来说:"塔尔拉比你想象的差远了吧?"

吴一迪忙说:"没有,没有,我临来时,刘政委已经给我介绍过了,我在思想上已经接受塔尔拉了。就是我没有想到都到三月底了,这里怎么还没有一点春天的样子。喀什的杏花都开遍了。"

王仲军粗着嗓门说了句:"那是喀什!"就没有了下文,却掀开厚厚的门帘,喊来了通信员,给吴一迪打洗脸水来。

付轶炜见吴一迪有点尴尬,打了圆场,说:"这不,塔尔拉的门和窗上还挂着褥子当门帘呢。塔尔拉没有春天,就是有,也是风沙满天,都待在屋子里,我们就当成冬天过了。"

吴一迪还是第一次听说把春天当成冬天过的,临来时,支队政委刘新章给他介绍塔尔拉的情况时,可没讲这些内容,刘新章只是对他说:"塔尔拉是个能叫人一生一世怀念的地方,特别能锻炼人的意志,我就是从那里干出来的,好好干吧。"刘新章这样说时,一脸的庄重,并且还轻轻地拍了拍吴一迪的肩膀,当时令吴一迪还很感动。从第一眼看到塔尔拉时,吴一迪就意识到,他想象中的塔尔拉,和现实有很大的距离。但无论现实多么叫人不可思议,吴一迪还是能够接受的,他在心里仍对塔尔拉的春天抱有一丝幻想。春天就是春天,怎么能当作冬天过呢?

当阿不都给吴一迪送来一包沙枣时,他一脸茫然地说:"我不喜欢吃这东西!"

阿不都憨憨地笑了笑,说:"收下吧,这可是塔尔拉的宝贝,会有用的。"

"塔尔拉的宝贝?它有什么用?"

"等你吃了塔尔拉的水,开始拉肚子时,吃沙枣比吃药还管用。"阿不都说。

吴一迪一脸疑惑:"还有这道理?"

阿不都说:"到时你就知道了。"

真正感受到肚子不适,开始拉肚子,是吴一迪到塔尔拉的第二天中午,他吃了两顿用塔尔拉的水做的饭后。先是肚子像饿了时一样咕咕地乱叫,接着肚子里就翻腾开了,整个肚子像一口烧开水的锅，水沸腾着喷出一串串气泡，顶得锅盖啪啪作响，沸水要溢出来一样紧迫。

吴一迪急忙跑到厕所，拉出一股水来，肚子舒服了些。他刚回到队部，还没有坐下，肚子又闹腾开了，忙又往厕所跑。蹲了几次，他的腿都蹲麻了，赶紧找自己带来的治拉肚子的药片吃。

付轶炜见了，笑了笑说："吴排长开始放'水枪'了，到塔尔拉，这一关就像考试一样，谁也躲不掉的，你还是收起你的药片吧，不顶用。这是塔尔拉具有特色的拉肚子，得用塔尔拉的方法治疗。还是吃沙枣吧，我这里有。"

吴一迪捂着肚子说："非吃沙枣不可？"

"是的！"付轶炜坚决地说。

吴一迪摇了摇头，说："这就怪了。"

付轶炜说："见多了就不怪了。这也是塔尔拉人总结出来的一条真理——沙枣治拉肚子！"

吴一迪摇着头说："可我真的不爱吃这东西，跟嚼沙子似的。"

"这没办法。"付轶炜说着，就要给吴一迪拿沙枣。

吴一迪忙拦住付轶炜说："指导员，不用你拿了，我这里有，是阿不都送来的。"

说到这里，吴一迪的脑子里突然闪过阿不都瘸着的腿，就问付轶炜："指导员，这个阿不都到底是怎么回事？他的腿好像有点问题。"

付轶炜叹了口气："他的腿受过伤。这件事说起来话就长了……"

说到这里,付轶炜发现吴一迪脸上的痛苦表情,便转了话头对吴一迪说:"你还是先去厕所释放一下吧,什么事也急不过这事。"

A8

叶纯子二十几年的人生中还从来没有过这样拉肚子的经历,她几乎要虚脱了,晚上几乎就没有时间睡觉,因为她的时间都用在了一趟一趟地往厕所跑上。为了减少拉肚子,她连饭也不愿意吃了,几天下来,叶纯子整个瘦下来一圈。

这可急坏了吕建疆,他坚持要把叶纯子送到场部的卫生队去看看。叶纯子怎么说也不愿去卫生队。王仲军和付轶炜捧来沙枣,劝叶纯子还是多吃些沙枣,刘新章也说只有沙枣才能救叶纯子于水深火热之中。在几个人的劝导之下,深刻地体验到了拉肚子的厉害的叶纯子也只好抛开最初的意愿,开始勉为其难地吞吃着塔尔拉自产的"特色药"了。

叶纯子一直以为她是奔着塔尔拉这个神奇的地方和这个神奇地方的沙枣花来的。现在她不但踏上了被一条叫叶尔羌的河抱着的塔尔拉,而且还真真切切地在这块土地上生活着(虽然她想这种"生活"应该是短暂的),但她没有见到那充满了诱惑的沙枣花,于是也就在这种对沙枣花的想象和向往中,她对沙枣花产生的最终结果——沙枣有了好奇心。所以当塔尔拉要给所有初来者下马威的第一件事——拉肚子开始发生时,吕建疆就给叶纯子捧来了沙枣,叶纯子爱屋及乌,这种淡黄外表的沙枣对于她也有了强烈的美感。可当她很有兴趣地将第一颗沙枣扔进嘴里一嚼,她立马就有种秋天到了,黄叶落了,沙枣被风沙浸泡了的感觉。她强忍着咽进了这颗沙枣,无论吕建疆怎样跟她解释,她都不肯吃第二颗沙枣。

沙枣像它的名字一样,不仅有沙的那种意象,在牙齿的咀嚼下,也像一堆细沙子,干涩无味,再加上又是放了一个冬天的沙枣,干得只剩下了一层淡黄色的皮,包着一堆细沙似的枣肉,没有了水分。叶纯子苦着脸吃着沙枣,感觉着粗糙的沙子在不停地摩擦着她的牙齿、喉咙,要吞咽下去都费了她好大的一番工夫。但吃了沙枣,过了半天,就减少了上厕所的次数。为了不再受那种蹲得腿脚酸麻、头晕目眩的罪,叶纯子坚持着吃沙枣了。

叶纯子刚摆脱了拉肚子,吕建疆就对她说:"你看到了吧,这就是塔尔拉,真实的塔尔拉!而这还只是它的一面,它还有更残酷的让你无法想象的一面。趁现在苦水期还没有到,你——还是回攀枝花去吧。"

听到这话,叶纯子的心里忽然欢快了起来,脑海里立刻映出她的家乡攀枝花如画一般的风景。她抬起头看着吕建疆,却看见这张很有棱角的脸上此刻不仅布满了关怀,还隐隐约约地透露着忧伤。

叶纯子就愣了一下,她意识到自己的欢快从何而来,她为自己才踏入塔尔拉还没有看清塔尔拉的模样就开始想着逃离而暗暗羞愧。但吕建疆说完这话后脸上复杂的表情还是让她心里很暖。

话是这样说了,吕建疆心里却想叶纯子会怎么对待这个问题。这段时间他内心非常矛盾,他既希望她能留下,又想着在这样严酷的现实面前还是让她赶快离开。从内心深处他确实舍不得她,可她留下来,在塔尔拉这种恶劣的环境里,他又于心何忍?如果想留下叶纯子,他就必须要离开塔尔拉;如果不能离开塔尔拉,留下叶纯子又能怎样?还不是让叶纯子受这种苦?还不是重复着刘新章、王仲军他们的生活?可是叶纯子又是奔着塔尔拉才来新疆的,她一旦知道了他要离开塔尔拉的这个迫切愿望,她会怎么看他呢?她肯定会很看不起他的!这些搞艺术的人都怪得叫人捉摸不透。

叶纯子歪着脑袋冲着吕建疆很俏皮地说:"怎么,不欢迎我这个客人了?这么快就想要赶我走呀?"

吕建疆说:"不,不是这个意思,看你的体质根本承受不了塔尔拉的恶劣环境,怕你吃不消,才……"

叶纯子说:"我这么大老远跑到塔尔拉来,是想看沙枣花的,现在沙枣花没有看上,就这样回去,我不亏死了?"

"沙枣花在别的地方也可以看到的,塔尔拉这地方,不是……女人待的地方!"

"你这样说,我还偏偏要待在这个不是女人待的地方,等着沙枣花开,我要和塔尔拉较量较量到底谁更厉害呢。"叶纯子这样说时,她的心里已经翻腾开了。这段时间,多亏了吕建疆的照顾,通过这一阵子的接触,她对吕建疆有了一些了解:吕建疆是一个情感非常细腻的人,也很稳重,干什么事都很细心,绝对是一个好男人,这样的男人在当今社会上已经很难找到了。但叶纯子在了解吕建疆的同时,也发现了吕建疆的性格不太稳定,他有时候看上去不急不缓的,听之任之的,好像对世事没有多少感觉了,似乎缺乏积极向上的进取心了,一个年轻人,倒像个五六十岁的老头,对生活没有了激情,叫她有点接受不了。当然,叶纯子对吕建疆的内心世界还不是太了解,不知道他的真实想法,或许他是被这种固定的条理性生活规范得没有了脾气,又或许他心里一直在酝酿着别的想法,她不得而知。何况吕建疆是一个性格比较内向的人,要了解这样的一个人,需要时间,需要不断地探索。叶纯子突然觉得自己想这些干什么,又不是真已经到了要和他谈对象的地步。她赶紧收回自己的思绪,接着说道:"再说,我觉得这样挺刺激的。现代年轻人不是觉得活得没意思,都在寻找刺激吗?我感到在塔尔拉的这种拉肚子的经历,也有点冒险性质,挺好玩的。我告诉你,不看到沙枣花,我是不会走的!"

吕建疆无奈地说:"你就不要耍小孩子脾气了,那时候在攀枝花,我只不过是随口说说的,你何必要当真呢?"

"我就要当真,怎么样?"叶纯子说,"你不知道,我自从听了你的那一通话后,为什么一直给你写信、打电话呢?就是一直想着这沙枣花到底是个什么样子。它能让你那样不顾一切地驳斥我。"

那是一年前冬天的时候,吕建疆到攀枝花去接新兵,体检还没有开始时,他闲着去逛,路过一个鲜花店时,便走进去想看看。正看着,他听到一个女声:"这康乃馨真香",吕建疆听着这话,忍不住过去拿过那束康乃馨闻了闻,他没有闻出个"真香"来,便不高兴地说:"这花香什么香?简直比不上沙枣花的百分之一,还叫花呢!"

那个说花香的女孩子就是叶纯子,她一看是个当兵的,脸黑不溜秋的,说话又这么冲,她没好气地回敬了一句:"哎,你这话说得可就不对了,康乃馨没有你的那个什么沙——子花香,就不叫花了?"

"对不起,"吕建疆不好意思地说,"我只是听着你说康乃馨真香,就较上劲了。"

叶纯子一听,这当兵的有意思,马上就承认错误似的,一脸认真,她好玩的劲头就上来了,便说:"你真好玩,说就说了,谁让你做检讨了?你刚才说的什么沙子……"

"是沙枣花。"

"沙枣花,这个花我是第一次听说,它真的比康乃馨香一百倍?没这么玄吧!"

"沙枣花真的很香,听说比桂花还要香哩。"

"有这样的花呀?哪里有沙枣花呢?我倒要见识见识。"

"塔尔拉就有。"

"塔尔拉?这是什么地方?听起来像外国的名字一样,你……"

"对不起,我说话的方式有点不正确,应该说塔尔拉在新疆,是新疆的一个小地方,我在那儿当兵。"

新疆的塔尔拉从此以后就在叶纯子的脑子里扎下了根,对那个陌生地方的向往以及对吕建疆描述的绚丽的沙枣花的倾慕,给她生活的贫乏和生命的无聊,还有她灵魂历程的单调都涂上了斑斓的色彩,在她灵魂深处燃烧起一种无法言说的渴望,就像在黑暗中一线隐藏起来的光,没有人知道。她当即就和吕建疆相互留了地址和电话,说无论如何她都要去一趟塔尔拉,亲眼看看沙枣花。

当吕建疆告诉刘新章,他准备让叶纯子离开塔尔拉时,刘新章几乎是跳了起来,眼珠子都快瞪出来了,他冲着吕建疆恨铁不成钢地说:"吕建疆,我说你没毛病吧?我们大家都在给你创造机会,对叶纯子这么一个可爱的姑娘,你居然不使劲去追,还说要让她走,她走了,你还有机会吗?"

"可塔尔拉的条件这么糟糕,她一个年轻又文弱的姑娘,能受得住吗?我也不能为了自己就这样自私地不顾她的感受呀!"吕建疆嘟囔起来。

刘新章想想也是这个理,不管他出于什么样的考虑,叶纯子的想法才是最重要的。"那人家叶纯子怎么说?她愿意不愿意留下来?"他急急地问。

"叶纯子还是想看沙枣花,可是……"

"你别给我可是了,只要叶纯子愿意留,我们绝不能说让她走的话,不然,显得我们这当主人的多不够意思。至于拉肚子嘛,咱们还是想办法尽力去替她解决。"一听叶纯子还是愿意留,刘新章立马眉开眼笑起来,在吕建疆眼里,那神情倒一点也不像是个政委。

只要人在,吕建疆就有戏。刘新章信心十足。

A9

开始训练了。每年新兵下来都要搞一次时间比较长的训练,这种训练叫作新老兵磨合期训练。

先是训练队列,这是最基础的训练科目。林平安一听到"队列"这两个字,心里就慌了。

三班长早就注意上林平安了,问他怎么回事,是不是有病。

林平安结结巴巴地说不出来。三班长下了"齐步走"的口令后,才发现林平安走齐步是同手同脚。因为在班队列里,一个人走的步子有问题,是很明显的。

在一列整齐的队伍中,忽然别别扭扭地挤进一个同手同脚的来,三班长首先的反应是恼得差点要笑出来,然后又恨不得走上去在林平安的腿上狠狠踹上一脚,想了想又忍住了,却说:"林平安你还真是有病啊,新兵连训练了三个月,连木头都会齐步走了,怎么你还是同手同脚走队列?看样子还真是病得不轻呢。"

三班长这样说着,下了口令叫全班停住,给林平安下了出列的口令。

林平安跑步出了队列。

"第九名,听口令,齐步走。"三班长命令道。

第九名是林平安在队列里的位置号。

林平安迈开步子,一个人同手同脚地走着队列。全班人站在边上看着,老兵们哄然大笑起来。这一笑,影响到了操场上别班的训练,别班的人就都停下看热闹,林平安就走得更机械了,他觉得整个操场上的人都看表演似的在看着他,无论他怎么走,走到哪个位置,他浑身上下都贴满了眼睛。他的心里更慌乱了,并且有股酸酸的东西直往上涌,他想控制住自己脆弱的感情,努力走好,可是越想走好,越是走不好,他怎么努力也是迈左脚摆出去的是左手,迈右脚摆出去的是右手。而且他觉得这样走还比较自然,就像别人走队列左脚右手、右脚左手一样自然。干吗非要我左手右脚、右手左脚地出?我这样不是也挺好的吗?他心里恨恨地说。要他走成正确的步子也实在太难了。

三班长看着林平安同手同脚像牵线木偶一样走队列累得满头大汗,又是一副哭笑不得的表情,当着操场上那么多人的面,对林平安说:"林平安你没救了,你还是一个人到操场角去练吧,别在这影响了全中队的训练。"

林平安默默地走到了操场角。从训练的地方到操场角,就这么几步路,他却走得非常沉重,几乎每迈出一步,都要消耗他好大的气力。好不容易挪到了操场角,他的衬衣被汗水洇得湿透了,紧紧地贴在身上。他抹了一把额头上的汗,咬着牙,一步一动地练习着走队列。

三班长又开始指挥三班训练,别班的班长一看,也都从愣神中反应过来,开始训练了,操场上"一、二、三、四"的喊声震天价响了起来。

收操后三班长问林平安是谁把他接来的,那个人眼睛可能有问题。

林平安说了去他们那里接兵的干部的名字,三班长没听说过这个人,对林平安说:"你可能是别的支队接来的,人家不要你,把你换给我们了,怎么搞的,你就恰好来到我们三中队了,怪事。"

新兵杨树明对班长说:"报告班长,他是没有人要了,指导员只好带到咱连来了。"

三班长把他的粗眉毛扬了扬,说:"怪不得呢,就说咱中队今年分了十六个新兵,怎么来了十七个,原来还有一个搭配的拖油瓶呢。"

林平安心里酸楚得厉害,脸涨得通红,终于憋不住了,对班长说:"班长,这是部队,我也是军人哩,一个列兵,你怎么能这样说我?"

三班长两眼盯着林平安涨得红红的脸,说:"你还军人呢!军人有训练三个月连个正步走都不会的吗?你呀,丢军人的脸去吧。把你分到我们三班,三班可倒大霉了。"

林平安低着头不再吭气,心里恨自己不争气,连走路都走不好;又后悔来当兵,就算一辈子窝在山沟沟里,也比在这里受别人奚落、嘲笑要好得多。可是他抵不住他姐的威力,他姐为了他能当兵出来闯世界,把什么都搭上了,他不能不当兵啊,可现在……

他的眼里蓄满了泪水，他心想闯世界肯定不容易，可好男儿哪能有不闯就有好世界的？不为自己，也得为苦命的姐姐着想呀！他擦干了眼泪，他想他应该做个好男儿，他不能让姐姐的希望变成失望。

为了改掉自己同手同脚走队列的毛病，林平安决心要狠下一番苦力，无论如何一定要把这个错误纠正过来。新兵周胜利也帮着给林平安想办法，晚上在月光下用背包带绑住林平安的胳膊和腿，林平安在前面走，周胜利在后面拉着背包带，林平安迈左脚时，周胜利就拉住他的左手，不让左手摆出，迈右脚时就拉住右手。其他几个新兵也一块过来帮忙，拉着林平安每天晚上都练习。

大漠的月夜特别明亮，映照得寂静的操场更加空旷，林平安就在如洗的月色中刻苦地练习着。春季的夜里还是冰凉、刺骨，但几个新兵没有一个抱怨的，他们都十分勤恳地帮助着林平安。在几个新兵的指点和帮助下，林平安同手同脚的毛病终于有了改变。再训练队列时，三班长点了林平安的名字后，叫他到操场角继续一个人操练。林平安十分平静地说："班长，我已不再是同手同脚了。"

三班长不相信，说："你在新兵连训练了三个多月，都没有改掉同手同脚，下中队才一个多礼拜，就能改了？"

林平安站在队列里目视远方不吭气，脸上却是一副很自信的样子。

三班长说："那你给我走走看看。"

林平安就出列走齐步。刚开始走的几步还蛮像回事,但走了几步后又恢复了同手同脚。林平安努力着使自己再走出正确的步伐,可手忙脚乱了一阵,终于还是失败了,他仍然是同手同脚,惹得老兵们哄笑不已。

三班长走过去没好气地对林平安说："你出什么洋相?还嫌不够丢人?到一边去吧。"

新兵周胜利替林平安打抱不平,打了声报告,说:"班长,林平安的同手同脚是纠正过来了,我们给他手脚上绑了背包带试过。"

三班长看了看周胜利,想了想说:"那你拿背包带来试试。"

周胜利拿来背包带,给林平安绑上手脚后,不用在后面拉着背包带他也能左脚右手、右脚左手走出像模像样的正步来。可一解开背包带,就像被拽拉着的弹簧,一放手立刻又弹了回去,林平安又成同手同脚了。

三班长哭笑不得地挥了挥手,说:"林平安,你真是绝了,如果是阅兵你还能绑个背包带吗?"

林平安脸红得像西红柿一样。

三班长说:"林平安,你还是去操场角慢慢练吧,别在这妨碍了大家训练。"

林平安再也忍不住了,他觉得班长用这种口气说话,太轻视他了,于是气呼呼地对班长说道:"班长,我是笨点,但你也不能小瞧人。我投弹就可以投五十米。"

三班长用眼角瞄了瞄瘦小的林平安,说:"就你?"

林平安的头抬得高高的:"不信?咱试试!"

第二节课训练时,三班长给排长讲了声,就带着三班到营房后面的荒滩上训练投弹。一开始,三班长就让林平安先投弹。

林平安脱掉衣服,甩到干枯的骆驼刺上,抡了几下胳膊活动了一下,抓起一个训练弹,没有助跑,站在原地就投了出去。

弹落在了五十五米的标杆处,但没有落到投弹地线内。林平安又投了两颗,都超过了五十米,却都落在了地线外。

三班长摇了摇头,说:"你投弹远倒是挺远的,可就是没有投到地线内,也只能算废的。林平安,这下你不会再逞能了吧?"

林平安垂下了头,捡回了训练弹,也不穿上衣服,走到离大家有点远的地方,立下,目光很空洞地朝大家看着。寒冷的漠风不动声息地在人群中来来往往,也在他干瘦的肌体上一遍一遍地抚摸着,他全身冰凉却感觉不到一点冷意。

旁边一个老兵看着林平安孤零零伫立的身影,有点不忍心,对三班长说:"林平安要再练练,今后会投准的,班长……"

三班长不再吭气了。

老兵对林平安说:"快穿上衣服吧,别感冒了。"

林平安鼻子酸酸的。

B3

刘新章认识根明叔后,他才发现根明叔是一个心里沉甸甸的人。他不像郭连长那样轻视刘新章这个和平年代的军人,但他似乎更多地沉浸在他自己的经历中,他有时说出一些不可思议的话来,而且说完了便不吭声,却勾起了刘新章对他极大的好奇心。他瞎了的那只眼睛告诉刘新章他的人生经历中一定有一段很值得去了解的故事。他花白的头发也告诉刘新章,关于他的故事一定很耐读。

就在刘新章对根明叔发生了兴趣,想方设法要打开根明叔这本故事书的时候,秋琴认识了农场场部新分配来的一个年轻的男医生。这个年轻的男医生对塔尔拉很不屑一顾,来了没几天就到处扬言,自己有后台,来塔尔拉只不过是为了走个过场,在这个鬼地方待不了几天,就会离开的。他的这种狂妄劲传遍了塔尔拉,大家都有点瞧不起他,不仅因为他狂妄,还有他把塔尔拉说成是鬼地方。在美丽的叶尔羌河怀中的塔尔拉怎么能是鬼地方呢?这样的说法引起塔尔拉人的共愤,漂亮的秋琴却莫名其妙地一下子对这个年轻的男医生产生了好感。

刘新章还不知道秋琴别的想法,一个劲地把话题往根明叔身上扯的时候,秋琴每次都用各种方式避开了刘新章想知道的话题,她只说对塔尔拉的人你最好是远远地去看,不要老想着去了解,包括她在内。秋琴这样对刘新章说时,他静静地看着她美丽的大眼睛,秋琴却把目光慌慌地躲开了。

这时候,三中队的司务长开始怀疑刘新章和驻地的姑娘有不正常的交往,怕他出问题,还跟踪了他几次。司务长发现刘新章并不是他想象的那样,和秋琴有拉拉扯扯的关系,便放弃了跟踪,过后却对刘新章说过,秋琴是个很不错的女孩。

其实司务长一点都没有看出来,他感觉很不错的女孩秋琴这时已在刘新章的心里扎下了根,占据了他心中最神圣的领地。

但刘新章一直不知道,秋琴的心已飞出了塔尔拉,她认为塔尔拉是个浅潭,根本盛不下她的青春和美丽,塔尔拉留不住她,她迟早是要飞出这个地方的。当她的心里开始有了刘新章的爱情的时候,还沉浸在这份爱情的喜悦中,还没有想到要离开塔尔拉,但这时候那个医生来了,她和所有塔尔拉人一样不喜欢他的狂妄,但他的狂妄透露出一个信息:他会去喀什。喀什是秋琴心目中很繁华的城市,秋琴在书中就已经领略到繁华的含义,她渴望能拥有那种与塔尔拉完全不一样的生活方式。这种渴望使秋琴意识到了自己的青春和美丽有了与以往不同的含义了,这种渴望让秋琴把自己作为赌注押在了走出遥远、荒凉的塔尔拉,迈向生活新内容的路子上了。

当然,秋琴当时也知道她在刘新章心目中的位置,同时她也明白,以刘新章的能力,是无法使她走出塔尔拉的。秋琴只看到了眼前的事实,她没有穿透时光的能力,也确实,当时的刘新章只是一个普通的战士,他非但没有让秋琴走出塔尔拉的能力,而且他的爱情能不能留在塔尔拉都是个问题。至于以后,秋琴没有想,刘新章也无法预知。

秋琴很快就从塔尔拉消失了,这叫绝对沉浸在爱情中的刘新章一下子难以接受这个事实。但秋琴确实走出塔尔拉了,传说她要到很远的喀什市去定居,今后会成为喀什人。喀什市对塔尔拉人来说,是一个得抬起头仰望的城市。秋琴能去喀什,当然是场部那个年轻的男医生帮她调到喀什去的。刘新章在中队待的时间长,只有抽空才能去看秋琴,就一直还蒙在鼓里,只知道那阵子每次去看秋琴,秋琴都会在医生那里,好像病比较多,他很关切地询问她时,她又说自己没什么。那时候的秋琴看刘新章时,眼神总是愣愣的,刘新章以为她干多了活,打不起精神,并没有太在意,却没有想到是她已经和那个医生好上了。医生带上秋琴很自然地走了。

当秋琴离开刘新章跟着那个牛皮哄哄的男医生到喀什去了之后,刘新章被心里的那种说不清道不明的痛苦折磨的时候,他都会去叶尔羌河畔。走到河对岸,当他把塔尔拉甩在身后时,才允许自己胡思乱想一些事儿,他也想到了根明叔,想到他和魏芳发生在叶尔羌河边上的事情,他只感觉到作为一个人,活生生的人被河水映照出一副伤心的面孔,是很难受的,因为这河水映出了一个被外面遗忘的世界,这就是塔尔拉的悲哀,它像一个被随便丢弃在洪荒中的一片树叶,在茫茫荒原上挣扎着、扭曲着并留下了一些悲悲切切的故事,像这河水一样永不停息地流淌着……

起风了。

该到起风的时候了。沿河两岸的红柳佝偻着身子,在这面没有光泽的河水上投下了慌乱的影子。起风时,这些红柳枝便发出一阵沙沙声,河水翻腾着流过时它们也会跟着流下几串眼泪。

这条河使刘新章默默无言,他找不到可以倾诉心曲的人,他向谁倾诉?

秋琴离开塔尔拉之前,刘新章和她最后一次见面,她脸上写满了特别的东西,这种东西叫刘新章看了心里特别不舒服,但秋琴一点都不在乎他的表情,只是她的目光躲来躲去的,但还是告诉了刘新章一个很重要的事情,是关于她的身世。

"你知道吗?"秋琴是这样对刘新章说的,"乔根明是我的亲爹!"

刘新章当然不知道,傻愣了半天,才说:"我不知道。"

秋琴说:"从现在开始,你就知道了。"

当时的刘新章也不知道,秋琴是根明叔的女儿,对他又意味着什么,直到后来,他和红柳结婚,才想这冥冥之中的安排是这么巧妙,似乎就是要让他怎么也躲不开秋琴。但秋琴是根明叔的女儿,让刘新章确实很惊讶,塔尔拉的事情复杂得让他绕不过弯来。刘新章对此一点都沉不住气,总想找个人证实一下。当然,去找根明叔是不可能得到证实的。

事情有时就这么巧,刘新章又认识了塔尔拉的另一个人物,这个人就是青婆。青婆让他知道了发生在根明叔身上的故事,一段令人不可思议的故事,也正是有了这个故事的铺垫,才有了秋琴更浓重的悲剧色彩,和刘新章对这段初恋的无法忘怀。

青婆作为无儿无女的"五保"户老人,一直是驻地部队学雷锋活动的对象。刘新章他们给青婆打柴火、挑水、扫院子,他们也就成了典型。

青婆也不知道怎样就认定了刘新章就是那个和秋琴在一起放羊的后生,她对他有一种特殊的好感,她说,只有他才是秋琴真正该喜欢的人,可惜秋琴放弃了他。

刘新章没有向青婆问起关于秋琴和根明叔关于郭连长和秋琴妈的事,青婆面对他时,却十分自然地把那些深埋在记忆中的旧事掏了出来,摆放在了刘新章的面前。她给刘新章讲那些的时候,拍醒了与她相伴的那只黑猫,黑猫不情愿地离开她怀里时看了看陌生的刘新章。刘新章就像黑猫听青婆诵经一般听着塔尔拉的故事。

正是这段故事才铸成了刘新章心中的塔尔拉。

青婆说:"秋琴的妈是个戏子。戏子你知道吗?"

刘新章说:"知道,戏子是唱戏的。"

青婆说:"秋琴的妈不是唱戏的戏子。"

刘新章不明白不唱戏的戏子怎么会叫戏子。

青婆说:"秋琴的妈是个跳舞的戏子,不唱,从头到尾不唱一个字,只跳舞。"

刘新章说:"那是舞蹈演员,不叫戏子。"

青婆说:"反正都一样,跳舞也是给人看的,唱戏也是给人看的,都是演戏的。"

秋琴的妈魏芳是个舞蹈演员。

舞蹈演员魏芳没有结婚肚子就大了,从北京被遣送到新疆,分来分去最后被发配到了塔尔拉。

舞蹈演员魏芳没有生下肚里的孩子,去了趟医院做了流产,全身就轻松了。她单身一人来到了塔尔拉。

"秋琴就像她妈一样。"青婆说,"她是说她们母女长相一样。"

这个,刘新章不难想象出来。长得漂亮的女人不论是干什么,在什么场合,都会成为人们关注和议论的中心。

但是漂亮的舞蹈演员魏芳在塔尔拉陷入了荒野般的寂寞和孤立无援的境地。并不是塔尔拉的人对美丽的女人熟视无睹,而是魏芳的名声使得没人敢去接触她,怕沾染上无法洗却的毒素。

"戏子总归是戏子,她的演戏手段绝对高明。"青婆说,"那个戏子很快就勾引上了一表人才的乔根明连长。"

"你根明叔也是一时糊涂,被那个戏子勾去了魂。"青婆这样说。

塔尔拉的第一任连长是乔根明。塔尔拉就是根明叔带领大家一手开垦出来的。

根明叔是响当当的连长,曾因带头在大漠里开辟出一块名叫"军息林"的胡杨林,为已故的军垦战士建造了一个安静浓绿的西天乐土且被当时的军垦战线树立为先进典型。可这个先进典型栽倒在下放来的舞蹈演员魏芳手里。当时,把有问题的舞蹈演员魏芳分到根明叔的连里改造，上面肯定考虑到根明叔是个政治、思想上都过得硬的连长，可这个政治、思想过得硬的连长在对待爱情这件事上像许多普通人一样，没有硬过去，完全软了。

后来发生的一些故事，与舞蹈演员魏芳的到来是分不开的。

长得像她妈一样漂亮的秋琴，也像她妈一样未婚先孕，半年后，秋琴就挺着大肚子从那个繁华的喀什市回到了偏僻的塔尔拉。

塔尔拉人开始不明白秋琴出去半年后为什么就这么回来了，并且是和肚里的孩子一块儿回来的。

秋琴却没有生下肚里的孩子，不知不觉中人们发现秋琴鼓着的肚子就突然之间塌了下去。恢复成以前模样的秋琴没有要离开塔尔拉的样子，反而又出入在塔尔拉的角角落落，好像遥远的喀什市对她只是风起时的一个记忆，风走后就带走了这个记忆，而与她再没一点关系。

在秋琴挺着大肚子回到塔尔拉后，刘新章曾经找过秋琴。他很想了解秋琴离开塔尔拉半年来的生活情况，问她今后的打算，因为秋琴毕竟是第一个占据他心灵圣地的女孩。

刘新章的出现遭到了秋琴非常冷漠的对待。他见到秋琴的时候，她挺着大肚子给正在喝酒的郭连长炒菜。郭连长身上过早地穿上了那件到处冒着黑乎乎的棉絮的军棉衣，一个人蹲在土炕上有滋有味地喝着酒。

刘新章喊了声秋琴,秋琴愣了愣,回头看了他一眼继续为她爹炒菜。她的冷漠让刘新章心中狠狠地痛了一下,但他并没有介意,秋琴的这种态度是他意料之中的,谁会在倒霉的时候面对从前喜欢的人呢?倒是郭连长叫刘新章上炕去陪他喝几盅。郭连长又开始对刘新章这个当代军人嘲笑,他的话题永远不会有新的意义,但他能说得很有味道,比起酒来,更能叫他舒心,他需要这种有味道的话题当作下酒菜。

刘新章没理会郭连长。

他凑过去向秋琴问了个好。

秋琴把菜炒得很有声响,炒菜炒出的声响淹没了刘新章的话。

刘新章往下就不知道该怎样说了。他就默默地站在秋琴的旁边,看着她专心致志地炒菜的样子。秋琴的脸还是和她走出塔尔拉之前一样地光鲜和生动,可是没有了灿烂,她的眼神耷拉着,瞅也不瞅刘新章一眼。虽然外表上的秋琴没有一丝败落的样子,但她的沉默使刘新章无法平静下来,他知道秋琴是在替自己垒一层坚硬的外壳,他想帮她,可是他又怎样去帮助她呢?自他们放羊相识到秋琴在他心里占据了重要位置,他就再也无法把她排出他的心。尽管后来秋琴对这份没有公开的爱情的背叛深深地伤透了刘新章的心,可他也没有怨过她,恨过她,相反,在心里他还十分理解秋琴的举动,对于有文化又漂亮且心高气傲的秋琴来说,塔尔拉确实太简陋、太狭小了,热爱生活的秋琴,她需要有一个广阔的天地任她的想象飞翔,而他既没有能力给她这么一个世界,又无法预知自己的将来会怎样,他只能默默地为秋琴祝福。可是令他万万想不到的是已经展翅飞了出去的秋琴竟然又飞回来,而且回来得如此狼狈、如此沧桑却又如此平静。他想秋琴是个很难让人琢磨透的人,但无论怎样她依旧还是他心目中的那个秋琴。

可秋琴一点也不领他的情。

默默无语地伫立了许久,秋琴的菜也炒完了,她还是不看刘新章一眼,转过身又去洗刷东西了。直到最后刘新章正准备离开的时候,秋琴才忽然停下来,对他笑了笑,说了一句:"所有的都过去了,什么也没有留下,连碎片都没有。"

刘新章的心像被刀片划了一下,半天也没有止住这痛。

自此以后,秋琴直到嫁给塔尔拉出了名的段建新,不论刘新章什么时候找她,她都没有再和他说过一句话。

A10

吃了沙枣,果然不再拉肚子了,吴一迪心里奇怪,这沙枣就这么神?

付轶炜说:"更神的是在塔尔拉治拉肚子,只有吃塔尔拉土生土长的沙枣才起作用。奇怪的是塔尔拉这地方水土硬,生命力非常强的沙枣树,在这里还不容易活。所以,在塔尔拉种植沙枣树也成了大事。"

了解到这些情况后,吴一迪才明白中队营区为什么栽了这么多沙枣树。开始他还想这都是些不成材的树,怎么就种这多,原来这些不成材的沙枣树可是塔尔拉的宝贝呢!

如果不是这些看起来不起眼的沙枣,塔尔拉给吴一迪的第一个下马威,就不知怎么对付了。吴一迪心想,这次多亏了沙枣,不然自己非得拉肚子拉得趴下不可,他对这种外表粗陋难以下咽的东西一下子有了好感。

按王仲军的说法,光对沙枣有了好感还不行,吴一迪还不算塔尔拉的人,就算真正是了,也没法服塔尔拉的水土。一到初夏,苦水期开始了,老塔尔拉的人,也照样拉肚子,到那时候你再看,沙枣是多么珍贵!

吴一迪问王仲军:"这种拉肚子,除过吃沙枣,就没有别的办法了?"

王仲军点上一支烟,深深地吸了一口后说:"塔尔拉的水质有很大的问题,别的办法倒也想过,可都没有成功。在这方面,副指导员做过许多尝试……"

那时候,吕建疆是中队的给养员,和司务长分管着中队储存的沙枣。沙枣也像武器弹药一样实行双人双锁,是不能随便动用的。塔尔拉的苦水是因为这里的饮用水都是从叶尔羌河里引来的,初夏河里涨了水后,河水顺着塔克拉玛干沙漠边沿,流到塔尔拉需要一段时间,水先将干涸的渠沟泡软、浸透,就将蓄积了一个冬天的盐碱溶解在水里了,进入人畜共同吃用的涝坝(蓄水池)里。这种质量不高的水吃了,拉起肚子来没完没了。

在这年的苦水期到来之前,吕建疆按照司务长的吩咐,将第一批沙枣分配完后,望着还剩下的大半筐子沙枣,对炊事班长说："下次分沙枣,炊事班的就免了。"

炊事班长急了："为什么?"

吕建疆说："去年沙枣收得少,今年可能不够用,先保证战斗班吧,到时可以给炊事班发些'泻利停',应应急。"

"那顶什么用?"炊事班长火了,"我去找司务长。"

"就是司务长这么说的,你去找吧。"

炊事班长没话说了,捧着自己班的那份沙枣,默默地走了。吕建疆看着炊事班长的背影,心里不是个味。他锁好门,将司务长的那把钥匙还了,就到了炊事班,讨好地对炊事班长说:"其实,咱们可以想想别的办法。"

炊事班长没理他,却将一把沙枣交到吕建疆手里。吕建疆是给养员,编制在炊事班。

吕建疆没有接自己的那份沙枣,却说:"我就不信,这水就没有办法治了。"

"能治?能治谁还愿意熬到现在?!"炊事班长没好气地说。

"那不一定。"吕建疆似乎很有把握地说。吕建疆那时才是第二年兵,刚提的给养员,兵们叫他上士,其实他要授衔的话(那时还没有授衔),最多才是个上等兵。炊事班长是第四年老兵了,对吕建疆有点不以为然,心想,这塔尔拉的水苦了多少年了,你吕建疆才当了一年多兵,就妄想把苦水治了?你还嫩着呢!

那时候的吕建疆还是个年轻气盛的性格,遇事易冲动,但也爱琢磨,他当时心里也明白,多少年了,自从部队驻扎到塔尔拉开始,就一直有人在做治理苦水的努力,可总也没有人成功。关于治苦水的事,吕建疆从老兵那里听到了不少消息,支队和总队也想尽了办法,请教了有关单位,要治塔尔拉的苦水,但经过数次的研究和试验,最后的结论是,只有打井引出地下水才行。有关单位在塔尔拉一探测,就发现,这个地方没有地下水源。上级也曾想过,给塔尔拉用人工运水的办法,可与塔尔拉距离最近的喀什,也有四百多公里,运水根本行不通。好在塔尔拉的苦水期只有个把月,别的时候,气候一变,盐碱会淡些,水是不太好喝,可起码人饮用了不会经常拉肚子,况且世居塔尔拉的人,不是一直生活得好好的?用土办法能治拉肚子,度过苦水期就好了。

吕建疆从新兵连分到塔尔拉后,正逢苦水期,第一顿饭吃下去,肚子里咕咕叫,有种东西硬往下坠,拉起肚子,拉得他全身疲乏,蹲下就头晕,站起来两眼发黑。要不是及时吃沙枣,非得连肠子都拉出来不可。

从那时候起,吕建疆对沙枣有了特殊的感情。他曾将塔尔拉产的沙枣和别的地方的沙枣做过比较,想研究出塔尔拉的沙枣究竟含有什么样的成分,居然会有治拉肚子的神奇功效。可最后他的研究成果是,塔尔拉的沙枣表皮和其他地方的沙枣相同,都呈淡黄和绯红色;塔尔拉的沙枣吃起来像沙子,吞下去刺喉咙、干燥没味,没别的地方的沙枣好吃。除此,便再也没有新的发现了。但沙枣能治拉肚子,在此之前,连生在新疆长在新疆的吕建疆都从来没有听说过这样的奇闻。

吕建疆想治理苦水的想法,在这年的新兵下来之后,变得异常强烈。他看到刚分下来的新兵,像自己刚下连队一样,首先接受拉肚子的考验,心里就格外急。虽说老兵们戏说新兵到塔尔拉要经过这门考试才能合格,可是到了第二年,苦水期一到,大家还得拉肚子,还得继续接受考验。

吕建疆在春季基本上没有多少事要做,冬菜储存得多,塔尔拉的春天基本上就是延续的冬天,仍是以吃土豆、大白菜为主。给养员不用去采购菜食,吕建疆就整天想着治水的事,苦思冥想,始终找不到头绪的愁苦笼罩着他,他几乎每天去伙房后面的涝坝前,站在那里,望着一池水发呆。

涝坝有些年头了,四周长满了不少旱芦苇,这种芦苇长不高,更别想长出芦花了,这会儿的芦苇是枯死的,因为长在涝坝边上,根部已冒出了一些嫩绿的幼芽。在水与池的硬土接触的部分,有一层白得耀眼的白碱,土被碱锈成了硬壳,倒也能防止水渗出来。吕建疆蹲下,用手去抠那些白白的硬壳,竟抠不下来,手指却抓出一阵铁皮摩擦水泥地面的响声,十分瘆人,直刺得吕建疆心一颤。

漠风一直没停,卷起的沙尘,还有树叶、干草,甚至还有羊粪,落到涝坝里,漂浮了一层。涝坝里的水沉淀了多日,不算太浑浊,可漂浮的那些杂物,叫人看了,比浑浊更叫人恶心。如果不是在塔尔拉,谁会相信,这样的水会是人饮用的水?

吕建疆眉头紧锁,几天来不说一句话,整天围着涝坝转,没有想出治水的办法,倒引起了中队长的注意。中队长就叫司务长找吕建疆谈谈,虽然塔尔拉条件艰苦些,但几年的时间也不好过,再怎么说,当兵是一种奉献,选择了当兵,也就是选择了奉献,千万别因这些有什么想法,与其一个人整天围着涝坝转,不如找个机会把心事抖一抖。

吕建疆对司务长说:"放心吧,我没有事,只想弄明白这水,人吃了为什么会拉肚子。"

司务长这才放了心,说了声"这水",光是摇头,再没有了下文。

吕建疆也没有躲过这次苦水期拉肚子的厄运,后来实在拉得受不了了,就吃了那份分给自己的沙枣。炊事班长看到了说:"我还以为你吕建疆不吃沙枣,就可以止住拉肚子呢!我们可等着你治好苦水,少受份罪呢!"

吕建疆不吭气。

炊事班长说:"认命吧,多少年了,都是吃沙枣度过苦水期的。"

吕建疆固执地说:"我就不信,这水是死的,还能把大活人给难住?"他一直在心里琢磨,为什么在塔尔拉肚子,要吃沙枣才能止住?他弄不清沙枣属性,因为在这孤独的塔尔拉,得不到沙枣治拉肚子的答案,只有沙枣治拉肚子的真理。吕建疆就决定还从沙枣着手,在沙枣上做文章。他先停止吃沙枣,让自己拉肚子,然后将一些沙枣泡在盛了苦水的缸里,待沙枣泡得胀破后,试着喝了缸里的水,竟然也止住了拉肚子。

吕建疆高兴得差点叫起来,他本想把这个好消息告诉给大家,转念一想,还是先不要说,等自己真正干成这件事,给塔尔拉所有的人一个天大的惊喜吧!

吕建疆自作主张,利用掌管库房一把钥匙的方便,要来司务长的另一把钥匙,打开库房,小心翼翼地将大半筐沙枣搬出来。独自一人将涝坝里漂浮的杂物打捞干净,又站在涝坝旁边欣赏杰作似的打量了好半天,像要干一件惊天动地的大事一般,将中队剩下治拉肚子的沙枣全部倒进了涝坝里。

只要沙枣在水里,吃完了水,再放进去些苦水,泡上沙枣,照样吃了不会拉肚子的。吕建疆是这样想的。

吕建疆算是闯下了大祸。

涝坝里的沙枣,经水一泡,先是泡软了,过了四五天,沙枣就泡烂了,并且涝坝里的水也沤出了一股难闻的臭味道,不能食用了。

吕建疆还真算是干了一件轰动塔尔拉的事情,虽然没有人直接责怪他。他沮丧到了极点,站在一池臭水边上,号啕痛哭了起来。

这算是大事。中队为此专门召开了支部会,研究如何度过两个多月的苦水期,因为那半筐沙枣是仅有的一点库存了,没有了沙枣,剩下的这些日子可怎么过? 同时,也提出了如何处理吕建疆。有人先提出给吕建疆行政警告处分,或者撤销他的给养员职务。

司务长说:"要处分就处分我吧,双人双锁保管,出了这种事,我作为另一把锁的保管者,应负最大的责任。"

支部会上,为处理吕建疆的事引起了争执。各种说法都有,毕竟是关系到中队全体人员要度过苦水期的大事。

最后，中队长说："现在不是研究处分的时候，关键是想办法解决度过苦水期的问题。"中队长干脆做了分工，几个干部分头行动，到塔尔拉各个地方去筹措些沙枣，度过苦水期。

干部们到担负看押任务的劳改单位和一些当地住户那里，好说歹说，费了不少劲，连买带借，算是筹借到了半筐沙枣。全中队干部战士围着那半筐沙枣，没有一人说话，没有人埋怨吕建疆，却在心里想着，只有在塔尔拉这个鬼地方，才会把这种不起眼的沙枣看得这么金贵。

有了沙枣，度苦水期的困境基本上解决了，吕建疆并没有因此舒出一口气来，他一个人关在房子里，对自己闯下的大祸悔恨不已，他甚至没有参加全中队淘出涝坝里的臭水，他不吃也不喝，像得了一场病似的，全身无力，脑子里乱得像一团麻丝。

炊事班长亲自给吕建疆端来饭食，吕建疆一口都没有吃，炊事班长见他痛苦的样子，只责怪他不该连饭也不吃，避开了这个话题。

吕建疆心里就更难受，最后在中队长的命令下，他总算吃了几口饭。虽然中队没有做出处理他的决定，他还是悄悄地到炊事班帮助做饭了，他不敢去训练场，怕看到战友们的目光。

一开口吃饭，吕建疆也就开始拉肚子了，但他绝对不吃炊事班长分给他的沙枣。他一看到沙枣，心里就有种负罪感。他宁愿受拉肚子的苦，蹲在厕所里头晕目眩，拉得身体虚弱得连路都不想走了，他也没有要动一颗沙枣的念头。

拉肚子折磨得吕建疆痛苦不堪的时候，他在心里想的还是治苦水的事，苦水吃了拉肚子主要可能是碱性太大了。他想到了泉水，泉水是从地下渗出来的，如果把苦水过滤一下，水会得到净化，水里的碱性会不会减少一些？碱少了，再吃上也许就不会拉肚子了吧。

吕建疆是个喜欢奇思异想的人，他有了这个想法后，给谁也没有说，一个人趁没人的时候，在大涝坝跟前又挖了一个双人床那么大的小涝坝。他想把大涝坝里的水过滤到小涝坝里，在两个大小涝坝中间挖一条渠沟，沟里填上石子和沙子，让水从沙石的缝隙里慢慢地渗到小涝坝里，像泉水一样，这苦水不就被过滤了吗？被过滤过的水就算不能根治拉肚子，人饮用这样的水至少可以缓冲对苦水的反应吧。

他心里也没有底，他只想着试一下。

炊事班长看到吕建疆又在绞尽脑汁要"创新"了，就劝他别胡思乱想了，要有办法治这水，早就用了。

吕建疆听不进去，就是听进去了他也有自己的理由，这么多年来想要治水的人当然不止他一个，可一个人有他不同于别人的治水办法，别人的办法不行，不等于他的办法也行不通；别人不成功，不等于他也不成功。他试一试，才有希望，不试，也许就错失了一次成功的机会。他坚信着自己的想法，然后开始"破土动工"了。他挖一阵土，就去上一次厕所，他拉肚子的次数越来越多，尤其到了晚上，实在来不及了，就在床下准备个脚盆，拉在盆里，拉的基本都是清水，也没有臭味了。他的身体虚弱得快支撑不住了，即便是不干活时，也是一身虚汗。

司务长劝吕建疆别挖了，他不听，仍是闷着头一声不吭地挖着。司务长看着这样不是个事，便把情况详细汇报给中队长。中队长想了想说："还是让他挖吧，叫他去试一试也是对的，没准他还真有希望改变塔尔拉的饮用水质。退一步说，他要是失败了，自然也就死心了。再说上次沙枣的事件对他刺激太大，让他用这种方式发泄一下也好，别让他一直闷在心里，自个儿折磨自个儿，不然引起别的后果就麻烦了。"

吕建疆也不要别人的帮助，一个人挖好了小涝坝。接下来，按自己的想法，在戈壁滩上捡来大大小小的一堆石子，填满了两个涝坝之间连接的渠沟，尽量把大小石子分开，用沙子把空隙处填实，这样水流得曲折些，水肯定会更纯净。

做这些的时候，虽然他心里没有一点把握，但他做得很从容，他总想着，他是在做一件必须做的事，成功与否，似乎已经超出自己考虑的范围了，所以他干脆不去想那么多。往渠沟里填沙石的时候，他的脑子里突然冒出了一个奇怪的想法：要是往沙石里掺点沙枣，可能效果会更好点。

这个想法像针尖一样狠狠地刺了他一下，他的心立刻疼痛起来，随即又变成了强烈的愿望。塔尔拉沙枣是治苦水的克星，如果有了它，再经过过滤的水可能吃了不会再拉肚子了吧。但上次惨痛的教训也提醒了他，为了不再把水沤臭，他想着往沙石里掺些沙枣核，既然沙枣有这么神奇的功效，它的内核一定也会起作用的。他这样想着。

有了这个想法后,吕建疆就到塔尔拉各个角落去收集枣核。别人问他要枣核是不是要做枣核门帘,因为沙枣核用线串起来,刷上清漆,是很漂亮的门帘。塔尔拉的人都收集这种枣核。吕建疆说他不是为了做门帘,而是有急用。别人就将自己存下的也不够做一个门帘的枣核贡献给了子弟兵。

吕建疆几天时间竟收集了大半筐枣核,他很神圣地将这些枣核洗净和石子拌在一起,他也将石子洗得很干净,生怕沾上盐碱。一切都按自己的想法弄好后,他挖开了大涝坝放水的地方,他等了半天,直到水从石头缝隙里慢慢渗出来,流到小涝坝里,他听到了自从当兵后就再也没听过的泉水声,他的眼睛湿润了……

小涝坝里积了清水后,吕建疆唤来几个新兵,自己和他们一起饮用了过滤后的水,他劝新兵们这几天暂时不要吃沙枣,大家做个试验,看过滤后的水还会不会让人拉肚子。

新兵都很听话,照吕建疆的话做了。一天过去了,吕建疆和新兵们一样拉肚子。两天过去了,还是拉肚子,有的新兵受不了了,因为要参加训练,便要吃沙枣,吕建疆拦住不让吃,说再过两天看看,三天四天过去了,拉肚子依旧……

最后的结果是,吕建疆被中队送到了喀什,住进了医院,才没有闹出人命。

从那以后,吕建疆的人生态度发生了很大的变化,他对文明的向往比以前更加强烈,并且在心底里下定了一定要离开塔尔拉的决心。在部队提倡考学提干的时代,他勤奋自学,每天晚上熄灯后一个人躲在库房里，点着煤油灯复习文化课，最后，终于考取了乌鲁木齐警校，走出了塔尔拉，到繁华的省城里去上军校了。两年军校生活，使他真正懂得了什么是现代生活，什么是真正的人生，但他命运不济，毕业后，他又被分回了喀什，并且被分回了塔尔拉。从一个到处呈现着现代化气息的大城市，再回到塔尔拉，过以前的艰苦生活，吕建疆无法接受这个现实，但现实就这么残酷，叫人无法回避。吕建疆在痛苦中挣扎着、迷茫着，但他没有丧失一个军人最起码的道德，他虽然不像以前那样精神了，他经过一段时间的痛苦煎熬，还是投身到工作中去了，但他没有了以前的激情。他是兵团人的后代，又是当代军人，他无法改变自己的命运，慢慢地，随着时间的推移，他把一切看得淡了，他也就变得没有什么性格了。

　　这一阵子，吴一迪感叹不已。他本来是有感而发，并没有真要治这苦水的打算，现在有了吕建疆屡战屡败的往事，他就更不会有这想法了。拉肚子的初步考验过去后，他考虑该干工作了。
　　中队召开支部会。吴一迪想，可能要给他分一些具体工作了。他一到塔尔拉，就叫拉肚子给搅乱了，到现在基本上没有参加正式工作，他还不知道自己这个排长该负责哪个排的工作呢。
　　然而，在支部会上，指导员付轶炜只明确了吴排长加入中队党支部，却没有给他具体分工的意思。指导员又说了些发展党员、培养苗子的事后，就问大家还有啥说的没有，要没有就散会了。

吴一迪想了想，就说："我想请示一下，给我具体分工哪个排的工作？"

指导员望了望王仲军。中队长王仲军就说："咱三中队没年轻干部愿意来，来了的一般也待不久，排长一直缺编。我们中队部研究了一下，决定吴排长不具体负责哪个排了，抓全中队的工作吧！老付，你说呢？"

付轶炜说："是呀，咱是执勤单位，勤务重，责任大，大家一起操心，工作也顺当。"

于是，吴一迪就像中队长指导员一样，见啥抓啥。他像刚毕业的学员一样，心怀雄心壮志，对走上带兵之路充满了信心和热情。每天早上从出早操带队，到吃饭集合唱歌，他站在百十号人面前，把腰板挺得直直的，胸间总有一股豪气在回荡。吴一迪每次下了口令，兵们喊出的号子和唱出的歌声就烘烤得他热血沸腾。他时常有种指挥着千军万马般的愉悦感，这是他自有当兵的念头起，就渴望的场面。现在在塔尔拉，自己一个小排长就能指挥一个百十号人的大连队，已经有了很壮观的场面感，这种场面使初来乍到的他与塔尔拉的距离感，在不知不觉中消失了。

王仲军见吴一迪对工作的热情很高涨，心里很满意，觉得这样才是塔尔拉的人。

A11

三班长去给中队长和指导员报告了新兵林平安训练的情况，说林平安根本不是当兵的料，把他放在三班，只会拖三班的后腿。

三班是中队树立起来的"示范班",各个方面都是全中队的榜样,现在摊上这么一个同手同脚走队列的新兵,三班还怎么能做榜样呢?

付轶炜说:"那就把林平安调整到别的班去吧,不要影响了三班的各项工作。"

王仲军不同意,说:"林平安的训练跟不上,现在是每个班都知道了,把他调整到哪个班都拖后腿,结果不仅是班长不高兴,就是他本人心里也会有想法,对他精神上会造成一种压力的。"

付轶炜说:"那怎么办?总不能放在三班就这样拖着吧。"

王仲军抽着烟,思忖了一阵,说:"当兵这活,要当得像,得有个过程,这个过程是在不知不觉中进行的,似乎有一种感觉该像个兵了,就自然而然有兵的那种味了。林平安这样子不是他笨,可能是新兵连队的弦绷得太紧了,他无法适应,从而造成他心里有了点障碍,现在不能让他觉得我们在给他施加压力。这样吧,不如叫他从战斗班下来,到后勤班去干一阵,也好让他放松一下,给他精神上一个缓解的机会。"

付轶炜同意王仲军的意见。

林平安就从三班调到了后勤班,当了饲养员,其实饲养员就是喂猪。原来喂猪的活是炊事员代管的,一忙起来,尽想着顾人,就误了喂猪,有一顿没一顿的,猪都快变成猫了,每年评不上支队的先进后勤单位,与没有养好猪有很大关系。这下有专人喂猪了，司务长当然很高兴，他要的是能干好活能帮他养好猪的人，至于林平安走队列同手同脚，他才不管呢。

司务长带着林平安去猪圈熟悉情况。所谓猪圈，也就是用一些木棍围起来的一排栅栏墙，里面十几头猪个个瘦得只剩下一副骨头架子，却按大小胖瘦分成等级关着。司务长特别指着靠边的一个猪圈说："这是头老母猪，是重点保护对象，它快生了，咱连全靠它完成养猪任务呢，它一年生两窝小猪，不过可能母猪太瘦了，它只生公猪，不生母猪，所以繁殖起来就有问题。"

司务长这样说时，看着林平安，目光里充满着希望。

林平安看着司务长的目光，读懂了里面的意思，心里有点怯，想自己能不能把猪喂好呢？一开始听说要他到后勤班去喂猪，林平安心里很不情愿，到部队来当兵是为了创一番事业的，却叫他去喂猪，叫家乡的人知道了多丢人。但他又无法忍受三班长对他的轻视，他虽不会走队列，但他可以花比别人多几倍的时间和精力去练，可三班长对他的连讥带讽的态度伤了他的自尊，他想着喂猪就喂猪吧，只要能脱离那种让他自卑的环境，心里就好受点。喂猪这活听起来虽不好听干起来也脏点，但至少在这边没有人会瞧不起他、挫伤他的自尊心，让他不再诚惶诚恐，脏和累他才不怕呢。林平安看着司务长对自己抱着这么大的期望，心里就攒着一股劲，想着一定要干出个样子来给别人看看，他林平安并不处处比别人差。

林平安木讷，不懂得用语言来表达自己内心的想法，司务长看他一声不吭，以为他嫌这活，就说："林平安你可要好好干，喂猪这活虽然脏点累点，却最能看出一个人是不是热爱部队，是一个人工作能力的表现，你把猪喂好了，能完成咱们中队的养猪任务，我报中队支部，到时给你嘉奖。"

林平安愣了愣问："喂猪也能得嘉奖？"

司务长拍了拍林平安的肩膀："不管干什么工作，只要干好就能受嘉奖。"

司务长的话对林平安激励很大，他在心里暗暗下了决心，一定要把猪喂好，尤其是那头老母猪，叫它多下些小猪，完成中队的养猪任务，到时得个嘉奖。嘉奖对林平安来说太神圣、太遥远了，在新兵连他看到那些受嘉奖的都是队列走得标准，拳术打得到位，打靶特别优秀的。他打靶勉强及格，拳术只能说一般，队列就没法说了，他一听到"队列"两个字，心里就发怵，在新兵连时他就想自己这三年军旅生涯得嘉奖的可能是没有了。没想到把猪喂好也能得嘉奖，他心里就特别激动，当天便把所有的猪圈里的粪便清理了一遍，直到天黑，才把猪圈弄得面目全新。

林平安也顾不上休息，当天晚上就给他姐写了一封信，他只写了自己工作有了变动，调到后勤班干领导最关心的工作，具体干什么工作他没写，他不想让姐知道他在部队只是干个喂猪的活，那样自己没有出息不说，传出去，姐的脸面也不好看。一想到姐，林平安心里就很难受，同时也憋着一口气，就是喂猪一定也要喂出个名堂不可，不为自己，也得为自己苦命的姐！

林平安对猪过瘦的状况进行了分析，首先保证了猪的一天三顿猪食，叫猪吃饱，只有吃饱了才能把膘长起来。他还专门给老母猪每晚睡觉前再加一顿,一天喂四顿,因为老母猪肚子里怀了小猪崽,这些小猪崽是完成养猪任务的前提,所以他格外精心。

尽心尽力喂了几天猪,林平安并不觉得有多累,每天他几乎就在猪圈里忙乎,把猪圈清理得干干净净。以前,清理猪圈都是每个星期由各班轮流着清理,现在林平安一个人包了这活,各个班不用干这种脏活了,大家都说选林平安当饲养员,算是选对了。

喂猪的猪食主要来源是伙房的剩饭剩汤、洗锅水等再兑上糠,有时剩的饭汤多些,猪们就能吃饱、吃好,有时根本就是清水兑上糠了,猪们不但吃不好,更是吃不饱,这叫林平安很苦恼。他琢磨着怎样才能弄到一些猪食,保证猪们吃饱。他首先想到了猪草,但塔尔拉的春天还没有绿色的影子,就是到了草能蓬勃生长的时候,这里也未必有猪草,他看到荒滩上最多的植物,就是还在干枯着的骆驼刺了。

就在林平安琢磨猪食的时候,有天后勤班班长阿不都叫上林平安和他一道去买醋。造醋的是部队驻地的老乡,他是少数民族,和阿不都比较熟悉,林平安在买醋时,突然有个想法,他想能买些醋糟就太好了,醋糟是喂猪的最好食料。他把这个想法给阿不都一说,阿不都也很赞同,便和老乡交涉了半天,最后以一架子车醋糟十块钱达成协议。回到中队后,给司务长说了这事,司务长让林平安算计一下,一架子车醋糟猪能够吃几天。林平安算了一下,说喂两天没有问题。司务长犹豫了一阵,心里算着这样下来每个月就得用掉 150 块钱来买醋糟，猪要喂好了也就好了，要是喂不好，可就亏大了。林平安当场保证，只要买来醋糟，能叫猪吃饱，肯定会把猪喂肥的。司务长就把情况向中队长汇报了后，让林平安每隔两天去买一架子车醋糟回来喂猪。

过了半个月，所有的猪都十分明显地肥了起来。司务长到猪圈里来转了一圈，看到猪的变化，很高兴，回头在中队队务会上提出了林平安的工作成绩。中队长在这周全中队晚点名时，专门提出并表扬了林平安。

当时，林平安站在后勤班的队列里，激动得全身都麻木了，自入伍的这一段时间以来，他一直因为训练跟不上而处处受到责备和嘲讽，这次是第一次受表扬，他心里有说不出的喜悦。晚点名后，他没有一点睡意，又到猪圈那里去看了一次，返回时，刚好碰上查哨回来的中队长。中队长问他这么晚了还不睡觉去干什么，林平安说他睡不着，去看了看猪们是不是睡了。中队长一听，说了声"好哇，我们没有看错你"，当即又表扬了林平安几句，弄得他更是兴奋得一整夜都没有睡意。

来自中队领导的表扬和鼓励，使林平安对饲养员这个职业有了更进一步的认识，越来越喜欢了。后来每次去拉醋糟时，还和造醋的老乡聊上几句，老乡的汉语表达能力有限，只能说几句日常用语，林平安边比画，边帮着老乡干些活，渐渐和老乡相处得很密切，老乡不但给林平安越来越多的醋糟，并且拉两车只收一车的钱，反正他主要是卖醋，又不靠醋糟挣钱。

这样，林平安既替中队节约了一部分买醋糟的钱，又解决了猪的吃食问题,猪们也很争气,一个多月下来,所有的猪都大变了样,在过"五一"的时候,中队还杀了一头大猪,添在了伙食里。中队有几年没有杀过自己养的猪了,这次能在不怎么重要的"五一"节杀一头猪,大家都在高兴之余,赞扬开了林平安。

半年工作总结时,经过大家评选,中队研究后,决定给林平安记中队嘉奖一次。这个决定在全中队军人大会上一宣布,林平安当天晚上就给他姐写信,告诉他姐他得了新兵很难得到的荣誉表彰。

后来,林平安的姐来信说,和平年代不上战场也能立功受奖,看来她弟弟还真是有出息了。一看到姐说他有出息了,林平安心里就特别高兴,把以前那些令自己沮丧、心酸之事忘得不见影儿了。

A12

没有一片树叶在风中摇晃,树枝上光秃秃的,丝毫没有要抽芽的迹象。塔尔拉的春天迟迟不肯降临,就像一个高贵的妇人,把自己隐藏得深不可测,一点儿也不在乎袒露在无尽寂寞中的戈壁是怎样地希冀着她的赐予,哪怕只是一抹小小的绿,也不理会一直用心祈盼她的那些人在没有春色的春天里是如何灰头灰脸地生活着,更不用说会去顾及这些人无限等待她的心情了。

叶纯子在盼望沙枣开花的日子里才觉得时间的漫长,无形中有一双大手把她推到了期待的前沿,她有种对美好事物强烈的热爱感。早上起来,她嘴里哼着歌,一边抹着房子里唯一一面固定在墙上的镜子,一边乜斜着眼瞅着镜子里自己晃动的影子。

到塔尔拉这些日子以来,她才感到,这个世界上还有她不熟知的另一面,那就是什么是纯净!就像这个简单却富有情趣的军营一样,所有的人都把她奉若天使,对她恭恭敬敬,她的一言一行都受到百十号人的关注,使她感到有种受宠若惊的自豪感。这几年来,自从她走上社会,没有找到一份正式职业,一门心思想钻研雕塑、绘画艺术时,她受到了多方面的压力,同样是搞美术的父母,对她坚持要寻求适合自己专业的对口单位的行为却颇为不解,他们认为现在的社会,雕塑这个行当不够社会化,得不到太多人的欣赏,当然也就不会有好的经济收入。没有一份合适的经济收入,又怎能在这个经济社会里生活得舒适呢?好在不管怎么说,他们多少还能理解年轻的叶纯子对自己理想的追求,也就给予了她一定的去寻求发展自己的时间和空间。但来自无论是社会还是家庭的对一个好女孩都应该有一个固定工作的评判标准,还是压得她喘不过气来。现在一下子到了这么一个特殊的环境里,和这么多同样年轻的,并且是处处充满青春气息和阳刚之气的军人在一起,她不必顾忌任何人了,她能够恢复她的自我,不为他人所左右了,所有那些世俗的、向外扩展、闪闪发光的和嘈杂的东西,在这里都已不存在了。现在,受部队气氛影响,她的内心带着一种严肃的感觉,返回她的自我,一个别人看不到的心灵内核,正是在这样的状态中聚集,她感到了自我,而这个自我,是摆脱了羁绊的自我,是自由自在的,是可以认为经历最奇特的冒险一样。当生命沉淀到心灵深处时,人的本身认为是经验的领域是广袤无限的。她心想,在此之前,她对每个熟悉的人都存有一种猜想,人人都有无限丰富的内心感觉,但现在看来,这个感觉在她身上体现得更加充分了,尤其是到塔尔拉这一个多月来,她认识了除吕建疆以外的军人,像支队政委刘新章、中队长王仲军、指导员付轶炜、老兵阿不都以及后勤班的那些兵(她去后勤班的时候比较多),还有排长吴一迪,甚至那个平时不吭气的黑黑的小个子新兵林平安,她觉得他们都有一颗正直善良的心,有其独特的内心世界和不同一般的个性。初到军营的新奇感稍微淡了一些之后,叶纯子就有了另外一种好奇心,她想了解这些当兵的人,真正知道他们的内心世界是怎样一种状况,让他们能够心平气和地在塔尔拉默默地奉献着青春。正是在这样想法的促使下,她突然想到自己应该思索一下了,究竟要思索什么,她却说不清楚。

叶纯子热衷于雕塑和绘画,她在这里找到了一种生命真实的完全不同于以前的艺术感,她追求的就是粗犷、豪放的真实,而不是那种虚假的、被粉饰过的细腻。凭着她对艺术的感觉,她有较强的观察能力,她先注意观察了她现在熟悉的这几个人,对每个人大体上都有了个了解,她突然有种感觉,从某种意义上来说,要了解一个人是很不容易的。

有时,她从吕建疆那里了解他们的个人情况,吕建疆知道这是叶纯子的好奇心使然,便故意逗她说:"你了解这些干什么?在塔尔拉所有涉及塔尔拉的人和事,都是秘密。"

叶纯子说:"不会是军事秘密吧?"

"那倒不至于。"

"只要不是军事秘密,我就想知道,我了解他们,就等于对塔尔拉有了全面的认识,今后提起来,我也好有话说呀!"

"你都想到了以后,你是画画的,你还打算写书?"

"这倒说不定呢。"叶纯子这样说时,觉得自己很有这种可能,她一个人独处的时候,有时受一些场面的感染,会突发奇想,如果把这些场面记录下来,肯定很感人。比如这些兵在一起训练的时候,扯着嗓子比赛着喊口号,吃饭前的那场必不可少的吼歌,都叫她心里痒痒的。这些都刺激她的潜意识——沉睡在流沙似的心灵底层,笨拙而羞怯,一旦受外界的刺激,便会冒上来,犹如一个小孩子突然伸出胳膊,一种冲动,一种启示,使她对部队上的这些人产生了敬仰心理。

了解这些人,对叶纯子来说,已经不单纯出自于一种好奇了,在她心里,有种特别的感觉,自从她到塔尔拉后,她觉得这里的一切在冥冥之中似乎与自己有种牵连,这种感觉导致她想走入他们的内心世界,对他们的人生观、价值观有所了解。她坚信,塔尔拉的每一个人都很有特点,他们的背后都有一段不平常的故事。

她想知道他们每一个人不寻常的故事。

B4

在塔尔拉人的眼中,叶尔羌河是条奇特的河,那河水由来自昆仑山腹地的冰山融化的雪水汇聚而成,无声无息地穿过了塔克拉玛干大沙漠，养育了沿途两岸的一切生物，也看尽两岸每一粒沙尘、每一缕或清或浊的气息里裹挟着的悲喜哀愁的起起伏伏，最后带着它无以言说的思绪辗转而顽强地注入了庞大的罗布泊湖。

根明叔以前的故事就是在这条奇特的河边画上了句号，开始了一段令人不可思议的新故事的。新故事听起来有些别致却也自然，自然得刘新章从中找不到一丝能够阻挡这个故事往下发展的原因。刘新章也奇怪，为什么他知道根明叔后来在塔尔拉发生的事，就想着怎么阻挡事态往下发展呢？他想着他这个人的思想观念还是比较陈旧、迂腐，所以才会失去了秋琴这样的好女孩。

还是回到根明叔的事上来，刘新章想，根明叔绝对不是那种容易感情冲动的人，在他前半生的生命历程中，理智总是能够战胜一切的。但刘新章的想法只能是对根明叔笼统的概括，他没法知道根明叔当时和舞蹈演员魏芳产生感情的全过程。当然，男女之间没有感情也可以成为夫妻，关于这一点，在根明叔这一代进疆的老军人身上体现得更充分。郭连长有句口头语，就是"什么叫感情？感情就是一男一女睡在一个床上这么简单"！这话听起来简单，如果是了解新疆军垦历史的人，一听到这话，心里总是沉甸甸的。天地万物，阴阳两极，苍茫的荒原在二十万屯垦戍边的将士锄头下，变得服服帖帖，生长出了一片片绿洲，但谁又来抚慰这些天不怕地不怕的男子汉呢？王震将军当年向湖南，向四川、甘肃、陕西……发出了招收大量女兵的求援信。

一批批从内地招来的女兵,经过组织分配,和军垦战士们成为夫妻。这种分配远远满足不了二十万大军的需求,于是,那些成分不好、出身有问题的女子,全部拥向了新疆……

这样结合起来的夫妻,他们的感情从哪里产生?但大家都和和睦睦地生活了下来,一过就是漫长的一辈子!

可根明叔不是那种随便的男人,他作为塔尔拉的开垦人之一,曾有一段光荣的历史,而且当时又是塔尔拉的连长,本身就少有女人的塔尔拉,还是有一些女人喜欢他或者说崇敬他的(比如说当时也可以说得上漂亮的青婆),可根明叔从来没为此动过心,更没有因此就占上一些男人都喜欢占的便宜。他的生活、性格和他的外表一样严肃。这可能就是刘新章在通过接触和从很多人口中了解了根明叔以后有点特别偏向他的缘故。刘新章总认为根明叔无论做什么事肯定有他的理由,而这个理由却不是旁人所能理会的。可根明一个老军垦战士,又是在怎样一种情况下在故事中出现问题呢?以根明叔的性格能解释得通就是他作为连长出于同情,能给魏芳一个不受他人欺负的生存环境,而魏芳则出于感激来报答根明叔。根明叔应该是一个有立场的军垦战士,不会轻易地和漂亮的舞蹈演员发生在叶尔羌河畔红柳丛中人类原始生活那一幕的。

可根明叔确实和魏芳很自然地组织了一次人生情趣的演练。

秋琴就是他们那次演练的结果。

后来发生的一切,对这个故事来说是再自然不过的了,自然

得在青婆没有给刘新章讲完这个故事的结尾,他就已经猜到了结局:

舞蹈演员魏芳最终并没有和根明叔结婚,她没有犹豫就答应嫁给新提升为连长的郭生海。那时候,塔尔拉垦区的新主人郭连长非常惊讶,他没想到漂亮的魏芳那么痛快就答应嫁给他,他被一下子扑来的幸福吓得竟没有胆量娶这个北京的舞蹈演员了。舞蹈演员魏芳和郭生海结了婚,并且生下了秋琴,还有后来的秋生,所以秋琴也就很自然地跟上郭连长姓了郭而没姓上乔,所以秋琴说她是北京人而不是随名义上的父亲成为祖籍陕西榆林人。

根明叔的故事在这里出现了一些难读的艰涩。他最后又一次不可思议地娶了一个从四川来新疆的女人成了一家人,这个女人为根明叔生下了一个女儿,也就是后来成了刘新章妻子的红柳。

根明叔和魏芳的事是被塔尔拉赶牛车拉水的郭生海发现并告发的。那时候,郭生海还不是连长。

那天是个好天气,郭生海把特大的木桶装满水后,任牛悠闲地在叶尔羌河边啃吃着杂草,他爬上河堤躲到一丛红柳的阴凉处躺下想享受一下自由自在的乐趣。但自在人也有自在人的苦闷,他已经是一个快四十岁的人了,还是光棍儿一个,没有一个女人给他缝缝补补常被牛车磨烂的衣裳。

郭生海躺在柔软的沙地上,望着蓝蓝的天空飘荡的几丝白云,脑子里装满了幻想。他的幻想有些离奇,可该是那个年龄的男人幻想的事,他那时候想得最多的莫过于塔尔拉仅有的那几个女人。

正在幻想中的郭生海被一阵奇怪的他那时候还幻想不出来的声音惊醒,但他的感官绝对是男人最敏感的。所以他呼地从沙地上像触了电似的蹦了起来,那种速度叫他终生难忘。他蹦起来后,一点也没有觉得自己失态,便像狗一样四足着地觅着那种诱人的声音向前爬去。

他看到了一个叫他绝对大吃一惊,能使他全身颤抖的场面。那个场面使郭生海的心生生地疼痛了起来,他感到了什么叫痛苦的折磨,他被折磨得像动物一样差点失控。那天在叶尔羌河边,郭生海像打开了一本从来没有看到过的很奇特的书一样,很痛苦地读了那个情景,他认为他读到的是他一生中最为痛苦的一幕。

因为自己的连长正在红柳丛下享受人类最美妙的乐趣,而且是和最漂亮的舞蹈演员魏芳。

郭生海从来没敢想过那种场面中会有自己,那个女人的身世使他不敢往这方面想。他也曾经是一名很骄傲的三五九旅的军人,虽然已经脱下了军装,他还牢记着三五九旅的许多不敢违犯的光荣传统。

但舞蹈演员魏芳是个女人,并且是个漂亮的来自北京的女人。她现在和身为连长的乔根明光着身子,在红柳丛下享受着人生的最大乐趣。乔根明可是个生产连的连长呵!

郭生海怎能忍受得了？

忍受不了的郭生海当然要盘算他的主意，他要让乔根明的快活变成痛苦。

先是根明叔被推下了连长的位置，他身为连长和一个出身不好的女人并且是当过舞蹈演员的女人有不正当关系，当时肯定容不下他再当连长了。塔尔拉的开拓者乔根明结束了他的"统治地位"，为此，他什么话都没有说，他知道他的做法已经违背了一个连长的原则。他当时和舞蹈演员魏芳在叶尔羌河畔演绎人类原始戏剧的时候，他是否想到了这一点？根据根明叔一贯的态度，刘新章想着根明叔是想到了不太理想的后果，可他坚持那样做了。他为什么不顾后果，刘新章就想，能有这样的结果的产生，对根明叔而言，只能是他的心中对漂亮的魏芳生发了人类最美好的感情——爱。就像他对秋琴一样，他虽然只是个战士，可他对秋琴产生爱情时却是那样自然。

"他聪明一世糊涂一时，"青婆说。青婆的说法里总有她自己的一大套理由，她说，"自古戏子都有无情无义的，不然为啥要把演戏的人叫作戏子呢？不过，每个人的一生不都是在演戏吗？"

青婆给刘新章讲这个细节时，省略了不少内容，因为青婆当时也不在场。

那是个沙枣花飘香的季节，有风从塔克拉玛干一路干燥地走来,走到塔尔拉时,风湿润了许多,并且掺杂了浓浓的沙枣花的馨香。

沙枣花是一种奇特的花,它的花香得有点过分,所以有时也会香得醉人,它醉了人可是很难清醒的。在这样季节,掺杂了沙枣花香的漠风,在塔尔拉盘旋了好久,这种叫人沉醉能激动的风,使身处大漠的人生出了许许多多的想法。

A13

阿不都是个上进心很强的老兵。在他的腿没受伤以前,在同年度兵中,他的军事素质是数一数二的。

阿不都的腿受伤,纯属偶然。一切都与那个声音有关。

那个声音又出现了。

阿不都的心被那声尖厉的鸣叫刺激得一颤一颤的,像高悬在树顶的叶子在风中飘浮着,没有踏实感。

那时候,已过了仲秋,温暖的秋阳把厚厚的热情铺洒下来,把荒原都捂得热热的。阿不都走在这个荒滩上,踩在柔软的阳光里,能听到鞋子与阳光摩擦发出轻微的扑哧声,被踩得乱溅的阳光,像一团团金黄色的蜜蜂轰地飞了起来,绕着阿不都的身子,飘来飘去地晃个不停。阿不都被一层层热热的暖流包裹着,他的心会在热流里慢慢升起来,像是有一股被太阳烘烤出的蒸气,升上晴空,向远处流去。

他的心追随着那个声音的余韵,已飞到了远处,正向遥远的喀什靠近。

因为那个声音在南疆大地上的出现，并且那个声音是奔喀什去的，喀什在阿不都心目中，就变得异常神圣。

以前，喀什对阿不都来说，只是一个和塔尔拉一样的名字，在他心里并没有什么特别重的分量。他虽然没有去过喀什，但他能想象得出，除过宽一些的街道、用水泥构筑的冷冰冰的高楼和嘈杂、拥挤不堪的人群、车流，喀什和别的地方没有什么两样。阿不都当兵前一直生活在和田，和田比喀什更遥远，但阿不都一点都不觉得和田就比喀什差。他生在和田长在和田，这是他更偏爱和田的缘故，他对兵们一提到喀什的那种向往的神情，常表现出不屑一顾的样子。他在心里一直想着，单就和田市中心矗立的那尊雕像：一个扛着砍土曼（锄头）的老农民，阿不都就觉得和田非同一般。在诸多城市中，会有哪个城市会在市中心竖立起一尊农民的雕像呢？城市人总是有一种与生俱来的优越感，而对辛勤耕耘、为他们提供粮食的农民，却总想着要和他们分割得越清楚越好，又怎么会让一生都与土地分割不开的农民来作为城市的标志？说到底，除了是和田的人具有"吃水不忘挖井人"的纯粹情感，更是和田这个边远城市不媚俗的别样风情。

但那个声音是奔着喀什去的，这一点阿不都起初一点也想不通，想不通也没有办法。阿不都对那个声音的向往由来已久，他像所有南疆人一样，对那声浑厚的鸣叫所牵引出的联想，已超出了久居大漠的人们的主观情感。因为能发出震撼大地叫声的火车，对没有见过火车的南疆人来说，实在是太神奇也太神圣了。

那个声音突然有一天在南疆大地上出现,拨动了许多人的心弦,尤其是像阿不都这样没亲眼见过火车的青年人。在阿不都的心目中,火车是一个非常神秘的物体,以前在电视上看到火车,他就非常激动,他认为火车是最伟大的交通工具,乘坐的那些人就更了不起,穿着新潮,打扮入时,他从来没敢想过自己有一天会见到真正的火车,就别说在上面坐了。所以自从听说火车要通到喀什了,阿不都特别激动,秋天刚开始的时候,他第一次在荒滩上听到火车的鸣叫声时,就由于这声鸣叫而兴奋得全身颤抖。过后,阿不都把这当作特大新闻,给兵们一遍一遍不厌其烦地讲,那些同样没有见过火车的南疆兵像他一样激动得坐立不安,几个人天天晚上围着中队的那台电视机,等待着能看到火车出现的画面。电视只能收到一个频道,有火车出现的画面还不是经常有,有时候他们一直等到要熄灯了也没见着火车,才十分遗憾地熄灯作息。他们渴望看到火车的情形,叫那些坐过火车的内地兵不知嘲笑了多少回。

但阿不都一点都没有放弃对火车的期望,那种浑厚的鸣叫声更加重了火车的神秘感。阿不都一个人在荒滩上的时候,总是想着坐上火车是什么感觉。那和坐上汽车的感觉会不会相似?

阿不都的工作比较特殊,他放牧着中队的一群羊。这个工作看起来非常简单,每天早上吃过早饭再带上中午吃的干粮,中午回不来,就吃点干粮垫垫肚子。他赶着一群羊到荒滩上去放牧,太阳西斜时,羊吃饱了,阿不都也饿了,就赶着羊群回来。一天就这么过去了。只有到冬天的时候,荒滩上没有羊吃的草了,阿不都才待在中队里,依然是伺候着羊,将秋天储存的干草,一次一次地运到羊圈。待到一大堆干草垛被他抱完了,春天也就开始了。说是春天,其实已到了初夏,天气骤然热了,荒滩上的草根冒了尖,还没让人喘出一口气,就已经长得一片绿毡子似的。阿不都又赶上羊群,去荒滩放牧了。

这样循环往复的工作,阿不都一干就是两年。两年来,和阿不都一起入伍的战友,有的当了班长,有的上了军校成了预备军官,有的复员回去已经结婚生子,过上了另一种生活,但阿不都还在中队一如既往地放着这群羊,他的生活秩序像条令条例似的,一点都没有变。唯有一点变化的是他的军衔从上等兵升到了下士,从下士又升到了中士。升到中士就再没有升上去,因为他没有班长职务,虽然是第四年老兵了,但阿不都的中士这道门槛一直没有跨过去。再没有变的好像还有中士放牧的羊群,两年来,羊群还是这么大一堆,看起来没有增加也没有减少的样子,别人不太注意,只有阿不都一个人心里最清楚,一年中母羊生了多少羊羔,每逢节假日中队要宰杀几只老羊改善伙食,阿不都掌握着生杀大权,都有记载的。每年到年终总结时,司务长总会在队务会上提出,给阿不都授予嘉奖,缘由只有一个:实在。

阿不都放了两年羊,不光与他实在的工作作风有关,更重要的是阿不都有一条腿有点问题,阿不都的腿是他当兵第二年秋天时受的伤。受伤的原因很简单,为迎接年终支队的军事考核,中队组织了几对倒功、配套对打,阿不都那时候还是个上等兵,他的军事动作在同年兵中出类拔萃,如果不出那次意外的话,阿不都后来当个战斗班的班长没有一点问题,中队干部有意识把阿不都当苗子培养。他的班长就选中了他,和他配对练习对打。阿不都和班长的配套对打动作相当精彩,是全中队最好的一对,他们每天利用两个课时到离中队很远的荒滩上去训练,荒滩上有干枯的牧草,摔在地上也不怕伤着。他们将高难度动作练得相当精彩。

有一次,在温暖的秋阳下,阿不都和班长练得正起劲时,一声高亢的鸣叫声从远处骤然冲来。那是火车的鸣叫声,据说是通往喀什的铁路正在试车。阿不都和班长的对打正进行到要紧处,阿不都却被那期待已久的声音惊得分了神,在班长跳起来飞腿踢向阿不都时,阿不都应该一个连环腿躲过侧扑在地,但那个声音使他忘记了他正在进行的连贯动作,他一愣神,右腿踢出,左腿慢了下来,被班长一脚踢中,阿不都当即跌倒在地,抱着左腿蜷成了一团。

阿不都的左脚骨错位,稍有骨折,塔尔拉没有治疗骨折的条件,送到五十公里外的巴楚县医院,接上骨后,虽说是轻微骨折,但阿不都的左脚从此以后就开始有点瘸了。为此,阿不都哭了几天,他的班长也因此受了处分,被免去了班长职务,下到炊事班烧火,年底就复员了。

阿不都之后参加训练就不方便了,走队列显然和大家走不成一个步伐,其他的倒没什么大碍。中队考虑阿不都受伤是在训练时，就给他申报伤残待遇，却一直没有批下来，阿不都在中队闲了几个月，一瘸一拐地在伙房出出进进地帮忙，大家都不让他帮，他想帮他的老班长烧火，老班长死活不肯。阿不都闲不住，就要求去放羊。

这一放，就放了两年。阿不都服役期满，上报的伤残待遇还没有批下来，中队干部就留阿不都继续服役，等待批复。阿不都又留了一年，继续放羊。

阿不都对那个声音的敏感，就是从他受伤的那一刻开始的。只要那个声音一出现，阿不都心里就慌了，起初受伤后，他对那个声音曾经充满了恐惧和仇恨。慢慢时间一长，阿不都就不再恐惧和仇恨了。相反，他对那个声音以及对火车的向往比以前更加强烈，甚至产生了想拜谒那个声音的渴望，其实他想通过那个声音的引导，一心想亲眼看看能发出那个鸣叫声的火车。

这成了阿不都两年来最大的愿望。他的伤残待遇一年又一年地没有批复下来，对他来说一点都不重要了。

阿不都在荒滩上放羊，一个人独处时间长了，慢慢地他变得沉默寡言，他的想法和愿望一直压在心底，他认为这是他一个人的秘密，不能对任何人讲，包括那个对他抱有愧疚的老班长。

中队的所有人都认为阿不都整天沉闷着早出晚归，脾性越来越古怪，是他受伤后心里难受所致，加上伤残待遇一直批不下来，阿不都心理上不平衡，所以也没有人在他面前提问过什么。

其实，阿不都心里的想法有时连他自己也说不清楚，除过放羊，他心里最不愿到操场上去，怕看到操场上兵们走队列、练倒功、配套对打,他的心里非常复杂,对自己昔日过硬的军事动作和梦想当个班长的前景破灭后,他也曾一度在心里恨过老班长,但仔细想想,不能怪老班长,只能怪自己分了神,确切点说,是火车发出的那声鸣叫使他受了伤,怪不得别人。但他总不甘心,有一段时间,他一个人偷偷地在夜里起来锻炼单双杠,使自己的体质能够保持在良好的状态。但他怎么锻炼,受伤的左脚已不能够使他成为一个训练尖子了,当然,当班长的梦想一直就是个梦想了。为此,他偷偷一个人哭过几回,哭过了,心里也就想通了。

阿不都是在一次无意中发现,他完全可以用另外一种方式实现自己当班长,实施自己的指挥才能的。那是阿不都刚接手放羊不久的一天,他突然发现自己放牧的一群羊可以任凭他随意指挥,他叫它们走就走,叫它们停就停。这个发现叫阿不都兴奋了好长时间。

于是,阿不都开始训练他的羊群。

他先将羊群按大小排成三路纵队,起初,羊不习惯,阿不都就按班长在操场上的口令一遍又一遍地训斥,碰上实在不听话的,他用红柳枝上去吓唬,却不真打。条令条例上规定不能动手打人和体罚,羊虽不是兵,但阿不都严格按条令条例规定训练着这群羊。他用正确的口令,不厌其烦地训练羊,三个月的训练下来,羊群已经能够排着队列在荒滩上行进和停止了。阿不都嘹亮地下达口令指挥着排列整齐的羊群,并且每天收操返回时,他还要在羊群队列前作一番讲评,就像中队每天训练完毕讲评一样,都很正规。他给每个羊起了名字,这些名字大多都是他以前的同学和朋友的名字,他把这些名字硬叫每个羊接受了,这样讲评时才能指名道姓地表扬这个,批评那个。

羊群训练得像一群兵那么听话,阿不都心里别提有多高兴了,他用得意的目光扫着眼前的羊阵,羊阵由63只羊组成,足够两个排的兵力。就是说,阿不都已经指挥着两个排的兵力了,权力够大了,这样的兵力,比一些中队还要多。阿不都心里非常自豪,他不光是一个班长,一个排长,他完全是一个中队长了。尤其是在中队和荒滩往返的路上,阿不都走在队列侧面带着羊队,他看着羊们整齐的步伐,不时地喊上几声"一二一"的口令,心里舒坦极了,唯一有点遗憾的是,这些羊不能像兵们那样扯着喉咙吼几声"一二三四"过过瘾。但不时从羊队里发出羊的叫声,也叫阿不都心里够激动的,他也曾试过,想叫羊同时发出一种叫声,但都失败了。

只有他早上到羊圈去放羊时,羊们发出的那种叫声,能使他心里充满甜蜜和温馨。

在能够放牧的日子里,阿不都的心里就很充实,他把羊群带到草最好的荒滩上,实施完他的一整套训练后,让羊群解散,拣草厚的地方吃个饱。他自己在荒滩上走来走去,也不找个地方坐下歇息,俨然一个监督的领导,不时说说这个又说说那个,遇到哪个羊吃饱了卧下了,他走过去,用手摸摸羊的肚子,还要劝上几句叫再吃点,羊就起身再吃几口草。阿不都用欣赏的目光打量着一只只羊,日子在他的目光里变得不再漫长。一晃,两年的时光就悄悄地不见了。

在荒滩上,每到接近中午的时候,那个声音出现之前,阿不都的心就跳得快了,有种等待的慌乱,为了掩饰自己的慌乱,他总是在原地站定,凝神静气地倾听远处,期待着那个声音降临。这时,羊们被主人的举动所吸引,也都停下啃草,把头抬起来,静静地望着阿不都,直到火车的鸣笛声响过,羊才像听到命令似的,释然地埋下头吃起草来。羊们的这种做法叫阿不都很感动,有几次,他都把自己对火车的向往和南疆人对火车的陌生讲给羊们听,虽然羊们听不懂他讲些什么,但凭它们专注的神情,阿不都认为羊们听懂了他说的话,并且理解了他的意思。

曾经有一阵子,阿不都从出差、探家回来的兵们那里得知,喀什已经通上客车了,以前过往的都是货车。阿不都听了这些,心里就更慌了,那种想看到火车的愿望更加强烈了。其实,阿不都放羊的荒滩离火车道并不算太远,二十多公里,这在新疆根本就不算路,几步的距离而已,他出去放羊也很自由,他完全可以赶着羊去一趟铁路边,看一回火车的,但阿不都没有这么做。他不愿违犯纪律,更不愿耽搁了羊们吃草,他也不能把羊们扔在荒滩上自己一个人去看火车,按说这荒滩上几乎没有人烟,以他训练出来的羊们,也不会乱跑的,但阿不都始终没有这么做,他更明白自己的职责。

进入中秋以后,即将复员的老兵们开始议论复员的问题了。阿不都晚上回到中队后,偶然遇上老兵们一堆一堆的议论,他也过去听上几句,老兵对阿不都说:"你不用听,你的问题没有得到解决,又不复员。"阿不都想想也是,自己的伤残待遇批复没有下来,中队肯定不让他走的,他就对老兵们说,他想听听今年老兵复员怎么走。老兵们说:"咋走也是中队长说了算,不过咋走还不是个走?只要能回家就行。"

阿不都说这怎么走很重要,他就去问中队长。王仲军对阿不都说:"支队早订下了计划,内地的兵在巴楚集中,然后乘火车返回内地;本地的兵在巴楚集中后,分头回家。"

阿不都急问:"和田的复员兵怎么走?"

中队长王仲军很认真地说:"阿不都你今年还不能复员,这你知道的,你问这些干什么?"

阿不都说:"我只想知道和田的复员兵走不走喀什。"

王仲军笑了,说:"怎么会走喀什呢?绕一个大弯子太远了,到时从巴楚走莎车的路就行了,也近得多。"

阿不都心里沉甸甸地说:"这样他们就坐不上火车了。"

王仲军说:"肯定坐不上,和田没有通上火车,怎么坐?往哪儿坐?再说,火车有什么好坐的,像在房子搬个凳子坐的感觉一样,只不过就是火车能走,房子不会动。"

阿不都有点失落,虽然不是自己失去了见火车的机会,但他替别的南疆兵心里难受。对坐过火车的人来说,坐火车确实没有什么意思,不但没有意思,咣咣当当的还十分累人。

可对这些从没见过火车的南疆兵来说,失去这次机会,今后还会不会见到火车呢?他的心里空荡荡的,几天都不舒服,心想着也不知国家是怎么考虑的,铁路能一下子修到喀什,怎么就不能再往前修一段,修到和田,让和田的人和去和田的人也坐一坐火车?

阿不都在荒滩上给羊们讲了自己的想法,羊们无动于衷地列队站在他的面前,他讲了老半天,也没见有哪一只羊自告奋勇地站出来替他出一个主意,羊毕竟是羊,他和羊没有共通的语言,根本无法交流,可对着这群羊把自己心中所思所虑这样讲了一番,心里就像一条被掏掉了积攒的淤泥的小渠,水流得还是舒畅了些。但只要听到火车的鸣笛声远远地传来时,他的心里还是忍不住一颤一颤地难受。

阿不都跟在羊群后面,那些突起的沙包和一些孤独的红柳丛,就像秋天的背景一样贴在他的面前,在这个背景的后面,他听到秋风在红柳梢制造出的一种悠长的哨音,带着秋天的遗憾从他心尖儿轻轻划过,他的心颤抖着在秋风中飘来荡去的,仿佛飘到了遥远的和田,他看到走在和田街上同样披挂着阳光的人身上,总是缺少一些现代生活的实质内容,文明的脚步已无处不在了,和田的父老乡亲,你们离文明还有多远?

阿不都的眼睛模糊了。他的目光被秋风燃起的烟尘阻隔在生活的这面,这面永远是南疆荒芜干枯的秋天,所有一切变得异常淡黄,地上的荒草在由绿转黄的过程中,水分已经减少,有些已经枯干的草叶在风中轻飘飘的,只要是在秋天的景象里,天一下子就显得高远了不少。

所以一到秋天,人们就变得异常惆怅。

阿不都踩着秋天阳光的碎片,他的脚下一高一低的全是秋天留下的永久性的纪念,这些纪念会叫他怀念一生,他不会有半点抱怨。阿不都已经遗忘了过去的伤痛,他在牧羊的两年时光里,通过自己的努力,对羊群的训练已经让他感知到了一个士兵一生的荣耀和自豪。阿不都知足了。他在心里谋划着在这个秋天应该有些新的想法了,是什么想法他还没有头绪,如果在他的这个想法思谋成熟后,唯一让他感到遗憾的是,他没有能在此之前去一趟喀什,乘坐一次火车。

A14

风一刮起来,树叶发芽的时候,新兵该下中队了。

树叶开始落了,老兵该复员了。

一批老兵从塔尔拉走了,一批新兵又到塔尔拉来了。

塔尔拉就像一个码头,迎来了一批批新兵,又送走了一批批老兵……

只要一到秋天,阿不都面对一批批复员兵,心里总有种站在码头送亲人的惆怅感。虽然阿不都没有见过什么码头,但听从南方入伍的战友们给他一解释,他也认为兵营确像一个码头。为此,每到送复员老兵的时候,阿不都那几天心里总是空落落的,和他一起入伍的同年兵已被他送走了,剩下他一个真正算作最老的老兵了,他在荒滩上放羊的时候,有时会有种孤单感。一回到营区,虽然他很少和兵们在一起相处,却有群体感,那种只属旅人的来而复往的心情就平静了下来。

这种平静往往能维持很长时间,甚至一年,一旦到了老兵又要复员的时候,阿不都的心里又动荡不安起来。这一次,他要送走的将是比他晚入伍的兵们,他们在阿不都眼里曾一度是以新兵的形象存在着,现在他们也要离开这个码头了,他这个老兵还要在这个码头坚守多久?

阿不都这几天早早地就把羊群赶回了中队,趁还没有开饭的工夫,在中队营区里走来走去,这里看看,那里瞅瞅,更多的时间是去各个班里,和那些即将复员的老兵说上几句话。阿不都以前可不是这样的,以前,他回来后,不是清理羊圈就是梳理那一堆用来给羊过冬的干草。他总能把干草码得像军被一样整齐。今年的干草垛还零乱地堆在羊圈旁边,阿不都从旁边走过,像没看见似的。为此,司务长都提醒过他几次了,说要派些人帮他把干草码起来。阿不都总说不急,等草干透了再说。

秋天的暖风已经把干草里的水分榨得够净了,那些绿里透黄的干草在温热的阳光下散发出淡淡的温温的香味。阿不都在草堆前走来走去,草的香味跟随着他荡来荡去,他呼吸着阵阵清香,却没有要动手把草码起来的意思。

终于有一天,阿不都突然自发地唤来几个老兵,把干草堆码了起来,像往年一样整齐,用梳子梳过似的。帮阿不都码草的老兵们奇怪,阿不都从来都是自己一个人干这些活的,他一高一低地瘸着,忙乎出一头汗水也不要别人帮忙,今年阿不都有点反常,他是不是厌倦了放羊?从阿不都对羊群的那份细致上,一点也看不出他有丝毫的厌倦,夜间的自卫哨发现,阿不都最近比以前更勤快每晚要到羊圈去几次,一会给羊加些饮水,一会又添些夜草。

阿不都的举动也引起了中队干部的关注。中队长王仲军还没有来得及找阿不都谈最近的情况，阿不都就来找他了。

"我要复员！"

阿不都是这样跟王仲军说的。

"为什么？"王仲军一惊，急道，"你的伤残批复下来之前，中队确定你继续留队服役。"

阿不都平淡地说："我不想要评残批复了，这样一年一年地留着，对中队是个负担。"

"什么负担不负担的？你别动复员的心思了，只要我当一天中队长，就得给你解决了问题才放你走。"

阿不都从中队长王仲军无法改变的语气里读出了一种坚定的硬度来，他软了下来。

王仲军趁机对阿不都说："你最近有点反常，如果是复员的事，就趁早打消念头吧！我也知道让你放了两年的羊，很辛苦，等老兵走了，找个新兵换下你吧。"

阿不都强硬地说："不叫我走，我还是放羊吧！只是……"

"你说吧。"王仲军用鼓励的目光望着阿不都，说，"有什么话就说，你一直工作得都很认真，我们都很信任你的。"

阿不都就说道："中队长，能不能组织复员的南疆老兵去看一次火车？"

王仲军一愣，随即哈哈大笑道："这是什么话？组织去看火车，这话传出去会成大笑话的。"

"中队长,"阿不都认真地说,"南疆人大多没有见过火车,现在火车通到喀什了,铁路离咱营区就二十多公里,去看看火车也算没有白出来当一回兵。"

王仲军打量了一下阿不都,说:"阿不都,你想家了吧?这火车一叫,谁心里都会动的。这样吧,你当四年兵了,没有回一次家,我批你的假,你回去探家吧。"

阿不都说:"我是说这些老兵中有些还没有见过火车,我探不探家不重要,他们复员时如果不走喀什,就没有机会见到火车了。"

"复员走的路线是支队定的。"王仲军说,"这个我没法更改,但我可以接受你的请求,组织老兵去铁路边看一回火车。"

"真的?"

"我什么时候说过假话?"王仲军说,"不过,阿不都,你还是探次家吧!你的这种情况,回去看看也好……"

王仲军说不下去了,他为自己没能保护好这些小兄弟也没能力催上面尽快批下来伤残证明而自责。

阿不都站着没吭气,来来回回地在地上走着。

王仲军望着阿不都一高一低晃动的身影,那些从窗口钻进来的秋阳,像金黄色的沙子撒向阿不都的身上,被阿不都一高一低的肩膀撞得四处乱溅,有一些飞进了王仲军的眼里。他的眼睛涩涩的,涌起一股股酸水,他强忍着,半天,才说:"我命令你探家,明天派人接下你的工作,后天你就走!"

阿不都是个听话的兵。

阿不都就收拾东西准备探家了。

兵们听说阿不都要探家了,都跑来看阿不都,有些老兵开他的玩笑说:"这么急着回去探家,该不会去相亲吧?"

阿不都脸红了,支支吾吾地说:"没有的事,我只是回家看望父母。"

有个知底的老兵说:"相亲就相亲,这又不是丢人的事,我们都知道,阿不都你一直和一个叫什么古丽的女孩有来往,给我们讲讲,恋了多少年了?"

阿不都急了:"你们胡说什么呀!去去去,别妨碍我收拾东西。"

老兵们还要取笑,指导员付轶炜来找阿不都,才把一帮老兵轰走了。

付轶炜给阿不都送来一条红色的真丝纱巾,说:"你是该回趟家了,把这个带上,回去了送给那个女孩,我听说那个女孩对你挺动心的。"

付轶炜的这条丝巾是他托人从巴基斯坦口岸上买来的,非常精致,他很喜爱,曾几次拿出来炫耀过,说要送给他远在北疆的爱人。

阿不都不接。

付轶炜说:"叫你带你就带上,说不定能起点作用,现在女人都懒得理国货了。"

阿不都说:"这是你给嫂子买的,我咋能要呢?"

"她?还有更好的,不需要这条了。"付轶炜神情黯然地说。

阿不都早就听说指导员和他爱人闹矛盾,两地分居,那个女人好像有了外遇,具体是什么结果,他不太清楚,但他拒绝接丝巾。

付轶炜火了:"拿上!推什么推?哪像个当兵的样子!"说到这里,付轶炜的语气又软了下来,对阿不都说,"你别有想法,腿脚有点毛病,千万不要自卑,好女人多的是,说不定那个古丽是真心喜欢你呢!凭你的人品,她会喜欢你的。"

阿不都想说什么,但没有说。他心里明白,他和那个阿依古丽一直通着信,却没有建立别的关系,他也曾想过和阿依古丽说些别的,但一直没有好意思写出那些话来,尤其是后来他的脚受伤后,他更不敢想了,只是他有意地在信中提起过这事,他把自己脚受伤编到别人身上写信给阿依古丽,阿依古丽回信说脚有一点伤残怕什么,一个人最重要的是品质,阿依古丽的观点让阿不都感动了好长时间。但这次自己瘸着腿回去,阿依古丽见了,会是怎样的反应呢?阿不都不敢想那种场面,尽管他和阿依古丽之间没有什么承诺,但他想阿依古丽会接受不了这个现实的,他毕竟没有告诉过阿依古丽,那个脚伤残的人就是他自己,他有种欺骗了阿依古丽的感觉。阿不都不再多想,他一直坚持不探家,就是怕自己瘸着回去见亲朋好友,他不知道怎样向他们解释,现在要回去了,心里却坦然多了,迟早要面对他们,怕什么?自己又不是干下丢人的事了。

阿不都就接过了付轶炜的丝巾。

阿不都为了不叫别人送他,一大早起来提着包走了。他不想叫别人送，一个原因是他不想叫别人去场部借牛车什么的，因为太麻烦了。从营区到公路上有二十多公里地，不通车，一般他们都是借场部的牛车当运输工具，很不方便。另一个原因是阿不都心里有一个不想告诉别人的秘密，他想去火车道边，乘火车去喀什，绕道回和田。阿不都一心想坐火车，这在他的经历中，甚至在南疆大多数人的经历中，都是个空白，就像许多人一生没乘坐过飞机一样，到死也是个遗憾。

　　阿不都步行着，走在石子铺成的简易的便道上，四周全是荒滩，有的地方稀稀疏疏地长着一些茅草。这些茅草阿不都再熟悉不过了，他赶着羊群在荒滩上的草丛中穿行了两年，对草的喜爱绝不亚于羊群，只要找到一大片厚密的草滩，阿不都就会兴奋地大喊大叫一番，然后按事先编好的班、排划分草地，一声口令下过之后，羊们才能开吃。他对这群训练有素的羊群很满意，他像班长爱护兵们一样爱护着这些羊，他带着齐整的羊队，不断地在茫茫荒滩上找到新的草地，让羊们吃饱吃好，并且选择好草留下来，秋天收割了运回去，给羊们当作冬天的食料。

　　阿不都看到路边的草都不太好，可能是有人割过，有草的地方不多，倒是那些无所顾忌的红柳一丛一丛地长了不少，秋天正是红柳花盛开的季节，红柳花不大，米粒一般紫红色的花朵像一串串燃烧的火焰，拥挤在一起，共同怒放在这个即将凋零的季节里，给肃杀的秋天增色不少。荒滩上的秋天因为红柳花的灿然开放，行进速度变得缓慢得多了，这样的季候比荒滩上的春天丰富多了。唯一叫人神伤的是那些已经开始干枯的茅草，显示着一个季节即将远行,但这并不影响荒滩上的另一番景致——高远的秋阳升起来,天气十分温和,黄灿灿的暖阳洒下来,那些枯黄的茅草上像被泼了一层金粉,闪闪发光,直耀人的眼睛。如果这时候走在草地上,像走在金色的地毯上,那种柔软和舒适是别的季节没有的,只有这金色的秋天才有这样的景象。

阿不都因为没有羊群跟着,他不用操心羊们吃草,心却有点空落,他已经过惯了每天赶着羊群放牧的生活,对这种轻松自由的行走起初有些不太适应,就像过惯了军营生活的兵们一到外面的世界,看到前面有人走路,不知不觉就倒换了自己的步子,和前面的人走成一样的步伐。阿不都的心里装着中队的羊群,就格外注意周围的草地,二十多公里的路程,他整整走了六个多小时,但他一点都不觉得累,也没有停下歇息过。

直到阿不都看到一个高出荒滩许多的路基横在他的面前,他才停下步子,仔细看了看,发现那就是在自己心里想过无数遍的铁路。阿不都兴奋地喊叫了一声,一瘸一拐地跑上路基,他看到了两条坚硬的铁轨平铺在路基中央,向远处伸去,他前后看了看,铁轨长得看不到头,跟电视上的一样。

这就是铁路!

阿不都激动地蹲下身子,用手摸着铁轨。铁轨的半边亮得晃眼,另一半却生着锈斑,阿不都心想亮的那边是火车轮子摩擦亮的,他就专注地用手摸着发亮的那面,手指感觉特别光滑。他在铁轨上坐下,凝神望着远处,等待着火车的到来。

等待的时间过得似乎很慢,阿不都按捺住心里的激动,不时地抬腕看看表,离他每天在荒滩上听到火车鸣笛的时间还有一个多小时,他的心已经开始怦怦地跳了,为了掩饰自己的慌张,阿不都不断地到路基边上尿尿,他镇静着自己,心想都当了四年兵了,咋还像个小孩子似的,第一次见个火车也这么紧张,真是没出息。这么想着,他心里有点悲哀起来,都快到世纪末了,火车已不是新鲜的事物,他这个南疆人却为见个火车这么激动,如果一会火车来了,自己坐上去,还不知会激动成什么样子呢!

一个多小时太难熬了,但还是熬了过去。

当阿不都感觉到脚下的铁轨开始震颤时,他看到东面的铁轨尽头已有一个烟头一样的黑点在晃动,在金色的秋阳下,那个黑点像个精灵一样异常明显,并且在不断地生长着,正在逐渐长大。

那是火车!

"火车来了!"

阿不都惊叫了一声,他兴奋地在铁轨上跳了起来,两眼紧盯着那个越来越大的黑团,那种早已在电视上熟悉了的火车行走声正从远处传来。阿不都不能自己地上蹿下跳,不知怎样才能表达自己现在的感情。

在秋阳蒸腾下似水汽般飘忽的远处,黑团逐渐大了,一下子,在阿不都眼前变成高大凶猛的火车头来,那种哐当哐当的响声像血液一样正渗进阿不都的血管里。阿不都兴奋极了。

突然,一个念头跳了出来,阿不都冷静了下来。

火车要是不停怎么办?

这是个现实问题。阿不都一回到现实里，才感到问题的严重性。他看到电视上的人都是从火车站上的火车，这里没有设车站，怎么办？阿不都要坐火车去喀什，他要回去探家的。

火车的轮廓已经明显地出现在阿不都的眼睛里了，他急了，冒出了一头汗水。阿不都蒙了，他以前可没有想到过这个问题。他一心只想坐火车，至于怎么坐，可真没想过。

现在怎么办？

火车奔驰的吼叫声越来越大了，这种声音逼迫着阿不都急速跳跃的神经，就在火车越来越逼近的时候，他突然冒出个念头：招手挡！

阿不都认为这个念头不错，他更不想错过这次机会，他很庄严地举起手，用一种很缓慢的动作挥舞着手，他感觉这个动作很像电视中看到的领导亲切地向人们致意的动作。可随着远处火车越驰越近，那从铁轨传出来的沉闷的声响刺激着他大脑极度兴奋起来，他再也顾不得动作好不好看了，将行李往肩上一挎，一边跳起来一边举起双手疯了一般向火车挥舞着。他想，他的这种举动更会引起火车司机的注意，他认为之后火车会像汽车一样在他面前停下来，他可以从容不迫地走上火车，坐在上面，然后透过车窗看着沿途的风景，一直坐到喀什。

火车越来越近了，脚下的土地簌簌地颤动了起来，他的身子也在颤动着，心更是随着铁轨隆隆作响起来。阿不都已经十分清楚地看到了火车头后面一长串爬虫一样墨绿色的车厢。他背着行李跳到路基边上，使劲地舞动着手。

那种哐当声怒吼着向阿不都冲来,一股黑色的劲风猛地扑到阿不都的身上,他差点被它推倒,他倒退了两步。

乌黑的火车头呼啸着从阿不都的面前一闪而过,车轮和钢轨发出刺耳的尖叫声,震得阿不都头都木了。

阿不都不相信眼前的一切竟然就这样发生了,火车从他的面前一节车厢一节车厢地飞奔了过去,他甚至都看到了每节车厢里旅客的身影,有的还向他挥了挥手。阿不都望着一闪而过的车厢,他的双手还举着,那种叫作悲凉的东西爬满了他的心头,从没有过的巨大失落感像一个八磅的铁锤击在他的身上,使他差点背过气去,他傻愣愣地站在那里,对火车的美好想象一下子全成了粉末,那些粉末随风飘浮在秋天的空气里。

他失望极了,一声尖厉的鸣叫声骤然响起。这响彻晴空的叫声像一把锋利的刀子将秋天劈开,那种延长的汽笛声在秋天的空旷里冲来撞去,一下子就撞在了阿不都的身上、心上、头脑里。

阿不都醒了,这声汽笛告诉他,这就是火车!

阿不都听到秋天的空气被火车的尖叫劈开后落在地上的响声,然后又往一起弥合的刺刺啦啦的吸引声,他的心一下子也给吸引住了,正和秋天弥合着。他理解了火车,火车有它的规律,不然咋叫火车?就像秋天叫作秋天一样,当兵的有当兵的纪律一样,它有一定的规律,并且在这些规律中才有它的一定道理,才不会出现混乱。阿不都当了四年兵,更应该明白这个道理。

火车在阿不都的心目中又神圣了起来。

那声汽笛传到遥远的荒滩上,跌落下来,消失了,阿不都望着远去的火车又变成黑黑的一团,那种哐当声在逐渐减弱的时候,阿不都想起了什么,他从怀里掏出指导员送给他的那条红丝巾,向远去的黑点使劲地挥舞着,向他心目中仍然神圣的火车致意!他在心里默念着,我看到火车了,我终于看到火车了!

泪水模糊了阿不都的视线,他看不到那个小黑点了,他才收回丝巾,捧在手里,泪水滴在了红丝巾上,洇湿了两个黑红的斑点,像两个又大又圆的眼睛。阿不都看着红丝巾上的湿点,像看到了阿依古丽那双美丽的大眼睛,正深情地注视着他,他的心里一热,心想,我该和阿依古丽把关系挑明了!

那年,阿不都被火车抛在荒滩后,他似乎一下子明白了不少道理。回家后,他大着胆子去找了阿依古丽,第一句话就说了,那个脚受了伤的人就是他本人,有种看阿依古丽怎么办的劲头。阿依古丽并没有嫌弃阿不都的脚受了伤,并且对阿不都的这个勇敢劲很敬佩,阿依古丽从小就对当兵的很崇拜,见阿不都当了几年兵,有了当兵的那种性格,就表明了自己这几年一直在等待他的心迹,两人把话挑明,便建立了恋爱关系。在阿不都探家期间,两家人给他们举行了订婚仪式。

A15

风沙是突然间降临塔尔拉的。

那天,排长吴一迪正带着战士们在操场上走队列,干净如洗的晴空上,春阳在一片"一二三四"的喊叫声中,将缓缓的暖流抖搂下来,披满吴一迪一身,他使出浑身解数,将百十号人的步伐指挥得像一个人似的。每下一个口令,他的心里就多了一份舒坦。他仰头望着红彤彤的太阳,用耳朵捕捉着嚓嚓的脚步声,他能在这种嚓嚓声中闭着眼睛分辨出哪个声音是左脚发出的,哪个是右脚发出的。因为左脚是起步,一般落地时发出的声音总是重些;右脚是跟步,总是小心翼翼的,落地就稍微轻些,指挥队列时间长了就能分辨出其间的轻重微妙来,所以他凭着感觉就能准确地发出口令,这种指挥方式,简直是一种享受。

吴一迪正沉浸在这种享受中,这时,风沙就刮来了。

先是一阵轰隆隆似闷雷一般的吼声响起,接着,就看到不远处一大片浑黄不清的像帷幕一样的尘雾挂满了半个天际。这帷幕像用手扯着,以惊人的速度,霎时遮住了暖暖的春阳,直直地冲了过来。能听到嘈杂的吼叫声,似千军万马咆哮着迎面扑了过来,其气势威猛无比,锐不可当。

吴一迪一下子没有反应过来,那道帷幕已经唰地压了下来,将他和兵们盖了个严严实实。

队列里一致的步伐就轰的一声乱了,有人喊了一声:"沙暴来了!"

却没有一个人跑出队列。

这就是兵!

在沙暴压过来时,只是乱了阵脚,没有听到口令,绝不能乱跑的。

吴一迪心生感动。

狂风挟着沙石,噼噼啪啪地打在人的脸上、身上,干疼。

吴一迪是第一次遇到这种情况,愣怔了一下,才反应过来,随即下了解散的口令。

兵们这才轰地一下散了。这时候几步之内,只能看到一片黄色的人影在晃动,根本分辨不清谁是谁了。

塔尔拉的风沙期实实在在地降临了。

从荒原深处刮来的风沙,将塔尔拉罩了个严严实实,白天、晚上天地间全是浑黄一片,呼呼的风声,搅得人心生烦躁。最让人难以忍耐的,是每天要吃不少的沙尘,即使不张嘴,嘴里也像吃了沙枣似的,碜牙。房子的门和窗都用褥子堵着,屋子里照样落一层沙尘,还有一股呛人的土腥味儿。睡一晚上起来,鼻子、嗓子眼里全是沙土,干涩又疼痛。人睡着了,一呼吸,还不知吃了多少沙尘呢!

吴一迪因是第一次遇到这么狂劣的风沙期,眼睛里看到的全是浑黄的风沙,耳朵里灌满了风的吼叫声,心里特别烦,他坐立不安、出出进进,没有一个能叫人清静的去处,他就一个劲地抽烟,以消磨难熬的时间。烟抽多了,一屋子的烟雾、烟味和着沙尘的土腥味,使指导员付轶炜不断地咳嗽,弄得吴一迪也不好意思抽烟了,但又熬不住,过一会又点着烟抽上了。

付轶炜这几天有点心神不定,只要待在屋子里,就不停地来回走动着,有时坐下来,想写点什么东西,可只写上几个字,就撕掉了。撕了又重写,写了又撕,看得吴一迪在屋子里实在待不下去了,就到各班去转了一圈,然后叫上带班员,一块去哨楼上查哨。

　　风沙期开始时，政委刘新章就告诫王仲军和付轶炜，许多新兵没有经历过这样的风沙，在风沙期间，一定要增加看守力量，加强戒备，保证工作不出一点差错。

　　中队长王仲军就对吴一迪说："从现在起一直到风沙停止，查哨都得两个人，尤其是上到高高的监狱的大墙上，一定要两人牵着一根背包带才能上去，以防万一。"

　　当时吴一迪不知轻重地问了一句："能有这么严重吗？"

　　王仲军看了吴一迪一眼说："你还不了解塔尔拉的风沙。"

　　吴一迪在风沙里上到监狱大墙上去查哨，风沙啸叫着向他扑来，冲得他站立不稳，别说移步了，每动一步，腿都在打战，要走过没有遮拦的长长的监墙，到达哨楼里，实在太艰难了。他还是抓住了带班员递过来的背包带，两人牵着，才算查了一轮哨。

　　从哨楼上下来，吴一迪问带班员："换哨时，哨兵也得这样互相牵着上下哨楼吗？"

　　带班员说："那当然了，这都是指导员想出的办法，在风沙期，得像个盲人似的，相互牵着上哨。"

　　"看来只有这个办法来解决这个问题了。"

　　王仲军有天对吴一迪说："也有人不愿这样牵着背包带上哨楼的，结果他从监墙上爬进了哨楼里。"

　　吴一迪说："这个人又何必呢？"

　　王仲军说："他只是想创新，不想用别人总结出来的经验，但他失败了。"

"蠢。"吴一迪随口说道,"经验都是经过多少年的积累总结出来的,怎么能改变呢?"

王仲军不动声色地望着吴一迪说:"你知道这个人是谁吗?"

吴一迪摇了摇头,说:"这么蠢的人肯定早复员回家种地去了。"

王仲军淡淡地说:"这个人就是我!"

吴一迪的脸唰地就红了。

王仲军并没有计较吴一迪的话,接着说:"我们都生活在经验里,从吃喝拉撒睡,都有了经验的框框,人活得越来越懒惰了,根本不去思考新的方式,慢慢地,人的思维就麻木了。"

吴一迪觉得中队长的话很有道理,心想着,自己一定要在塔尔拉干一番事业,看能否在现有的条件下做一些创新。他首先注意上了这阵子刮得很厉害的风。

吴一迪观察风沙的动向,渐渐就掌握了风沙的规律。塔尔拉的风沙的确像兵们说的那样,刮三天东南风,稍作停歇,再刮三天西北风,将刮到东南面的沙尘又送回西北面来,然后再刮一整天旋风,把风沙送上天,将刚有点淡薄的天空染黄后,又周而复始地重复着以前的闹剧。吴一迪掌握了这些规律后,就带着兵们根据风向每天早上顺风出操,如遇上旋风,就叫兵们在房子里整理内务,倒也没误了日常工作。

王仲军见吴一迪的这一大套做法,很欣赏,有天对付轶炜说:"吴一迪这小子像我当年一样,一点化就通,是个带兵的好料子,这阵子,家伙们也叫他带得活蹦乱跳的,在风沙期里还这么有活力,真是难得。"

付轶炜说:"小吴是个好苗子,一般的年轻干部到了塔尔拉就泄气了,他却精神不减,劲头大增。"

王仲军叹了口气,有些无奈地说:"只是别像我这样变着变着就变懒了。塔尔拉这个地方,磨人的锐气啊!"

风沙像一片大得没有边沿的纱布,很有耐心地打磨着塔尔拉。在刺刺啦啦的打磨声中,风沙期持续了一个半月时间。这是最难熬的一个半月,对初来乍到的吴一迪来说,比别人更多了一份烦躁。

付轶炜这几天见吴一迪闷闷不乐的样子,只知闷着头抽烟,就忍不住问:"吴排长,你是不是谈了对象?人家嫌你分到塔尔拉,闹吹呢?看你这个闷闷的样子,又没成家,我以为会少了份烦心事的。"

吴一迪说:"我还没有谈对象呢。"

"这样也省心。"付轶炜叹着气说。

吴一迪不解地望着付轶炜,心想付轶炜肯定遇到烦心事了,看着他最近心神不定的样子,吴一迪几次想问的话到了嘴边,又咽了回去。他走到屋外,昏黄的天空使人更压抑了,不时有风卷着沙尘扑过来,眯了眼睛。他又退回到屋子里,无奈地点上一支烟后,说:"塔尔拉的春天就这样当冬天过了?"

付轶炜说:"不这样过,还能咋过?"

这时,王仲军进来了,接上说了句:"塔尔拉的春天,不就更别致了吗?"

吴一迪给王仲军递烟过去。

王仲军摆了摆手,说了声"抽这烟没劲",就掏出报纸条,往上倒了些莫合烟末来,他两手将纸条一折,左手捏了,右手抓住一头一拧,一支烟就卷好了,放到唇边湿了唾沫,用手捏粘住了,将拧过的这头伸到嘴边,两牙一咬,咯嘣一声,咬掉了硬纸头,吐了,用嘴噙了烟,打火点着,猛吸一口。烟头的报纸竟起了火苗,只着了一下就熄灭了,再不起火。王仲军就一口一口地喷吐着白白的烟雾,辛辣的莫合烟味顿时盖住了吴一迪的香烟味,把整个房子的空间都填满了。

吴一迪看了王仲军卷莫合烟的全过程,手就痒了,也想卷一支。他向王仲军要了报纸条,倒上烟末,两手运动起来,却怎么着也卷不起来。

王仲军在一边也不指点,只说了句:"吴排长,你还不是塔尔拉的人。"

B5

一切发生过或正在发生的事情,在其有意义的时候,都具有矛盾的性质。刘新章无法想象,在外界的某个角落,在生活的每一处,正如人们所说的,存在着对一切事物的解释,这些解释都能自圆其说。

但谁也无法说清秋琴为什么还会回到塔尔拉。在塔尔拉许多人的眼中,秋琴即使没有成为喀什人,以她的美貌也是可以在那个叫喀什的城市里过得比在塔尔拉好,可她还是回来了,宁愿忍受着塔尔拉许多含义不明的目光和冰冷的语言。回到了塔尔拉的秋琴再没有过热情,也再没有过欢笑,甚至连思维都没有了。她不但冷漠着刘新章,还开始对周围的人和事怀着一种仇视的冷漠,她就在这样极度的冷漠中空洞地活着。

刘新章解释不清自己对秋琴的感情。在秋琴挺着大肚子平静地走回塔尔拉的时候,他的心疼得针刺一样,无论在什么地方,秋琴对他的冷漠都只能更加剧他的疼痛。他想过要用自己的真情重新唤回秋琴对生活的热情,可是秋琴从来就不给他这样的机会,她的冷漠像一坨铅块,谁也无法打破它。这个时候,刘新章偶尔也会来到根明叔的家里,根明叔的女儿红柳就很乖巧地给他们倒上茶水,然后静静地坐在一边,听着两个男人的对话。

红柳是从根明叔口中知道刘新章和秋琴有过一段不曾公开的感情的,刘新章来找根明叔聊天,红柳在旁边静听时,对刘新章与秋琴之间的事情了解得更加清楚。她会在送刘新章走的时候,不动声色地找些轻松的话题和刘新章说,还总能让刘新章在不知不觉中忘记自己的苦闷,跟着她的思维转动。也许就是在这样的气氛中,刘新章慢慢地对红柳产生了好感。

万念俱灰的秋琴没有听从任何人的建议就嫁给了段建新。她觉得只能嫁给段建新这样的人。当她认为不必要再把生活当作一件很精致的东西,用心地去料理时,她就像收拾一间旧屋子一样,把自己破烂不堪的梦想和欢乐都捆绑了起来,塞在一个没有人会经过的旮旯里,任凭着这些在她生命中曾经闪耀着动人的光辉,而今她已不再需要或者说不想需要的东西在潮湿阴冷的空气中慢慢地霉化腐烂直至最后让人捂着鼻子扔弃。做完这一切之后,她想她最后剩下的就只有能给男人当老婆用的女人这唯一的东西了,于是,她把自己也像一件被人扔弃的东西一样随便扔了出去,已是无谓什么样的人来捡拾自己了。段建新娶了秋琴,像秋琴对待自己一样,也只是把她当作一个工具,一件任他发泄性欲的工具。从段建新的态度上,他好像倒是给塔尔拉做了一件好事似的,把秋琴这个被别人也被她自己扔弃的一件破烂给收留下了,而且,他给人的感觉,还十分吃亏呢!

刘新章没法理解秋琴,她那样做到底是为了证明什么?如果非得那样才算对自己以前的举动的惩罚的话,或者就算她已把人世间的一切看破了,秋琴也没必要这么做,她犯了一个叫人难以认同的错误。在塔尔拉这片古老而荒凉的土地上,这女人失身的确决定了这个女人一生悲哀的命运,可秋琴是为了在生活的浪潮里作为冲浪的角色才失去她美好的少女时代的。刘新章为秋琴找了这么一个解释的理由,只是想叫她认识到冲浪者的痛苦是站在勇敢者的角度上才会碰上暗礁的,翻船当然是常有的事,也是能让人理解的。刘新章不想让她被这种痛苦长期淹没,在血的腥味里也应该振作起来,站立成失败者不败的形象。当然,这些站立成失败者不败的形象之类的话,是秋琴死后刘新章才这么想的，都已经成了没有用的废话。

刘新章不知道秋琴的亲爹根明叔当时是怎么想的，他眼睁睁地看着自己的亲生女儿嫁给了段建新那样在塔尔拉出了名的无赖。

但秋琴确实是嫁给了段建新。

结婚不久，秋琴就生下了一个女孩。这个女孩的出世像秋琴当年自己出世一样，显得非常多余，因为段建新想要的是一个男孩。多余的东西总是会受到人类的排挤。段建新自从秋琴生下这个女孩后，就变得更加恼羞成怒，把他的无赖劲全部使了出来，动不动就对秋琴拳脚相加，打得秋琴常常是遍体鳞伤。

从那时候开始，塔尔拉一直被狗吠声扰乱的寂静夜晚，就换成了另外一种方式，从段建新家传出的秋琴的惨叫声和压抑不住的哭声，很响亮地代替了狗吠声。

慢慢地，塔尔拉人对那种声音听得久了，也就习以为常了。

在段建新和段建新全家人的鄙视下，生了女孩的秋琴真的成了段建新所说的破烂东西，随时接受丈夫及其家人随便的殴打和辱骂。只要谁无意在段建新全家人面前提到孩子之类的话题，秋琴自然得多受一次毒打。曾对生活充满了热情和希望并有着远大理想的秋琴被现实生活搓揉成了一个麻木于现状的普通而悲凉的妇女。

后来，工作十分出色的刘新章当上了三中队的司务长。他被保送到乌鲁木齐轮训了三个月，就被提成了干部。

提干后，刘新章和根明叔的来往多了起来。他经常坐在根明叔家的土坑上,听他讲以前在三五九旅的事情,此时,根明叔的独眼里就有种亮亮的光代替了他忧郁的目光。根明叔盘腿坐着,不时地把身上油黑的脏乎乎的羊皮袄用手拉扯拉扯,似乎还想拉扯出当年的威风来,可岁月是个很可怕的纱布,抹来抹去,已经把当年英俊年轻的军垦连长变成了一个干瘦的老头,并且还瞎了一只眼睛。

往事不堪回首。

根明叔总有这种无奈感,但他从不这样说,他只是在讲以前的事时,才说句"以前的事呵,已经老得提不成了"。可他提起来,还是那样津津有味,语气里蓄满了怀念感。他喜欢不停地抽着烟,他抽的烟是用旧报纸条卷的莫合烟,这种新疆独有的烟丝,劲很大很冲,一般的人抽着受不了,可根明叔能一支接一支地抽着,并且能吸出吱吱的声音,辛辣的白烟不一会儿就能装满屋子。刘新章他们聊的时间长了,他看着那些辛辣的白烟从根明叔的嘴里缓缓地冒出来,盘旋着绕在他身体的周围,慢慢地浓烟又疏散开融在前面的烟雾里,很有一种韵味。在大漠漫长的冬季里,莫合烟燃去了许许多多无聊而寂寞的日子。

刘新章就是那时候开始学会抽烟的。生活在那种环境里的人基本上都抽烟,不抽烟,那些难过的日日夜夜怎么熬过去?那些浸泡在心灵深处的往事又怎么让它走过去?

刘新章和根明叔坐在土坑上,抽着莫合烟,喝着散装白酒,红柳常给他们拌些咸萝卜丝或者炒盘鸡蛋,他们就着煤油灯,在根明叔的话题里,度过了一个又一个漫长的夜晚。

根明叔一般不讲他过去在塔尔拉最辉煌的时光,他似乎是有意要避开什么,他只讲些三五九旅在陕北开荒种地和后来解放新疆后又开始种地的一些情景,他讲得很投入。很投入的根明叔把散白酒喝得很有滋味,他常感叹人世间的有些事真是不可思议,他当年当兵想着打仗,却没想到仗没打上,和种地结下了不解之缘,到哪都是个种地,却种出了一生的悲苦。他还说现在也有这样的日子,能坐在自家的土炕上,平平静静地喝酒。他把过去的经历和在了浓烈的散白酒里,全喝到了肚子里。他再往出倒往事的时候,对于刘新章的提问,能断断续续地讲一些衔接不上的章节。

刘新章一直认为这才是根明叔一个残缺不全的没法拼凑完整的历史版本,最完整的也是他最想了解的原版永远存放在根明叔的肚子里。

刘新章有时故意提出一些话题,想看看根明叔的反应,可他会很巧妙地避开,却说些不相干的事。他有时喝多了就会干脆什么也不说,就那样静静地坐着,有时可以一坐就是一夜,为此没少受他女儿的埋怨。如果碰上红柳埋怨根明叔时,刘新章就打圆场替根明叔辩护几句。根明叔却一副无可奈何的样子,不辩解,也不动怒。

刘新章知道根明叔有时不愿谈关于他个人过去的一些情况,也是对的,谁愿意往自己的伤口上撒盐呢?

根明叔可能不认为他的所作所为是一种堕落,也许他一直就没有把自己当作建设塔尔拉的功臣,当年脱下军装开始军垦生涯,是国家政策决定的事,他带领生产连队开垦塔尔拉是理所当然的。在情感上,他是一个男人,魏芳是一个漂亮的女人,他与魏芳的关系也是自然而然的。

"你根明叔丢了连长还不回头。"青婆说,"他总认为自己是对的,可大家都看得清清楚楚,他是被那个狐狸精戏子给迷住了,谁也救不出他来,只有他自己救自己,但他一点都不醒悟。"

A16

叶纯子在风沙来到之前,准备撑开画夹,画几幅画。到塔尔拉的这段时间,她塑了几件作品,却几乎没有打开过画夹,这里的一切对她来说都是新鲜而奇特的,她想了解一切,想弄清这里的每一个人在塔尔拉这么一个特殊的环境里所抱的任何态度。通过这么长时间的接触,她越来越觉得,塔尔拉的每一个人都有一段非常感人的往事,一说到往事,她马上想到自己到塔尔拉后的一切所见所闻还没有记录下来,如果今后回想起来,没有一个可以称为纪念的文字或者画面来帮助自己回忆这些。她早已不写日记了,自从她喜欢上画画后,她把所思所想都用画来表达。现在,她便想到静下来用画来记录下塔尔拉的人和事。

面对画布,画什么呢?她想画的、要表达的实在太多了,一旦要画起来,就无从下手了。因为这里的每个人都值得一画,值得她记录下来,作为今后永久性的怀念。与这些人生活在一起的日子里,叶纯子不难看出,这些看似平静的生活在塔尔拉这个比较特殊的环境里的当代军人,他们的内心其实是很丰富的,只是自然环境控制住了他们的心,他们在自然的造就下,他们感受到自然界的事物和事件似乎与他们关系不太大,他们只感到不可名状的孤独和寂寞,经受一年四季的变幻。风沙迷茫的春天来临了,没有鲜花和温暖的阳光,但他们的脸上还是露出了希望的笑容,仿佛不停降临的时光,都会出现崭新的叫人向往的陌生风景。因为所有的风景在没有看到之前,都是美丽的,充满神奇的诱惑,给人以无穷的遐想。

她想应该从这里着手。因为绘画艺术是一种富于想象的创作形式,是创作者的心灵突破,更是创作者用画笔来揭示生活的复杂从而淘洗出人物的复杂。

这应该是叶纯子找到的一个切入点,从这个角度来看,似乎一切艺术的主题和目的都存在于个体与总体的平衡之中,似乎崇高的因素,即艺术方面的重要因素,使艺术的天平保持均衡的因素。从根本上看,这些年轻的士兵,当他们转向新的自然的时候,与过去的事物相比,他们已经适应了永恒的事物,与暂时有根据的事物相比,他们更喜欢具有最深刻的、规律性的东西。

这就是军人。

能够在任何自然环境的控制下,造就出一个个非常刚强的男人,他们无法说服自然,所以他们认为自己的任务便是把握自然,使自己千方百计地深入自然的伟大联系中去。与这些看似孤独的人们在一起,叶纯子自己都觉得已经接近了自然,也把握了自然。这或许就是最独特的人生价值,从这里产生的艺术就成了一种媒介,在这种媒介里,人与风景、形象与世界走到一起来了。

叶纯子一直还不认为自己是一个画家,但作为一个对艺术有感悟力的人,意味着能够通过绘画这种形式表达自己的认识。这似乎并不困难,这些想法源于她自己的内心,从她的心里生长出来,并由此出发逐渐地听信和理解了这些和她几乎同龄的年轻人,她的这种心声和他们是共同的,是大家心里共有的,虽然谁都不曾说过。因为在这么多天的朝夕相处中,她同他们一起都在不断地创造着伟大的、不绝于耳的、回荡不停的人生,每个人都会把自己最关心的东西加进去,于是,便出现了这种情况,一个人精神上不同于其他人的人,当他表达自己的认识时,自己却消失了,如同雨点落入大海里一般。可叶纯子不想这样,既然自己不顾一切地来到了塔尔拉,她就要把自己在塔尔拉的一切想法全都记载下来,作为自己生命中不可缺少的一部分,珍藏在自己笔下的画布上。

她想先把自己画出来,不是自画像的那种,而是她自从来到塔尔拉的另一个形象。这个形象里包含了她太多太多的想法和认识。这些想法和认识是用文字表达不出来的,只有通过画笔,在画布上用色彩绘出此刻她心灵的形状来。

然而,不知什么原因,叶纯子反复试了几次,也无法选定一个看上去像她自己的姿势——现在的她,到了塔尔拉的她,经受了一番塔尔拉残酷自然环境侵袭的她。

对着镜子,她发现她的面孔和身形看上去有了很大的变化,到底变化在哪里,她说不清楚,她只发现她的自身实实在在地线条分明,但她无从下笔。她以前并不是这样,她画过自画像,从来没有出现过这样的情况。她决定还是不直接开始为好,看看会发生什么。

她画了一幅自己肢体舒展地坐在椅子上的铅笔画。这幅画给她的印象还不错,并非她想象的那么糟,那不均衡的比例仿佛是刻意的顽皮之举,而那种舒展的胳膊和拉长的颈部正表达着令人快意的质朴。(她从她的本意出发,她也算从自己的头脑里抠出了一个影像的轮廓了。)

她来到画架前,拿起画笔在调色板上调和着各种颜色。她不再去看画上自己的轮廓,也不去关注镜子里自己的形象,她一心一意只想调出适合自己心境的色彩。

自己应该是什么样的色彩?

画布等待着她去涂抹!好像前面未曾见过的生活,等待着她去生活一样。

她的手开始发抖了。对她来说,原本很简单的一幅自画像,却变得一点都不简单,这到底是怎么回事呢?

她终于把第一笔颜料染上了画布,颜料滴淌而下,像一串串厚重的泪水,在自己身体的轮廓上流淌着,流淌着……

这就是她对塔尔拉最初的认识?!

她将画笔投入画布,她感觉到从窗户挤进来的阳光碰撞到她的身体上,轻轻地落在了画布中的自己上,这个自己此刻闪出那种神秘的熠熠光泽,这不仅来自画面上生动的接触点,还表明在光和画面之间,这里或者那里总有一种纽带,把她和现实连接了起来。阳光像一个恰到好处的填充物,把事物本身引到了艺术中去,促使形态的边缘在颜色与身体的空隙面前越发清晰和光滑,保持了它们的圆润,画布像水果一样吸收着光,并不间断地、悄悄地溢出一种纯净而浓郁的芬芳来。

叶纯子冲着阳光睁大眼睛,想让太阳晒着她的眼睑。然后,她闭上双眼。蓝色的斑点和黄色的火花在眼前跳动着,像一池静水被投石激起的波纹那样不断向外扩散。她感觉到阳光的亲切来。

她突然有一种想法,想着这个画布上正在创造的自己,在阳光的呵护下,已经生长起来,像一株正在抽穗的庄稼,变得成熟了。

这当然是到了塔尔拉以后,她才变得有这种想法了。

有一天,吕建疆看叶纯子画画,她突然有种想和他好好交谈的想法。自从她来到塔尔拉后,她心里的位置越来越多地让吕建疆占领着,其实她也知道,自己能够冲破世俗的目光来到塔尔拉,并不仅仅是因为塔尔拉的吸引。一个地方无论它有着怎样的历史,无论这历史又是怎样地浑厚凝重,也很难让一个姑娘能够有不顾一切的决心走进去,何况塔尔拉还是这样的遥远和偏僻,对叶纯子又是如此陌生。艺术的吸引当然也是一种理由,却显得牵强和做作。不管对外人是以怎样的借口,叶纯子心里明白,她的勇气究竟来源于哪儿。在塔尔拉与吕建疆相处以来,沉积在心中的情感已越来越浓厚,尤其是这阵子她白天、晚上都想见到他,想每时每刻都与他在一起。她没法再控制自己这种越来越强烈的念头,她想自己已经陷入了对吕建疆的朦胧情感之中了。对此,她没有后悔的感觉,因为,在她心中,吕建疆是一个成熟而富有魅力的男人。按当下女孩子的说法,就叫很有男人味。

她停下手中的画笔,对吕建疆说:"你知道吗?我觉得你与我之间有种共通的东西,是极为重要的!"

"是什么?"吕建疆预感到了什么,他终于等到叶纯子向他开启心灵的大门了,他明白了叶纯子话里包含的意思,他心里一阵激动,一股幸福的暖流涌上心间。终于,他要得到他梦寐以求的感情了,他快晕过去了,但他控制住自己起伏不定的心跳,故意问道。

"我也说不太明白,是那种心心交融的东西,这个意思你应该是明白的!到塔尔拉之后的这一段时间,是我生命中最美好的时光!"

吕建疆怎么能不明白呢?从那次偶尔的相遇,到今天她不远千里地来找他,就可以看出她对他的态度,只是,缘于他们之间的巨大差距,他一直不敢承认,不管刘新章、王仲军他们怎样地鼓动、撮合,他都鼓不起向前迈步的勇气。他觉得叶纯子在他的心目中就是一个高高在上的女孩,她美丽高雅、有才华,父母都是画家,又来自秀美而且充满了现代文明气息的城市。而他只是一个普通的军人,父母是兵团人,他没有显赫的家境,又身处偏僻、地理环境艰险的塔尔拉,这里除了叶纯子暂时感兴趣的一群兵外，再没有任何她想要拥有的东西。无论从哪一方面，他吕建疆都是无法与其相提并论的。吕建疆渴望这份感情，真正降临了，他却不敢承担这份感情，所以当刘新章等人都推着他往前走的时候，他自己却往后退两步，他想不论是叶纯子还是他都应该有一个思考的空间，太仓促了反而没有了回旋的余地，让双方都觉得不适应。可现在，叶纯子似乎已经很清楚地表明了她的态度，一时之间，他却不知该怎么说好了。他只是突然间感觉到自己的心一下子踏实了，自己等待的不就是这一刻吗？可等到了，不知该怎么表达。他沉默了。

吕建疆的沉默使叶纯子有些难堪，心里有种失落感，原以为她的话会从吕建疆那儿得到反应，可是她等到的是他的沉默。他这是什么意思呢？叶纯子顿了顿，亮亮的目光掠过吕建疆的额头，落到画夹上时目光已经黯淡了下来。见吕建疆还没有说话的意思，叶纯子便拿起画笔，又开始作画了。其实她心里很慌乱也很沮丧，哪有心思画画呢？只不过是拿着画笔在画布上随意地点了几下，以此来掩饰自己失落的神态而已。

吕建疆见叶纯子慌慌乱乱地拿起画笔又开始画画了，便知道自己这个时候沉默很不妥当，很容易伤害了她，可他又不知道怎样向叶纯子解释，现在这种情况说什么才好呢？他支吾了半天，搓得手掌都红了，才蹦出了这么一句："我、我这个人嘴拙，不会说话。"

叶纯子被吕建疆的这句话击得差点掉了手中的画笔，仅这么一句，就表明了他的全部心思，她怎么能不知道他的真实想法呢？虽然俩人从来不点破，但她知道他的想法，从他的目光里，还有他平时为叶纯子做的每一件事上。从塔尔拉每个人对她的态度上、神情上，还有含含糊糊的言语上，谁都把她视为吕建疆的女朋友，只是碍着她是个大姑娘，谁也不好直截了当地说出口，包括吕建疆本人，他心里想的嘴上却不敢说，这可能就是这些军人的特征吧。平时看起来风风火火、大大咧咧，一副什么都敢说什么都不怕的样子，一旦碰上这样敏感的情感问题，就扭捏得不敢说话了，尤其是吕建疆，现在性格内向得不可理喻。她曾背地里向付轶炜打听吕建疆的过去，付轶炜告诉她吕建疆以前不是这样的，也很活泼，遇事有些急躁，现在却成了这样，整天闷声不响的，像个小老头似的。"唉！"付轶炜叹了口气，又说道，"也难怪，这塔尔拉挺磨人的，什么样的人到了这里，时间长了，也会变的。"从内心讲，叶纯子其实还很赞赏像吕建疆这种心地质朴而又有内涵的男人，他们虽然把感情埋藏得很深，可是那份感情是真挚和诚恳的。只有那些轻浮的人才把所有好听的话都挂在嘴边，在任何时候任何地方不假思索就可以吐出来，这些表象看似浪漫美丽，实际上就如同飘浮在空中的五颜六色的肥皂泡，一钱不值不说，而且不待戳自己就破了。叶纯子更感觉到吕建疆这种男性的魅力，明白了他的意思，心一下子充满了甜蜜感，心想，这个人虽说木讷了些，却一点也不傻呢。她心里是这样想着，却不表露出来一丝一毫。她很矜持地笑了笑，算是答复了吕建疆，手中的画笔又开始动了。其实她内心的慌乱并没有平复，画笔根本找不到该着墨的点，但她还是装作很认真地画着。

吕建疆望着专注画画的叶纯子,此时真不知道该说什么合适了。他想,难道他和叶纯子的爱情,就这样开始了吗?他的心有点慌慌乱乱、麻麻木木的了。

A17

风沙一停,像是演完了一部冗长的历史剧,扯去了那片肮脏的破帷幕,天地之间一下子寂静了下来。天就慢慢地蓝了,遥远得没有了边际,被风沙吵闹得烦躁的心里一下子又空荡荡的了。

天气却陡地闷热了起来,像突然加温了的锅炉,空气中有了一团一团的气浪,像浩瀚的海面上的波涛,一波又一波地向塔尔拉涌来。塔尔拉被推上了飘浮不定的浪尖。

被风沙挟持走了的太阳又回到了天上,继续着它永远也完成不了的使命。久违了的红太阳突然从东边的戈壁滩上升起,能叫人产生出一种新鲜感来,倍觉亲切,同时,也觉出了灼人的热量,在火红的太阳光线里,可以看到一丝丝的热气,正弯弯曲曲地向天空升腾着。

塔尔拉的夏天,在一夜之间就这样突然降临了。

光秃秃的沙枣树,在一夜之间也突然绿了。嫩黄色的叶芽一钻出来,先是像刚出世的小婴儿的拳头,紧紧地攥着向这个世界宣誓似的,世界无声地接纳了它之后,才舒展开来,把生命的希望全展示在人们面前。只过了一天,所有的沙枣树就全绿了。

这晚来的绿色,给没有春天的塔尔拉人注入了无限生机。

风沙一停,当务之急,是播种。三中队有几亩菜地,在苦水来到塔尔拉之前,必须把菜种上,把地浇一遍透水。不然等苦水一到,用苦水浇的菜地,菜种子不发芽,就会耽搁了一年的菜。

中队开过队务会后,按各排各班分工,全力以赴,开始种菜。

老兵阿不都是种菜的行家。他的伤残待遇一直没有批下来,后来却被批准转成了士官,中队不再安排他放羊了,让他当了后勤班的班长。阿不都当了后勤班的班长后,除过把后勤班的各项工作抓好外,他还请教了塔尔拉的一些老军垦,根据他们的经验,自己边实验边摸索,竟捣鼓出了不少种菜的小门道,在塔尔拉什么季节种什么菜,他总结出了一整套新的经验。

每年到这种时候,阿不都就成了种菜工作的总指挥,连中队长指导员都听他的,在菜地里,阿不都是绝对的权威人物。连阿不都自己也说,一到种菜的时候,自己就当了一回中队长,所有关于种菜的问题,全由阿不都一个人说了算,这是中队长在军人大会上宣布的。

阿不都不善于口头表达,他的汉语口语相当标准,所有汉语能表达的东西,其实他都会,唯一的缺憾就是他不怎么认识汉字,因为他当兵前上的是维语学校,说的汉话基本上是自学的,但他平时不爱说话,就很难看出他这个维吾尔族人的风趣和幽默来。

排长吴一迪对阿不都的印象不错,不光因为是他三月份来塔尔拉时阿不都赶着牛车去接的他,而且因为自从他知道了阿不都因训练受伤的前因后果后,对阿不都的执着和痴迷而心生敬意。后来的这些日子里,通过接触,他还发现阿不都为人十分实诚,这下又见阿不都在种菜方面的特长,就对阿不都更加敬重了。

后来的事情发生得很突然,吴一迪怎么也没有想到,他却伤害了阿不都。

其实一切都是无意的。

菜快种完的时候,吴一迪那天突然发现,阿不都除养了一条黑狗外,还养了两只雪白的鸭子。吴一迪到塔尔拉后,正赶上风沙期,一直没有到勤杂班饲养家禽的地方去看看,这回种菜时,他才发现了那两只鸭子。

来自水乡的吴一迪自然对鸭子有着特殊的感情,他的家里就养着一大群鸭子。在荒凉的塔尔拉见到鸭子,吴一迪的眼睛立即发亮了,感到特别亲切。这个地方能养鸭子,算个奇迹了。

吴一迪将两只鸭子赶出了圈,一直赶到了菜地旁边的涝坝边上。

这是一个蓄浇地水的大涝坝。吴一迪想把鸭子轰到水里去,看看鸭子戏水的情景,温一回水乡的旧梦。

两只鸭子在涝坝边上,扑棱着翅膀就是不下水,也不叫唤,急得吴一迪一边叫着一边往水里赶,可鸭子就是不往水里跳,弄得吴一迪一头的汗。最后,他招呼几个正在地头休息的兵们,一起硬把两只鸭子赶下了水。

"我就不信,哪有鸭子见了水不下去的。一会儿,等它们适应了,想赶上来恐怕都难。"吴一迪看着鸭子下水了,才舒出一口气,很自信地对兵们说道。

两只鸭子像两个滚圆的雪团,跳进了有些浑浊的水中,在水里沉下去,又浮上来,扑腾了一阵之后,突然间就像两团白雪一样化在了水里,融进了浑浊的水中。

顷刻间,两只鸭子又漂了起来,浮在水面上,死了。

鸭子被水淹死了。

吴一迪和兵们简直不敢相信眼前的事实,他们一直以为鸭子是在戏水呢。

在他们愣怔的当儿,闻讯赶来的阿不都已冲了过来,衣服也没有来得及脱下,扑通一声跳进了涝坝里。

冰凉的涝坝水溅了吴一迪他们一身,但谁也没有去擦脸上往下滴的水滴,只是目光呆呆地望着在水里扑腾着捞鸭子的阿不都。

鸭子终于被阿不都捞上来了,阿不都浑身湿淋淋地抱着两只死掉的鸭子,目光呆痴,既不动,也不说话。鸭子在阿不都呈暗绿的警服的映衬下,白晃晃地刺眼,刺得吴一迪的两眼生疼,他想上去接过阿不都手上的死鸭子,看看阿不都脸上的表情,就收回了手,不知所措地站着发愣。

这时,指导员付轶炜走了过来,弄明白是怎么回事后,也愣了一下,望着水淋淋的阿不都,又看看一群发傻的兵,说:"死了就算了,交给伙房加个菜吧。"

阿不都手里提着两只死鸭子,没吭气。

中队长王仲军过来说:"怪了,淹死了鸭子,传出去都成了奇闻,不笑掉南方人的大牙才怪呢。塔尔拉真是个神奇的地方,什么怪事都会发生。我看算了,还是挖个坑埋了吧!谁吃得下?"

吴一迪像听到赦令似的,赶紧上菜地里拿来一把砍土曼,在离涝坝不远的一块空地上挖了个坑,轻声问阿不都:"埋这里行吗?"

阿不都没吭气,走过去将两只鸭子轻轻地放进坑里,用手抓着沙土,慢慢地埋了鸭子。

吴一迪等阿不都埋好鸭子后,轻声对阿不都说:"实在对不起,我没想到会这样。"

阿不都看了看吴一迪,仍没有吭气,两眼却湿了。他要过砍土曼,从旁边刨些沙土,在埋鸭子的地方堆了个坟丘。

大家都望着坟丘,没一个人说话。

后来,还是中队长王仲军告诉吴一迪,这两只鸭子是阿不都去年探家时,他的对象送给他的。阿不都的对象听他把塔尔拉说成是一块美丽富饶的绿洲,有水有草,还有鲜花,像他的家乡那样美好,就买了两只毛茸茸的小鸭子送给他,让他带到塔尔拉养着的。

得知这两只鸭子的来历后,吴一迪用拳头直播自己的脑门。他内疚死了,痛恨自己的所为,然而这一切又是无法挽回的。塔尔拉没有鸭子,就是有,能代替阿不都那两只鸭子吗?吴一迪无法原谅自己的过失,可又没办法弥补。他陷入了一种不能自拔的痛苦之中。那几天,他老是神思恍惚,打不起精神来,特别怕见到阿不都。阿不都越是不言语,吴一迪就越难受。

最终,吴一迪去找了一次阿不都。他想给阿不都赔罪,他不愿一直沉溺于自责之中不能自拔,这样会影响他的工作。

阿不都表现得非常宽厚,默默地抽着莫合烟,轻声说了句:"算了,排长。塔尔拉本不该有鸭子的。"

吴一迪一听,眼泪就涌了出来。他的心更沉重、更压抑了。

中队长王仲军见吴一迪整天发呆的样子,就对他说:"别沉得太久了,实在憋得受不了,就面对戈壁滩,吼几声去。"

吴一迪真到营房后面的戈壁滩上,吸了几口气,放开嗓子,吼了几声。他的底气显然不太足,吼声还算嘹亮,却嘶哑而虚空,只在戈壁滩上抖动了一下,就消失了,连一点回音都没有。吴一迪呼哧呼哧地喘着粗气,觉得胸口憋闷得更厉害,全身都因这种憋闷而颤抖着,他此时的心情坏到了极点。

这时,中队长王仲军跟了过来,望了望吴一迪痛苦不堪的样子,摇了摇头,说了句"要这样吼",王仲军伸长脖子"嗷——嗬——嗬"地吼了几声。王仲军的吼声像从地洞里钻出来似的,沉闷而浊重,简直是一种号叫了,在空旷的戈壁滩上,回荡了好久好久。

吴一迪学着中队长的样子,也伸长了脖子试着又吼了几声。他把身上的劲全使上了,脖子上暴出了青筋,额头上都憋出了一层细汗,却没有吼叫出中队长的那种气势来,可这样吼过之后,心里还觉得有点憋闷,但能感到一丝身心疲惫后的畅快了。他索性往戈壁滩上一坐,喘了会儿粗气,一直望着中队长卷了两支莫合烟抽完了,他才爬起来,说:"队长,我——"

中队长王仲军望着吴一迪,半晌,才笑了笑,没说一句话,就走了。

叶纯子听说这件事,心头一沉,鸭子竟然被淹死,大概也只有在塔尔拉才能有这样的事情发生,这里自然环境的恶劣,由此也可知一二了。

在这样的地方,自己能做些什么呢?

A18

沙枣树抽出叶芽的时候,林平安看到被他喂肥的走路都艰难的老母猪肚子大得快拖到地上了。他仔细看了看母猪的乳头,两排共十二个奶头都红得有些发胀了,他思谋着老母猪可能快生猪崽了。林平安便每天注意着老母猪的动静,并且把这个消息告诉了司务长。司务长听了很高兴,来猪圈看了回老母猪,用脚尖轻轻地碰了碰母猪肥大的肚子说:"看这架势下不下个整窝才怪呢。"林平安知道整窝就是十二只奶头下十二只小猪,听司务长这么说,他很高兴地应和着:"是呀是呀,说不定真是个整窝呢。"这样说时,心里盼望着母猪早点生产,最好就生下十二头小猪崽来让他也自豪一下。

老母猪生小猪那天,刮了一整天的风,虽然没有沙尘蒙在天上了,可那种风还是刮得叫人心里慌慌的乱乱的。

那天,林平安就格外注意老母猪的动静,一直到晚上睡觉时心里都不踏实,怎么也睡不着。听着屋外呼呼吼叫的风声,他心里慌得厉害,就爬起来又到猪圈去看老母猪。林平安打上手电筒一照,老母猪很不安地躺在地上,肚皮一抽一抽地蠕动着。林平安吓坏了,赶紧跳进圈里去摸了摸老母猪的肚子,他感到母猪的肚子抽动得很厉害,还一个劲地呻吟着,像生了重病一样,就知道母猪可能要生产了。他不敢离开,一直蹲在猪圈里守候着,等待母猪生产。

半夜风刮得紧的时候,老母猪开始生产了。也许是小猪崽太肥了,生不出来,老母猪疼得吼叫了起来,尖厉的叫声冲进黑暗,似要划破狂风一般。那种惨叫声林平安从来没有听到过,他被母猪痛苦的样子和尖厉的叫声骇得慌了手脚,忙跑回中队去叫司务长。敲了半天司务长的门,他才听到司务长用睡得迷迷糊糊的嗓音问他半夜敲门要干什么。

林平安急得一头大汗,说:"可不得了了,老母猪生小猪崽了。"

司务长一听原来是为这事,没好气地在屋子里说:"老母猪生个小猪崽有什么大惊小怪的,半夜弄得人慌里慌张的。"

林平安惶惶地说:"好像有点不太正常,老母猪生不下来,母猪叫得惨呢。"

司务长说:"猪和人生产时一样,疼了都会叫唤的。那是一头生了好几窝的老母猪了,不会有什么问题的。"

林平安心里还是不安,对司务长说:"好像没这么简单,它确实生不下来。"

司务长不太高兴了,说:"生不下来,我能怎么办?我又不会接生。这塔尔拉也没有个兽医,半夜三更的,真不是时候。"

过了一阵,司务长又说:"这样吧,林平安你先去叫上卫生员,我随后就到。"

林平安的心稍安些,却又问:"那咋办?"

司务长就说:"叫卫生员去看一下,他好歹懂点医嘛。"

林平安去叫卫生员。卫生员很不情愿地爬起来,慢慢地穿了衣服,一边嘴里嘟嘟囔囔说自己是给人看病的不是给猪接生的,一边和林平安去猪圈。那时候母猪还在尖叫,全身颤抖着。卫生员就对林平安说:"不像难产,你把母猪喂得太胖了,生产就困难些,这是常事。"说完卫生员就又转回去睡觉了。

林平安不敢离开,他看地上流了不少血,母猪生产的地方露出一个圆乎乎的东西,可就是出不来。他看到母猪全身都是水,湿湿地在电筒光下闪亮。母猪痛苦得四蹄在地上拼命蹬着,林平安又急又慌,忙忙乱乱地转了几圈后就蹲下试着用手去拉母猪胯下那黑乎乎的圆东西,却拉不动。母猪痛苦的样子叫他实在看不下去,他狠着心把电筒放地上,然后用双手硬往出拉,依然拉不动。母猪不再蹬了,它用一种凄惨的目光看着林平安,凌厉的叫声慢慢就变弱了,叫声绵长而凄哀,让林平安的心在一阵儿慌乱之后又一阵儿荒凉和怜悯,他的眼中就慢慢地蓄满了泪水。

母猪死的时候,司务长才来,那时候天快亮了。

天亮后,中队里的几位干部都到了猪圈看死母猪。司务长看着全身鼓胀的死母猪,气得直想骂人,但一看林平安沮丧恓惶的样子,叹着气忍住了。

林平安头低垂着,他昨晚一夜没睡,虽然没有人埋怨他,但他心里还是很难受。他觉得很委屈,就对司务长说:"司务长,我也不想弄成这样子,可老母猪死了,咱们中队今年完不成养猪任务了。"

司务长连连叹着气说:"这就叫丢了孩子也没有套住狼。林平安,我怎么说你呢?你是想把老母猪喂肥,可肥得连小猪崽都生不下来了,硬给活活憋死了,今年肯定完不成上面要求的三个人平均一头猪的任务了,叫谁去生小猪崽呀?你生还是我生?"

林平安心一酸,泪水一下涌出来了。他觉得自己很不走运,或者是自己真的太愚笨,走来走去都遇上些不开心的事,让人看不起。一想到从新兵开始到现在老母猪的死,林平安就无法控制自己,竟哭出声来。

母猪杀了后,从它肚子里取出的死猪崽也不够一个整窝,一共才七头。

中队开支部会时决定,林平安不再担任饲养员。要把林平安放在哪里,却成了一个值得讨论的问题。

指导员付轶炜的意见是让林平安回后勤班,在伙房干些杂活算了。中队长王仲军不同意,说:"林平安需要锻炼,放在炊事班就耽搁了,别看三年兵役时间挺长的,其实一晃就过去了,人家来当兵,都不容易,是想干出点名堂来的,把他摆来弄去的,到头来什么也不像,回去了可怎么交代?"

吕建疆也说道:"这个林平安是得好好考虑,给他锻炼的机会。他的家庭情况比较特殊,家里就他和他姐两个人了,为了他能当上兵,他姐费了好大的劲。我也是后来才听说,林平安的姐姐为此都嫁给了村长的儿子,那个村长的儿子是个白痴……不说了。所以,在新兵连分兵时,我把他要到了咱们中队,我个人的意见是尽可能地多帮帮他,让他走出心理阴影,感受到我们部队这个大家庭的温暖,又能锻炼他。"

付轶炜说:"老吕说得对,林平安的家庭情况上次也听你大概说过一些,我们尽可能帮他,可现在他的训练也跟不上,怎么安排他才不伤他的自尊,又能锻炼他呢?"

王仲军思忖了一阵,说:"要不这样吧,调林平安来中队部,当通信员吧,我们几个平时也好教教他。还有,这小子不是长得黑吗? 也可以衬托一下老吕,叫叶纯子早点对老吕动心思。这可是刘政委交代给我们的硬任务,到现在还没有一点能完成的迹象呢。"

也参加了三中队队务会的政委刘新章点了点头,说:"我也赞成这个意见。部队是锻炼人的地方,但部队也有情,人情、爱情我们都应该鼓励。林平安当兵的背景比较特殊,我们要尽最大努力帮助他;小吕的爱情嘛,我们也要为他创造机会和条件。"

刘新章后句话使一直很沉闷的空气变得有些轻松了,吕建疆还不好意思地挠了挠头。

付轶炜和吕建疆都同意了这个意见。

林平安就当上了通信员。原来的通信员调去当卫生员了,原来的卫生员因老母猪生产时不尽心照顾,被调到战斗班去了。

林平安把被褥搬到了中队部,和中队干部们住在了一起。每天早上起床后他也不用出操,只打扫中队部的卫生,给中队长、指导员们准备好洗脸水,甚至挤好牙膏,等收操后干部们洗漱完后,他收拾完这些才抓紧时间刷牙洗脸,然后赶紧去伙房打来几个人的饭菜端回队部。早上时间太紧,林平安刚开始不太适应,这个叫那个唤的,有时碰在了一起,他就愣在那里不知所措了。

吕建疆见状,专门和林平安谈了一次。

吕建疆先询问林平安家给他来信了没有,扯了一些闲话题,才切入正题,说道:"林平安,调你到队部当通信员,你要多长点眼色,勤快点不会错,但不要盲目,这些琐碎事你要把它们理顺了,就不会慌手慌脚了。你其实一点都不笨的,原来训练上的事,中队干部知道真相后,曾批评过三班长,这次当饲养员干得就很不错,老母猪死了,这不能怪你,你尽力了。现在叫你当通信员,也可以锻炼你,习惯了你就会知道干通信员也能学到不少知识呢。你一定要认真干,还要干出个出息来,千万不要心理上有什么压力或者其他想法。"

林平安连连答着"是,是",却说不出别的话来。

他非常感动,副指导员对他一直很不错,尤其是在新兵连结束分兵的时候,没有人要他,是副指导员要了他。但后来他见了吕建疆也说不出感激的话来,不是他嘴笨,而是他不会表达。现在,他想对副指导员表表态,却说不出来。

吕建疆看着林平安的样子,对他说:"你什么也不要说,今后就看你的行动了,我相信你会干好的。"

林平安受了鼓舞,多长了个心眼,干活不再盲目了,慢慢就把通信员的工作理顺了。

起初,林平安不敢和政委、中队长、指导员们坐在一起吃饭,给他们盛好饭后站在旁边看着他们吃,政委叫他一起来吃,他诚惶诚恐地说:"等会再吃。"政委就说:"不用等了,大家在一起吃饭热闹些。"林平安还是不敢,中队长就火了:"等什么等?叫你吃就吃,部队就是你家,在家里人人平等,吃个饭哪来那么多规矩?坐下,吃饭!"

指导员也说原来的通信员都是和干部一起吃饭的。林平安这才怯怯地坐下吃了,可他每次都没有吃饱,干部们问他吃饱了没有,他每次都惶惶地答他吃饱了。等到饭后送剩饭菜到伙房时,他才又抓紧时间再吃些。

干通信员偷不得懒,好在林平安是个闲不住的人,在家习惯了干活,手脚还算麻利,他把队部收拾得干干净净,连桌子椅子的腿都擦得一尘不染。干部们都称赞林平安勤快,这时林平安只会一个劲地憨笑,说不出话来。过后,趁中队长、指导员他们去训练场时,他就把他们晚上换下的脏衣服全抱去洗了。中队长知道了,叫林平安今后不要再洗衣服,这样不好。林平安倒没觉得有什么不好,照洗不误。有次中队长有点火了,说:"你再别干这没名堂的事了。你如果实在没事干了,就多去指导员原来的房子,去和叶纯子说说话,她一个人在这里很寂寞的。"

"人家可是个画家呢!今后要做你们的嫂子,你说话时可要注意点。"王仲军对林平安这么一说,林平安反而不敢去叶纯子那里了。

吕建疆就对王仲军说:"你这样一说,林平安心里就有障碍了,可不要这样说叶纯子,她也是个普通人。"

王仲军笑呵呵地说:"我是说着玩的,小林可能会多想的。不过,我这样说也好,先造影响出去,可以促进你和叶纯子之间关系的发展。"

"我们之间能发展成什么关系呢?"吕建疆摇着头说。

王仲军说:"你这话说得就有点违心了吧,刚还在帮叶纯子说话呢,这会就一点关系也没有了?"

"什么没有关系?是情侣关系!就算现在不算,也要想尽一切办法成为情侣关系!"刘新章从外面进来,一听吕建疆底气不足的话,就有点气不打一处来,"吕建疆啊吕建疆,你也太孬了点吧,叶纯子来塔尔拉待了这么长时间,人家要对你没有意思,她能待这么长时间吗?你怎么就不知道拿出一点军人的勇气来,给我积极主动点呢?"

"是啊老吕,你的进展太慢了,到现在还没一点眉目,我心里都替你急呢!你可得抓紧点。叶纯子可真是一个好姑娘呢。"

"抓紧个啥呀？人家可是来看沙枣花的，等沙枣花一开过，就会走的。"吕建疆还是一副不紧不慢的样子。

"你再不要给我提走呀走的事。"刘新章冲着吕建疆说，"人家叶纯子不提出来走，你一个劲地催，好像我们塔尔拉容不下她似的。告诉你吕建疆，你给我好好地攻下她，不然，有你好看的。塔尔拉的人连这点魄力都没有，还能叫塔尔拉的人吗？"

吕建疆当时没吭气，可心里说，不管我和叶纯子关系怎样，我都没打算要当塔尔拉人。

中队长说的话，对林平安影响很大。因为林平安是通信员，一直和干部们在一起用餐，叶纯子也在队部吃饭，刚开始林平安还偶尔和叶纯子说句话，叫中队长这么一说，他竟然连一句话也不敢说了，他再看叶纯子时，总感觉到叶纯子以一个艺术家的派头高高在上的样子。他总怕自己说错话，惹叶纯子生气，这样一来，林平安一见叶纯子的面，就有种自卑感。副指导员吕建疆见林平安一副手足无措的样子，就对林平安说："你怕她干什么？她又不是老虎。别听中队长胡说，她没有什么了不起的，画家也是人，你就把她当作你的姐姐一样看待，不就行了？"

林平安心里一动，说："她能像我姐一样吗？"

吕建疆说："叶纯子这个人心地很善良的，她像你姐一样，是个好女子！"

只要一提到"姐"这个字，林平安的心里就会翻腾好长时间。这个字以及这个字所包含的内容实在是太叫他刻骨铭心了,林平安再去看叶纯子时,心态就全变了。

B6

叶尔羌河是条季节河。

沙枣花的香味弥漫在大漠里的这段时光,叶尔羌河正是淡水季节,宽阔的河床被河水扔下,瘦瘦的河水一条线似的弯曲在河床最低洼的地方。这时候的叶尔羌河,看起来根本不像大漠中的河流,而像江南水乡的河流一样,温柔无比。

丛丛红柳站成一排,一堵墙似的隔断了叶尔羌河与大漠,这种天然的生物像一条彩带似的编织了大漠最动人的季节。

根明叔和舞蹈演员魏芳从大漠中走来,在那样的季节里走出一对那样的男女,大漠的确有了一种不同的色彩。

那是个日近黄昏的美妙时刻。灿烂的夕阳从叶尔羌河的源头投来温暖宜人的光彩,所有的辉煌在根明叔和舞蹈演员魏芳的身上表现得完美无缺。

两个男女相拥着站在叶尔羌河畔,四目同时注视着那丛他们曾经熟悉的使他们体味了人生美景的红柳前面的沙土地,两人激动无比,再激动的季节也被他们抛在了身后。

刘新章想,那时候的他们谁也没把别的事情放在心上,那一刻他们的心里装满的是前一个时期发生在那块柔软沙土地上的人类生命最美妙的忘我的体验，他们都会在心里回味那种美妙的体验中每一个关键的和不关键的细节。那些细节已经刻在了他们心上，回忆起来不那么费力，但很能叫他们回忆出味来。

刘新章弄不明白根明叔和舞蹈演员魏芳出于什么样的动机，比起他们的女儿秋琴和那个年轻的男医生两人的动机来，一点都不明朗。当然刘新章从没有把根明叔和舞蹈演员魏芳的动机想象成秋琴和那个年轻男医生那样，那件事使他心里很不安。

或许是舞蹈演员魏芳看着那块"圣地"先提出了一个新的想法。刘新章这样想象主要是依据了青婆给他讲这个故事时有些偏颇的语言，他总认为青婆的叙述有点偏颇，因为无儿无女的青婆心里一直装着根明叔。青婆一辈子不嫁人其实原因就在根明叔，她喜欢根明叔，当时很多的塔尔拉人都能看得出来，但偏偏根明叔不可思议地与下放来的而且堕过胎的舞蹈演员魏芳产生感情。她对魏芳的怨恨就十分明显，但青婆最恨的还是魏芳给根明叔带来的劫难。所以刘新章认为青婆作为一个为了根明叔而埋没了自己情感的女人，在对待这件事时当然难免会掺杂进自己的偏颇的观点。奇怪的是，对魏芳怨恨的青婆对这个戏子的女儿秋琴却又是十分偏爱。

刘新章不想弄清楚当时是谁先提出要重温那丛红柳前沙土地上的情节，当然这个并不重要。重要的是舞蹈演员魏芳梦醒一般从回味中把自己拉到现实中来。她环顾了一下四周，看到了寂静的漠野里流淌的那一线清清的河水比平时要温柔得多，那种环境与她当时的心情再融洽不过了。

魏芳就提出要融进那线温柔的水里,让一切俗世尘埃随水漂去,沾上那线河水的柔情,在温馨的氛围里给根明叔奉献上更温柔纯净的躯体,那样日后更具有回味的情趣。

这些都是刘新章想象出来的。

于是,舞蹈演员魏芳就像卸下累赘一样把身上所有的包装卸下来挂在了那丛红柳上,压得柔软的红柳弯了腰。她顾不上理会这些,毫不掩饰地在根明叔的目光里迈着轻盈的舞步扭动着舞蹈演员的腰肢走向了河水,或许她还时不时地回头给根明叔一个妩媚的笑容。

根明叔站在墙一样的红柳丛前给魏芳站岗放哨。

"就这样,"青婆说,"你根明叔被那个戏子害得真惨。"

没有人烟的大漠黄昏里也能钻出几个人来。

郭生海带着几个人似从天上降下来一般,突然就出现在根明叔面前了。

根明叔看着不远处河水里的舞蹈演员肯定很投入,把周围的一切忘得太干净了。

最后的结果的确很悲惨,那种场面刘新章实在不忍心描述清楚,他只是想象根明叔被那帮人打倒在地,被那帮人打瞎了一只眼睛,是右眼。根明叔听到那帮人嚷嚷他偷看女人洗澡,就被打瞎了右眼。如果当时根明叔不用手紧紧护住左眼,他的左眼肯定也会被打瞎的。

根明叔在那一刻心里清楚,他在当连长时的确得罪过一些人。

那时候夕阳正红,接近地平线的红太阳在叶尔羌河源头又大又圆,浮在水面一般,有几只乌鸦在河上空的红色光流里连连盘旋着……

舞蹈演员魏芳最终答应嫁给郭连长时,她已有了身孕,可她已成了郭连长嘴里的肉,迟早要被郭连长嚼碎咽进肚里。

郭连长起初不敢娶魏芳是怕她影响了他的前程,但他又舍不下漂亮的魏芳,他不会让这块可口的肥肉吃到别人肚里,他就想方设法控制着魏芳的命运。

军垦工作已经出现了最头疼的问题,当时只是响应号召建设边疆把这些人像草籽一样撒在大漠里,恶劣的自然环境满足不了有些地方的吃穿用并不算大事情。关键是这些垦荒的人都到了或者好多已经过了该有家庭的年龄。严重的缺少女性给许多农场带来了发展不下去的危机,通过各种渠道移来的女性也少得可怜。男人多了,有时难免会出现一些荒唐的事情。

青婆其实可以嫁给比根明叔更好的男人,或许会有一个儿孙满堂安逸美满的家庭。但青婆从流浪到塔尔拉填饱饥饿的肚子的那一刻起,心里就装上了接纳她的乔连长,她认为世上只有乔连长一个好男人。

可根明叔令青婆很伤心。青婆叫什么名字刘新章不知道,反正大家都叫她青婆。她没生过孩子,却在孤单的生涯里学会了给妇女接生,或者因着她的永远睡不醒的黑猫给大病小灾的塔尔拉人烧些香灰并且治好了一些人的病。塔尔拉的第三代人,刘新章不敢说全部,有许多是青婆接生的,并且长得都很健壮。以前,青婆是不干接生这事的,她对女人生孩子产生过刻骨铭心的憎恨。后来她怎么就开始接生了,谁也不知道。

郭连长几经周折终于和漂亮的舞蹈演员魏芳结了婚。

青婆说:"郭生海为了达到和那个戏子结婚的目的,他把塔尔拉的羊给上面没少送。"

不管怎样,郭连长如愿以偿后,根明叔可以安静地参加劳动了。刘新章不明白是什么东西触动了根明叔某根脆弱的神经,他那时候变得那么脆弱。他就是把尘世间的一切都看破了,也得为生存振作起来,可他已经变成了另外一个人,瞎了一只眼的根明叔任凭命运摆布。

那段时间根明叔是狠挨了郭连长的整治,刘新章猜想,舞蹈演员魏芳竟会屈服于郭连长,其中有相当一部分的内容肯定是为了根明叔,不然这个故事不会变得叫人不可思议。

魏芳和郭连长结婚后,过了四个月就生下了秋琴。秋琴后来的特别举动确实和她妈有些相似,但从根本意义上有所不同。魏芳或者是为了爱情而陷于生活的悲哀,而她的女儿秋琴则纯粹是为了追求另外一种生活而逃离了真挚的爱情。

A19

起初,谁也没想到,那个操着一口东北口音、在监狱大门口徘徊了几天的年轻女人,晚上就住在中队的马厩里。

那是三中队早已经废弃了的马厩。

马匹从部队历史上消失了,马厩也就失去了它的意义。年深日久,中队的马厩渐渐破烂不堪,门和窗早被扒掉了,四处洞开着,几乎没人记住它的存在了。

东北女人没经任何人同意,就住了进去。

是一个新兵最先发现东北女人住在马厩里的。这之前,站在高高的监墙哨楼上执勤的战士们,都拒绝过东北女人想进监狱看她丈夫一眼的请求。

发现这个东北女人住在中队废弃的马厩里,是极其偶然的。

一天早上出完操后,一个新兵去上厕所。他刚走到厕所跟前,一只野兔突然从一蓬干枯的骆驼刺后面跳了出来,吓了新兵一跳。野兔还望了新兵一下,转身向不远处的马厩跑去。

新兵受了突然的惊吓之后,又兴奋了,他想抓住它,就一直追进了那个破旧的马厩。来到马厩里,新兵猛然发现了那个东北女人,不由得惊叫了一声。新兵的那一声惊叫,比起床哨声要大得多,也怪异得多。

吴一迪带完早操刚进队部,就听到了那声尖厉的惊叫。他不知出什么事了,抓上帽子循声冲到了马厩里。他看到呆站在马厩里的新兵,一脸的惊奇。

吴一迪后来总忘不掉那天早上马厩里的情景:那个东北女人从马槽的灰尘里慢慢地坐了起来,根本不顾别人的目光,不慌不忙地从马槽滑到地上,很平静地站在那里。

东北女人端庄秀丽，落落大方，有着一对明亮的大眼睛和高挑的身材。

兵们闻声都跑来了。王仲军和付轶炜、吕建疆也先后跑来了。

看清眼前的景象后，吴一迪发现，中队长和指导员的脸上都阴着。

东北女人是犯人的亲属，她住在中队的马厩里，尽管是个废弃不用的马厩，总是不妥的。

东北女人站在众人的目光里，两手缓缓抬起，轻轻地像托住一个珍贵的物品一般，托住了自己的肚子。

大家这才发现，她是个怀有身孕的女人。

吴一迪的目光慌了。他发现王仲军和付轶炜，还有在场的兵们的目光都慌了。大家的目光都被东北女人隆起的肚子和她的镇静给击碎了。

东北女人一直静静地望着大家默默地走出马厩，没说一句话。

清晨的漠风从这里经过时，被一群兵与一个大肚子女人对视的这一幕惊得不敢出声，悄悄地拖着尾巴走了。

东北女人的存在，给中队出了个难题。

为此，中队专门召开了一次队务会，研究怎么处理东北女人住马厩的事。

在队务会上，大家都不提赶走东北女人的话，谁都不忍心将这样的话说出来，可又想不出解决这个问题的办法来。

王仲军抽着莫合烟说:"大家都谈谈看,别呆坐着。"

付轶炜说:"得想法叫她走,不然咱不好交代,她可是犯人的亲属。"

吕建疆说:"怎么样才能让她走又不伤害到她?她同时又是个孕妇。"

王仲军扫了大家一眼,说:"问题就在这里,她要不是犯人的亲属,住了也就住了,反正那马厩咱又不用了。"

付轶炜说:"可她是女人,住在营房旁边,对部队管理有影响。"

吕建疆说:"这也是事实。这样吧,咱们还是先了解一下东北女人到底想干啥,了解清楚了,就好想办法了。"

几个班长说:"东北女人想探监,她丈夫在里面。"

付轶炜问:"她丈夫犯的什么罪?"

几个班长都说不知道。

王仲军扔掉烟头说:"管他犯啥罪,咱们给这个女人通融一下,让她见到丈夫,早走人就成。"

付轶炜说:"这样妥不妥?"

王仲军说:"只有这样,才能解决这个问题。"

付轶炜就不说话了。

王仲军对吴一迪说:"吴排长,咱俩这就去管教科联系一下这事。"

吴一迪跟着王仲军来到监狱管教科,说明情况后,管教科同意东北女人探监。可管教去监号提东北女人的丈夫时,她丈夫死活不愿见她,他说这个女人不是他妻子。

　　王仲军进去劝了一阵,犯人死活不出来,气得王仲军真想上去踹他几脚,但又怕犯错误,打骂体罚犯人是要背处分的。王仲军只好咬着牙忍住了。

　　回到中队,大家又想不出办法来。王仲军抽了两支烟后,说,只有当面找东北女人说明情况,劝她离开了。说完这话,王仲军就望着付轶炜。

　　很明显,这类工作,指导员当仁不让,只能由付轶炜出面了。

　　付轶炜眨巴了几下眼睛,说:"那好吧,我和吴排长一起去和她谈吧。"

　　吴一迪又跟上付轶炜来到马厩里,见东北女人正坐在马槽里发呆。

　　付轶炜望着东北女人,试了几次,不知怎样开口谈才好,就看着吴一迪。吴一迪也觉得这事不好说。

　　最终,还是付轶炜开口说:"我们已向管教科说了你想探监的事。"

　　东北女人颤动了一下,眼睛亮了。

　　付轶炜说:"管教科同意你去探望你的丈夫,可他不愿见你。"

　　东北女人的目光唰地暗了,随即,两串泪珠从她的眼睛里冲了出来。不一会儿,她的抽泣声响彻了寂静的马厩。

　　付轶炜望着吴一迪,不知所措的样子。

　　东北女人哭了好长时间,终于停止了抽泣,才哽咽着说:

"我只想见他一面,乞求他见我一面,我想告诉他,我等着他,还有孩子!"

付轶炜抓住时机说:"可他不想见你。"

东北女人又抽泣了一阵,才说:"我等他!"

这话说得坚定无比。

付轶炜咽了口唾沫,说:"可这也不是个办法呀。"

"不管怎样,我都要等到他!"东北女人还是一脸的决绝。

付轶炜和吴一迪说不服东北女人,耷拉着脸灰灰地回来。

几个人就你看我我看你地对望起来,都不知道如何才能劝服东北女人离开。

如果她不是有身孕就好了。付轶炜闷闷地说:"每次想说一些重一点的话都不敢,就怕她动了胎气。"

吕建疆忽地眼睛亮了起来:"要不让叶纯子先跟她接触接触,看看能不能让叶纯子去那儿了解一些情况,找到帮东北女人解决问题的办法。再说,女性和女性之间也好说话。"

几个人几乎同时拍了一下大腿:"对呀,放着现成的解决问题的人不用,太浪费了。"

"可让叶纯子参与中队事务妥不妥?"吕建疆站起来要走,又立下来,犹豫地说。

"哎呀,这又不是机密的东西,是去请人家解决问题,你怎么这么婆婆妈妈的?"王仲军大手一挥,就将吕建疆推出了中队部的门。

叶纯子来到了马厩。

东北女人一见有个姑娘进来,立马就警惕了起来,她立起身来,用手捧着肚子说:"你不用劝我,我怎么样都不会走的。"

叶纯子就笑了:"我不是来劝你的,我是来这儿看看。我听那些兵说到你,就很好奇,想来见见你。看你的样子,快生了吧?住在这儿条件这么差,这对胎儿多有影响啊。"

东北女人一听这话,眼泪就唰地下来了:"姑娘,我也知道,我住这儿,既给部队造成不好的影响,也对胎儿不好,可是我还是要待在这儿等我丈夫,我要亲口告诉他,我怀的是他的孩子。"说到这儿,东北女人抹了一把泪,看了看正聚精会神地听她说话的叶纯子,痛苦不堪地摇了摇头,又说道,"到了这种地步,我就给你说说我和丈夫之间发生的事吧,也不怕你笑话。当初我和我丈夫结婚过得挺好的,但婚姻这种事真叫人说不清楚,时间一长,相互之间的吸引力减弱了,就觉得没意思了。我们结婚两年后的一天,正在我觉得两人生活在一起没意思的时候,我的一个男同学强走进了我的生活。强一出现就与众不同,他一点都不顾忌我已是结过婚的女人,像别人说的已经成了残花败柳。他对我特别呵护,一下子就吸引了我,这对我来说是新鲜的。我们之间也没有什么承诺,但我们很快就有了那种不正常的关系。有了这种关系后,我才发现自己已经怀孕了,从医院检查的情况来推算,应该是我丈夫的孩子。我惊慌了,不知怎么办,当时想着打掉肚子里的胎儿,可到医院打胎手续是很难办的,私人那里我又不敢去,就想着干脆和强断绝那种关系,给我丈夫生下孩子。可强已经缠上我了,我掩饰着躲来躲去,反而把强给惹怒了。为了和我在一起,他采取强硬措施,经常跟踪我,在暗处强迫我跟他走,我不从,他就动手打我。我告诉了他我怀孕的事,他更不放过我,硬逼着我到私人诊所去打胎,我不愿意,他就折磨我。我实在受不了强的折磨,就向我的丈夫坦白了我的不轨行为,并且说了强对我的折磨,希望他保护我,和我肚子里的孩子。我丈夫是个暴脾气,一听就跳了起来,只说了一句等完了再和我算账,就去找强算账了。其实他也没有想杀害强,只是警告他别再缠我折磨我了。可他和强吵了起来,后来就动起手来,他就失手把强打死了……是我害了我的丈夫,他都是为了我不再受强的纠缠,才失手杀的人。是我对不住他,他不愿见我,是我罪有应得。我只是想来看他一下,告诉他我肚子里的孩子确实是他的……"

叶纯子听得可以说是目瞪口呆,她的生活简单,因而她对人生理解得很单纯。她没想到人的婚姻与爱情有时竟然是以这样一种残酷的方式出现和表达的。她的心为此而沉重得几乎不堪重负,她不敢往下说什么,她更不敢用艺术的目光去欣赏那个孕育生命的隆起的母体了。她除了对东北女人说一些劝慰的话之外,能做的就是落荒而逃。

听完叶纯子转述的东北女人的故事,王仲军等人都沉默不语。吕建疆看着叶纯子那受惊的表情,很是心疼。他挪到了叶纯子的旁边,轻轻地说了一句:"你没事吧?"叶纯子摇了摇头。看到这一切,王仲军和付轶炜互相看了一眼,会心地一笑,但随即又皱起了眉头。

"能不能让她和我一起住?"许久,叶纯子才小心翼翼地问。看得出,她说这话时用了多大的勇气,其实她也不知道自己如何去面对这样一个有着复杂经历的女人。

"可她是犯人的亲属,部队有明文规定,不能和犯人亲属来往的。你又不是住在部队外面。"吕建疆对叶纯子说,"再说,像这样伤风败俗不忠于自己丈夫的女人,自己干下了对不起丈夫的事,还把丈夫扯进去,让他成了一个杀人犯,这种坏女人,你不要去理她。"

叶纯子惊讶地看着吕建疆,她不明白一直不善于言辞的吕建疆,今天在这个东北女人的事上为什么说了这么多,并且最后的话都是用恶狠狠的语气说的。她望着吕建疆好长时间,直到吕建疆不好意思了,才用异样的声调对他说:"你为什么要说得这样狠呢?这个女人现在多不容易,她肚子里还怀着一个无辜的孩子呢。"

吕建疆自知言语过重了,但他一下子很难扭转自己的说法,便无所谓地说:"我怎么说狠了?本来就是嘛,早知如此,何必当初呢?现在来想赢得自己丈夫的同情,晚了!再说,我们这是部队,她现在是犯人家属,如果住在我们中队,到时上级查起来,我们都得受牵连。"

叶纯子听着吕建疆更进一步的说法,心里一下子生起了吕建疆的气来,说:"原来你是怕受牵连呀,怪不得你今天变得不正常了呢,我还一直以为你是个心地善良、为人真诚的男人呢,算我看错你了!"

说完,叶纯子狠狠地瞪了吕建疆一眼,气呼呼地转身走了。

吕建疆没想到叶纯子会这样,一下子愣在了那里,惊愕得半天没回过神来。过了好久,他才对付轶炜说:"指导员,我这样说有错吗?她不至于生这么大的气嘛……"

付轶炜拍了拍吕建疆的肩膀,说:"老吕,你说得没错,可小叶也是女人呀,女人同情女人,那个东北女人落魄成这样子,小叶站的角度和咱们不一样,她也不懂咱们的规定,不要和她计较,怪只怪那个东北女人不应该住在咱们的马厩里。"付轶炜说到这里,叹了口气,思忖了一阵,又说,"我再去跟那个东北女人说说,叫她赶快离开这里,别给我们添麻烦。"说完,就叫上吴一迪又去马厩了。

付轶炜走进马厩直截了当地对东北女人说:"你和你丈夫之间的事,我们管不了,现在你在这里等着也不是个事,要等,你回家去等。"

东北女人看了付轶炜一眼,低下头,不说话了。

付轶炜又说:"你听明白了吗?要等回家去等。"

女人仍不说话。

付轶炜态度强硬地说:"你得离开这里。你要知道,我们这是部队。你住在这里,是让我们违纪的。"

东北女人从马槽里站起来,双手托着大肚子,低声说:"我没有地方可以去。"她抬起头目光坚定地说,"我只能在这里等。"

付轶炜望了望她的大肚子,这个没办法掩盖的现实在他面前晃来晃去,他的心又软了,这样愣站了好长时间,见东北女人再不吭气,他又无计可施,就叫上吴一迪走了。

后来,付轶炜又叫后勤班班长阿不都去催东北女人离开。

"马厩是你后勤班的,还是你去劝她尽快走吧。"付轶炜这样对阿不都说。

阿不都只好勉为其难地去劝了几次,都没有劝走。付轶炜再没到马厩里去过,只说:"这么件简单的事还就成了头疼的事了。"

王仲军说:"这个女人不一般。"

阿不都探询似的说:"这塔尔拉还有没有能住人的地方?"

付轶炜扫了一眼阿不都。阿不都忙说:"我没别的意思。"

王仲军卷了一支莫合烟,抽了一大口,慢慢吐出白烟后,才说:"摊上这事,头疼。"

"把咱的人看紧吧。政委走得也真不是时候。"过了会儿,王仲军又说了这么一句。新兵下连队已经一个月了,中队工作也趋于稳定,结束了蹲点的刘新章,几天前就离开塔尔拉回到支队去了。

付轶炜也没法明确表态,就说:"这不是个办法。"可又说不出个办法来。过了会儿,付轶炜又搓着手说道:"这个女人给咱们惹下麻烦了,不光要叫我们违反纪律,还给副指导员和叶纯子的关系设下了障碍,唉,这事弄得,叫人咋办呢?"

这段时间，吴一迪发现，兵们的情绪有了些变化。首先是训练场上喊"一二三四"的口号声比平时大了，再就是平时嬉闹时大声骂人的脏话少了。随即上厕所的人多了，虽然苦水期还没到，吴一迪也没见过苦水期上厕所的阵容，但他可以想象得到，苦水期上厕所的人数不会比现在多多少。兵们现在上厕所时，都看似无意其实是有意地向不远处的马厩那边瞟几眼，其实什么也看不到，只是一个破败不堪的马厩罢了。从兵们慌乱的眼神里，吴一迪一下子能看到他们的内心，因为他和兵们一样。

A20

当通信员让林平安最自豪的时候，是中队开班、排长会时。林平安去一个个通知他们时，林平安每叫一个排长或者班长时，他们很快地整衣戴帽子往中队部走，并且有时还对他这个传达人谦和地一笑，林平安这时心里就有种说不出的兴奋。

他不再是那个受人嘲笑被人轻视的林平安了。

开会时，林平安也一样可以听会议内容。中队开会和班务会不一样，中队开会只有班长以上的人才能参加，林平安不是班长却一样可以听会议内容。他一会儿给中队长、指导员杯子里倒水，一会儿进队部取个东西，没事时他在场也没有人让他离开，他就有种享受了不该享受的待遇的荣耀感。开完会后，林平安就去和同年兵周胜利、杨树明他们说说中队开会的事。其实也就些训练站岗之类的事，哪个班受了表扬，哪个班挨了批评，没有什么重大的事情。林平安说这些的时候，发现周胜利和杨树明都听得很认真,听完了周胜利还对林平安说:"你混得真不错,中队的大小事都知道。"说完还要感叹一番,埋怨自己没有出息。每到这时候,林平安总会心想,当个通信员真好。

但到开党员会时,指导员每次都会把林平安打发出去。因为林平安现在连个团员都不是。

每次开党员会时,林平安进到中队部给中队长、指导员杯子里续水时,指导员就会停下正在讲的话,等到林平安干完了这些活并自觉走开后,才又接着讲。林平安觉得党员会很神秘,他一直想着这种会到底有什么神秘的内容。他很想知道,但又无法知道,每次,指导员让他去通知开党员会时,他总有种在干一件非常神圣的事情的感觉,连走路都有种庄严感。

这一阵子,林平安非常愿意和叶纯子接近,自从副指导员吕建疆对他说了叶纯子像他姐一样的话后,他从心理上已经和叶纯子走近了一步。他再看叶纯子时,就觉得她没有一点艺术家的派头了,也没有了高高在上的距离感。更让林平安激动不已的是,叶纯子竟然叫他给她的画提意见。林平安哪懂得画呢?但他从心底里对叶纯子有了信任感,她没有把他当外人,真的像他姐一样。

有次,林平安忍不住对叶纯子说了句:"你真像我姐!"说了,林平安又后悔了,他怕叶纯子生气,像叶纯子这样美丽、大方的城里人,怎么会让别人这么比况呢?

可叶纯子听了不但没有生气,反而异常高兴,她对林平安说:"那你就认我做你的干姐姐吧,我要能有你这么一个当兵的弟弟,真是前世修来的福!我听你这么说,你姐对你肯定最好了,你姐肯定是一个非常优秀的女子,不然你不会这么说了。"

一提到他姐,林平安的心就猛地沉了一下,脸上的肌肉抽动着。他脸上的变化没有逃过叶纯子的眼睛,叶纯子忙试探性地问道:"我这么说,是不是伤到你了?如果是,我是无心的林平安,你不要太敏感。"

林平安摇了摇头,说:"没有,你没有说错什么。一提到我姐,我就想知道她现在到底怎么样了,我好想她。你不知道,我就我姐一个亲人了,是我姐把我拉扯大,送我当兵的。"

叶纯子没想到林平安会是这种身世,她看着林平安的表情变化得这么快,在他的人生经历中一定有一段不平常的往事,她没有再往下问,她怕这样问下去,太唐突,真的会伤了林平安脆弱的心。通过这么长时间的观察,叶纯子早就发现林平安是一个非常内向的人,而且他的心里一定隐藏着许多事,因为林平安的敏感使他变得异常脆弱。她不想就这么一下子走入他的内心,让他措手不及。但她很想知道林平安的身世,或许,她能够帮帮林平安,给他解解心中的疙瘩。

叶纯子不久前还专门和吕建疆谈过自己的想法,那时候还没有发生东北女人住在中队马厩里的事,她和吕建疆经常在一起探讨塔尔拉的人。叶纯子想先从吕建疆那里得知一点林平安的家庭情况。可吕建疆只告诉她说,林平安的身世很简单,只有他姐和他两个人相依为命,其他的他也不知道,因为林平安不是他接来的兵,他没有进行过家访,对林平安的家庭情况了解得不够。

"不过,"吕建疆对叶纯子说,"我也发现林平安心里有事,他有心理障碍,如果能知道他的那些事,帮他解开心里的疙瘩,再好不过了。但这事我试过,林平安一般不向人敞开心扉的。"

说着,吕建疆用信赖的目光一直望着叶纯子。

叶纯子感觉到了吕建疆目光里的内容,想说什么,又没有说,思忖了一阵,才说:"我试试看吧。林平安的性格比较内向,而且我能感觉到他内心是很脆弱的,我不能这么直截了当闯进去,这事不能太急,我要用比较缓和的方式去了解他,然后慢慢开导他。"

叶纯子开始主动和林平安接触,并且经常和他一起去伙房端饭菜,一起干些杂活,尽量和林平安多接近,又以一个大姐的身份,对他进行一些必要的照顾,让他感觉到有一种亲情在他的周围时时存在着,这样才能让他打开紧闭的心扉,释放积压在他心灵深处的苦痛与忧伤。为了做到这一点,叶纯子还不断在画布上画出一个个美丽善良的女性,叫林平安来一个一个地看,说这是她想象出来他姐的形象,问他像不像。

林平安非常仔细地看着这些画,虽然他什么话也没有说出来,但叶纯子发现他脸上的表情慢慢地变得柔和起来,好像他现在面对的不是一张张用颜料铺洒在画布上的画,而就是现实中和他姐姐一样有真情实感的、活生生的人。林平安心里激动了起来。叶纯子趁机给他评讲着每幅画突出的优点,说这些优点都是她想象林平安他姐姐身上所具有的,所以她在画中表现得也就得心应手。林平安一边看着,一边听着,不由自主地说道:"我姐是有很多的优点,可她一个农村妇女,哪能跟画中的人相比呢?这些画真好。"

话是这么说,但从他脸上可以看出,他当然很高兴叶纯子用他姐姐当原型,而且还把他姐说得这么好。叶纯子注意到这一点,就问林平安:"你就不能讲讲你姐,让我多了解了解一些她的好?我这个当干姐的,也好跟她学学,说不定以后我也可以做个好姐姐的。我对你姐姐了解得多了,以后我就可以给她画幅更像她的画呢!"

人的心灵有时是在彼此长时间的接触、融洽了之后产生共鸣的,也有时在突然之间就会沟通,并且会毫无保留地敞开自己的心扉。林平安就是在叶纯子对他姐姐真心实意的赞美之中对她有了倾诉的愿望的。他觉得叶纯子的善良与他姐姐有许多的共通之处,他把叶纯子就当作了那个一心一意为了自己的姐姐。林平安开始向叶纯子坦露他内心的恐惧和想出息的渴望,还有他孤独日子里的痛苦和惆怅,但他只在目光和缄默中,在不安的表情和暗示中泄露出了他灵魂中的秘密。因为,每当叶纯子感到他心里的一切要宣泄出来,他心灵最深处的感情要用清晰的、喷涌而出的言辞表露出来时,一种神秘的力量就像一只看不见的手似的抓住他,把他要说的话压下去。叶纯子不去强迫林平安诉说,她只是用很安静的目光微笑地看着林平安。林平安从叶纯子内心深处接收到从朗朗世界射向他的第一束光辉,这束光辉朴实无华地反射出恬静的光亮,像一盏明灯照到了林平安一直处于阴暗角落里的心上,使林平安感觉到有一条看不清的、细线样的东西把人间的温暖通到他的心上,洒在了他的心窝里,化掉了一直冻结在他心灵周围的坚冰。于是,他向叶纯子毫无保留地敞开了他一直封闭着的心扉。

林平安是在一种非常平静的心态下,给叶纯子讲述他的身世的。叶纯子觉得奇怪的是,林平安能突然冷静下来,给她讲述这些他一直压抑在他心里的、从不愿对别人讲的往事。她很感动,为林平安对她的这份信任,同时,她把林平安讲的这一切认真地整理了出来。因为林平安给她讲他的这段往事时,她的泪水一次又一次地把这些话淹了一遍又一遍。他的这些往事使她改变了不少想法。她如果不把这些记录下来,心里就很不安,她记下来,想着有一天,她要把它拿出去给世人看,让人们知道在遥远的一个叫塔尔拉的地方,有一个士兵的辛酸史!

林平安的父亲是被枪毙的。

林平安的父亲只是在吃不饱肚子的时候,为了一顿饱饭,给一个人送过一封信。那个人是被镇压到乡下的政治犯,听说他与反攻大陆的台湾那边有联系。他父亲送的这封信就是那个政治犯要寄往台湾的。他父亲当时只是受到点牵连,还没有到要枪毙的地步。受到批斗的林平安的父亲才尝到那时候的一顿饱饭换来的灾难比饿着肚子要大得多,他不但吃不饱,而且还经常被民兵连长打得死去活来。他父亲受不了,就在一天夜里,趁民兵连长睡觉时,用裤带失手把民兵连长给勒死了。

林平安的父亲就这样成了杀人犯。

林平安的父亲是杀人犯的事实不但害死了他妈，还给他姐和他铺就了一条痛苦的人生之路。同时，他父亲也给他的亲弟弟——林彦福造成了一片黑暗的前途。

林彦福在林平安的父亲杀人前，本来是很有前途的。但他亲哥失手杀了民兵连长之后，林彦福被开除出革命组织。

林彦福恨透了林平安的父亲。这一巨大的转折使林彦福把所有的仇恨全往林平安姐弟的身上撒。

林平安的姐姐林萍儿在他当兵的事上，曾去求林彦福，想让林彦福找村长求情时，林萍儿就没有想把林彦福当作亲二叔对待，林萍儿是求人家并且是跪着求的。她去求林彦福，说明她已经承受了无法估量的屈辱。林萍儿为了她的弟弟能当上兵，她去给没有人性的林彦福下跪，她去给村长下跪，她去给乡武装部部长送礼。林萍儿这个二十二岁的女人心里深深地记上了无可奈何的一笔账。林萍儿没有办法，她只有用泪水流出她心里的酸苦。她为了二十岁了却永远站在她身后瘦弱的平安弟的今后，她的泪流不出了，她的泪流干了。林萍儿在穿上红棉袄出嫁的那天已经没有了一滴泪，她只有两个像红棉袄一样红的眼睛空洞洞地看着苍天。

那年林萍儿才二十二岁。

二十二岁的林萍儿在那年秋收的繁忙季节里匆匆穿上了血红的棉袄，踏进了村长家的门槛。林萍儿与村长的儿子宝德结婚的日子就定在那年秋季，林平安拿上入伍通知书的第二天。

最初的日子是林彦福为林平安姐弟俩安排着过的。在林平安的妈离开他们姐弟那个寒冷的冬季,林彦福就成了他们姐弟俩心中不可抗拒的权威,他们把这个二叔当作了人世上唯一的靠山。

A21

苦水期开始了。

苦水到塔尔拉的第二天,一场轰轰烈烈的拉肚子大战就拉开了帷幕。

兵们喊口号的声音一下子减弱了,他们的劲都使在了上厕所上。有的兵只拉了一天,就躺倒了,上厕所得有人扶着去。这些大多都是新兵。新兵是第一次遇上苦水期,抵抗能力就弱些,老兵们相对要好一点,毕竟经历过苦水期,肠胃刺激会小些。

吴一迪像新兵一样,频繁时每十分钟就得上一次厕所,到了晚上,根本就不能脱衣服睡觉了,得不断地起床上厕所。

苦水期一开始,阿不都就带着后勤班的兵们,将一个个自制的木质"坐便椅"搬到了厕所,安放在每个蹲坑上。

吴一迪见了,说:"没那么夸张吧!这种只在一些医院里见过,给病人用的'坐便椅',要给这些身体强壮的年轻男人用,这叫人咋想呢?"

阿不都说:"这才开始,过两天,这些就派上大用场了。"

果然,拉了两天肚子后,兵们再蹲下时,就蹲不稳当了。

坐到椅子上,省了不少的劲,也不怕掉进坑里了。

王仲军说:"在厕所弄这种椅子,是阿不都想的主意,这些椅子都是他一手做的。"

吴一迪说:"阿不都真了不起。"

王仲军说:"过去,还真有人掉进过坑里,自从有了阿不都做的这些椅子,再没发生过掉坑的事了。"

随后,王仲军又告诉吴一迪:"最近的训练要少安排课时,主要保证执勤工作,每班哨多派五个人做临时替换哨,轮流解决上厕所的问题。"

吴一迪问王仲军:"每年到这个时候都这样上哨吗?"

王仲军说:"有一年不是这样,那是上级搞大比武,抽了一部分人去喀什参加比武了,人手不够,哨兵就在哨楼备了洗脚盆救急,但这不能当经验推广。"

吴一迪茫然地点着头,心里想着,塔尔拉考验人的机会还真不少。单就拉肚子这一项考题,就需要相当的勇气和忍耐力才能经受得住。塔尔拉的每一处,包括季节更替的这些日子,都是一份非常别致的考卷,作为一个考生,他能将这些考卷填上令人满意的内容吗?

他坚信自己能!

他对自己很有信心。还在军校读书时,他就梦想着能当一个真正的指挥官,哪怕只指挥一个班、一个排。军校毕业后,他被分到了喀什,组织上安排他做了小机关的作战参谋。在机关待了大半年后,他坚决要求到塔尔拉工作,当一个最基层的排长。他在机关里感觉不到雄性群体的那种阳刚气势,那些老机关都已经变味了,不像个兵了,每天都在谈论着菜价和各种饭菜的最佳搭配方法。他已经闻到了那些机关干部身上的油烟味,他担心自己身上有一天也会有油烟味,就赶紧逃离了那个场所。他坚信他来对了,自己虽只是一个排长,却指挥着一个连队的兵,这已经有了指挥官的气度。他在指挥官的位置上,常常满怀豪情、激动不已。

吴一迪这次拉肚子比刚来时拉得要厉害得多,可这回拉肚子拉得厉害的人很多,他倒不觉得多么虚弱,相反,每次去厕所,看到厕所里那么热闹,他总有种很悲壮的感觉。他也弄不明白怎么会产生这么离奇的感觉。

拉肚子厉害,沙枣就派上了用场。在这种苦水期里,沙枣不能完全止住拉肚子,但吃了可以让人每天少上几次厕所。

中队的沙枣每年都由中队统一收获,然后再平均分给大家,不许多吃多占。

谁也没想到,最终叫拉肚子放倒起不来的,竟是老兵阿不都。

那天,阿不都竟然一头从"坐便椅"上栽了下来,他被几个兵架出了厕所。

王仲军一下慌了,已经好几年没出这种事了,如今老兵却倒下了。王仲军忙叫兵们套了牛车,将阿不都送到场部卫生队。

卫生队化验后,确认阿不都患了"阿米巴"痢疾,病情比较严重。医生问阿不都为啥不提前吃些沙枣,现在弄成这样,不好治疗。

"不行就送到喀什吧。"王仲军对医生说。

医生当然同意,但路这么远,又没有汽车,光送到路口就得大半天。医生怕耽搁了,说先给挂上点滴,要王仲军尽快拿主意。

王仲军和医生商量,请医生一起护送阿不都去喀什,一路上不要停了挂点滴。

但这时,躺在病床上的阿不都不愿意去喀什。

王仲军问阿不都:"为啥不愿去喀什治病?"

阿不都只说:"我就不去,我不想去,就是你下了命令,我也不去!"

阿不都就是不去喀什。

卫生队医生只好自己去喀什买药回来给阿不都治病。

吴一迪去卫生队看阿不都时,阿不都已经虚弱不堪了,他问阿不都:"怎么不吃沙枣?弄成这样多危险呀。"阿不都却说:"我是想试一下,看不吃沙枣能不能挺过苦水期。"

吴一迪才猛然想起,阿不都送给他的沙枣是不是就是他自己的那份?他是不是没有沙枣吃了?吴一迪心里内疚得不行。

阿不都说,沙枣他还有,他只是想试一下。他病好后,回中队还这么说,被王仲军训了一顿。

吴一迪忙为阿不都开脱。阿不都说:"我真的还有沙枣呢,这就拿来给大家看看。"气得王仲军骂了句:"阿不都你是老兵了,还胡闹个啥呀?"

多年的经验早已证明,苦水期离了沙枣是不行的。

B7

舞蹈演员魏芳最终给郭连长生了个孩子,是个男孩子,叫秋生。秋生就出生在秋天里。刘新章想那一定是个很不错的季节,并且是个值得怀念和永远难忘的季节。

魏芳也就是那年秋季逃离了塔尔拉,但是用整个生命去逃离的——她跳进了叶尔羌河。

叶尔羌河的秋季是水源最旺盛的季节,宽宽的河水能够装满宽宽的河床,平缓而沉静的叶尔羌河也出现了汹涌的激流。魏芳就跳进了这时候的叶尔羌河里,她绝对感受不到这是一个红柳花盛开的美好季节,叶尔羌河没有了往昔的温柔。

而从此,乔根明开始喜欢坐在叶尔羌河边出神。许多人都以为他是在缅怀他过去的历史,青婆却说,他其实是在怀念那个戏子。

刘新章很想知道根明叔真实的想法,但他至今没有弄清楚有关根明叔真实的想法。他想他对根明叔关于与魏芳的爱情的猜测只能是唯一的诠释。

慢慢地,刘新章对那些旧事失去了兴趣。

有时候就是这样,你想弄明白的事,一旦没法弄明白,时间一长,你就不想弄明白了,其实想想弄明白了又能怎么样呢?岁月又不能回头,让你重新经历一次当年的路,倘若可以,他和秋琴不是也可以重新开始吗?

岁月不能回头,刘新章是无法和秋琴重新再来,但红柳在这样无聊的日子中逐渐走进了他寂寞的心。

A22

叶纯子再一次经历了这样的苦难。这一阵子,因为吕建疆对马厩里住着的那个怀孕东北女人的成见,叶纯子生了吕建疆的气,不怎么理吕建疆。为此,吕建疆专门给叶纯子解释过,但叶纯子不接受他的解释,她也不和吕建疆辩论,因为对吕建疆有了看法,她的情绪很低落,有时干脆不理吕建疆,弄得吕建疆不知该怎么办才好。刚好苦水期到来了,吕建疆就提醒着叶纯子,塔尔拉最残酷的一面要出现在她面前了,叶纯子却冷冷地说:"不就是拉肚子嘛,有什么大不了的!"

叶纯子话是说得这样轻松自如,可刚进塔尔拉时拉肚子的经历还是让她心有余悸,而这次即将要来的苦水期在塔尔拉人口中又是显得如此严肃和担忧的话题。她无法想象这个苦水期的模样,但她的思想还是进入了军事上的一级战备状态,她想对待一个未谋面的对手,还是用最好的思想状态严阵以待。

可苦水期一来,叶纯子便丢盔弃甲,溃不成军,甭说是严阵以待了,简直就连正常的思维都没有了。她在厕所的外面不停地与一个个弯腰捧腹的战士相遇,这些人身上穿着的还是那一身绿色,平时这些绿色是蓬勃生命的迸发,而现在,却像在炮火连天的战争之后,是一片狼藉的战场,那种四处溅射的活力不见了,留下的是很萧条、很败落的景象。

叶纯子几乎都立不住身子了，那些兵不管怎样相互都有个搀扶，可她呢，孤零零的一个姑娘，在偌大的兵营里，举目四望，到处都是绿色的人，而这些绿色的人中，全是男兵。她也只有依靠吕建疆了。但这阵子叶纯子不怎么理吕建疆，在这种关键时候，吕建疆还算可以，没有计较叶纯子对他的态度，坚持着自己拉得虚弱的身体照顾她，想着还能借此机会和叶纯子缓和一下关系。可遇上的是不断上厕所的事，他一个大小伙子怎么照料她，也不可能跟她一起到厕所里去。为此，拉肚子拉得连路都走不动时，叶纯子开始伤心了，一个人偷偷地哭了好多次。同时，她的心里也有了想走的打算，但她告诫自己，不是自己受不了这个罪，而是她心里有说不出的委屈。

吕建疆看到叶纯子虚弱得打不起精神的样子，心里很是着急，他除了多给叶纯子捧来些沙枣之外，就没有别的招可以使了。他不停地在叶纯子的房间里搓着手，想着只有劝叶纯子离开塔尔拉，才能逃避苦水期的塔尔拉，才能不再让叶纯子受这份煎熬。

有了这个念头，吕建疆反倒不急了，他静静地坐在那里，很专心地看着叶纯子因苦水期的到来而变得蜡黄、消瘦的脸。叶纯子被看得不好意思了，她也想着该给吕建疆一个缓和的机会，再这样紧绷下去，会显得自己心眼小，不大气。于是，叶纯子一改近日来的态度，对吕建疆说："你干吗老看着我？我脸上长多少豆子，你也该数完了吧？"

吕建疆收回目光，迟疑了一下，说："你离开家已经有很长一段时间了吧。你在塔尔拉待了这些日子,对它也有了一个了解了,现在——你该回四川了!"

听到这话,叶纯子的心像是被皮筋束紧了忽然又被猛地松开了似的,唰地一下子舒展了,同时,她的泪水也由不得她地冲了出来,她毫不犹豫地脱口而出:"我是该回家了,现在回正好可以避过苦水期……"说完,叶纯子才突然意识到了什么,猛地抬起头看着吕建疆,这张很有棱角的脸上此刻不仅布满了关怀,还隐隐现现地透露着忧伤。她明白吕建疆说这句话的含义,她也明白吕建疆的心意,她明白塔尔拉所有的人都希望她能成为吕建疆的对象。其实,在她的内心深处,她自己又何尝不希望是这样呢?就是在和吕建疆因为东北女人的事闹别扭的时候,她心里曾经动摇了。她一个女孩子,能在男人的世界里待到现在,凭着的当然不仅仅是一时的意气。在塔尔拉待的这么一段时间,却看到了塔尔拉冷酷的真实,这种真实削弱了她对塔尔拉的好奇,她甚至为自己有这份好奇而感到一丝后悔,塔尔拉的人对她是真诚的,可塔尔拉的艰苦环境让她无法接受和忍耐。她想自己还是回四川去,也许只有那个叫攀枝花的秀美城市才适合自己生存,可她又不知道怎样向吕建疆开口提出这个想法。吕建疆此时的提议正道出了她的想法,又使她避免了要自动逃离塔尔拉的尴尬。

叶纯子的迫不及待让吕建疆有些猝不及防,他望着叶纯子兴奋的样子,一下子明白了过来。其实,不管叶纯子对事物的看法与常人相比是怎样的超脱,她在本质上还是一个纤弱的女孩,她一样会畏惧生活中的苦难。实际上,叶纯子离塔尔拉一直很远,她只是用美学的眼光来看待这个地方,她并没有真正地了解塔尔拉,她也许永远都不可能会看到塔尔拉严峻的一面,所以在塔尔拉展示它的另一面的时候,她会有这样的反应。可是他吕建疆在塔尔拉待了这么多年,不也是一心想要逃离塔尔拉吗?既然叶纯子适应不了塔尔拉,他在叶纯子面前不就可以冠冕堂皇地找理由离开这个地方?为什么他这个兵团人的后代都可以有远离塔尔拉的念头,叶纯子就不能有呢?何况她原本也不属于塔尔拉。吕建疆的内心十分矛盾。

但不管怎样,叶纯子要离开塔尔拉的决定很是打击了吕建疆,也更坚定了他要离开塔尔拉的信心。只有离开塔尔拉,我才能寻找到我自己的生活,他想。

A23

林平安慢慢习惯了通信员工作,也就不那么忙了。在队部没有事干的时候,林平安最爱去的地方就是叶纯子那里了。他和叶纯子已成了无话不谈的知心朋友,应该说更像一对姐弟,自从他给她谈起他的身世后,他觉得叶纯子更像他的亲人。叶纯子随着他的讲述而伤感,而悲切,而叹息,而气愤,却又无可奈何,只好泪水涟涟。每到这时,林平安就很感动,同时也为叶纯子受到自己情绪的影响,情绪低落,伤心流泪,而感到内心不安。

随着苦水期的到来,叶纯子却因为不适应而离开塔尔拉回了攀枝花,林平安就无处可去,也没有人听他的叙述,帮助他脆弱的心灵走出那一段痛苦的记忆。叶纯子临走时，嘱咐林平安，要他一定在部队好好干，千万不能辜负他姐姐的期望。"你一定要闯出一个前途来。"叶纯子扶着林平安的肩膀流着泪说。林平安的心也像被浸过一样湿淋淋的，他不知道，为什么像姐姐一样的叶纯子会舍得离开副指导员吕建疆，她不是很喜欢副指导员的吗？副指导员对叶纯子的喜欢是中队所有人都能看出来的，既然彼此都喜欢，作为男子汉的副指导员又为什么不主动挽留她呢？林平安看到副指导员送叶纯子的时候，那张脸阴沉得很可怕；而中队长王仲军和指导员付轶炜强装笑脸送走叶纯子回到中队部后，就破口大骂塔尔拉这可恶的环境吓走了叶纯子。可吕建疆不这样想，他知道，叶纯子离开塔尔拉，不仅仅是因为塔尔拉的恶劣环境。他对叶纯子是有所了解的，她是个很要强的女孩子，不会在困难面前低头的，最主要的原因还是他吕建疆在对待那个东北女人的事上，那番话不对叶纯子的路子，伤了她的心了。女人的心伤不得，伤了，就很难愈合。吕建疆知道自己的话太不近人情了，可他已经给她解释过几次了，至于叶纯子怎么想着，都解不开心里的这个结，那他就没有办法了。现在叶纯子走了，吕建疆才感觉到那种失落是很揪心的，感情这个玩意儿是很折磨人的。

　　林平安在队部那种沉重的气氛中不知该干些什么，便找个借口出来，到训练场和伙房去转了转，最后又去了猪圈。

　　猪又瘦了，猪们现在还是炊事班代喂，醋糟也不经常去拉了，猪们又开始靠剩饭剩菜维持着生命了，猪们吃不饱，整天趴在猪圈门口,不停叫唤。

最初,林平安也经常到猪圈去转,见猪们又恢复了以前的状况,心里不忍,有时到伙房后面还帮着炊事员去喂它们。他看着那些又变得瘦瘦的猪,就想起自己把它们喂得肥硕壮实的情形,如果不是老母猪生小猪崽时死了,自己现在肯定还在喂猪呢,就不会当上通信员。当不上通信员就不会听到队部会议内容,就没法受到周胜利和杨树明他们的羡慕了。如果不是通信员,更不会有机会认识和接触像叶纯子这样善良又漂亮的姐姐,向她述说自己心中的悲苦了。还有,如果不是通信员,也不会在中队部吃饭了。

说到在队部吃饭,林平安越发觉得当通信员的好处了。中队有一个优良传统,就是每周还要坚持吃两顿玉米面发糕,说是叫大家时刻记住过去的艰苦岁月,这个传统是从塔尔拉三中队第一任指导员传承下来的,后面的指导员们也不好更改,并且塔尔拉的第二任指导员是支队现任政委,谁还去改这个传统呢?所以就一直沿袭了下来。但每到吃发糕的时候,炊事班考虑叶纯子吃不惯玉米面发糕,给队部单蒸些白面馒头。每次中队干部都要说官兵一致,不要搞特殊,但为了照顾叶纯子,不好多说什么,他们自己就吃些玉米面发糕,表示官兵一致了。林平安从小吃够了玉米面发糕之类的杂粮,他不爱吃发糕,刚好可以沾光吃馒头。就是平时,队部还时不时加一个菜半个汤什么的,炊事员说是加给人家远道来的客人叶纯子的,干部们不吭气,兵们也没有提意见,只有叶纯子一个人有意见,说是不能把她一直当客人对待,这样不好。

中队长王仲军故意逗叶纯子说:"你如果嫌这样不好,干脆不要当什么客人了,成为我们塔尔拉人算了。"

指导员付轶炜也说了句:"我们都期待着你从外人转成正式的内部人呢。"

说着还去看了看吕建疆。

吕建疆一脸的窘相,低着头闷不吭声。

当时叶纯子还红着脸说:"你们都把矛头指向我了,我不说了,今后吃什么我也不说了。"

可现在,叶纯子走了,给塔尔拉和他林平安留下的又只有寂寞了。

A24

已经结束蹲点的支队政委刘新章获知叶纯子离开塔尔拉的情况后,急得在喀什待不住了,安排好手头的事,又来到了塔尔拉。

还在苦水期的塔尔拉,依旧是一片很低沉的样子,兵们前仆后继地往厕所奔波。塔尔拉这种独特的自然条件使刘新章唏嘘不已,他为这些兵面对这样恶劣的环境却仍然能坚守自己的职守,不抱怨、不逃离而感叹,也为这种环境里的干部对职责的认真而感动。他是从塔尔拉走出去的,他明白塔尔拉对每一个渴望正常生活或者文明生活的人意味着什么。所以才有当年秋琴的悲剧,也有今天叶纯子的逃离。可是这块无法给人希望的土地又是如此厚重,厚重得让所有在塔尔拉生活过的人永远抛不开也扔不掉。刘新章无法责备叶纯子,有哪个姑娘不希望生活在一个充满现代文明的环境下呢?而塔尔拉不但远离着文明生活,还给生活在这儿的人额外添加了不少令人匪夷所思的苦难。

吕建疆自以为自己想离开塔尔拉的秘密是没有外人知道的,而他却想不到,对于他的思想动态刘新章可以说洞悉得一清二楚。这倒不是说刘新章有神奇的能洞察人内心世界秘密的能力,而是吕建疆在去年接兵前,到支队去时,刘新章请他到家里吃饭,他喝多了酒后亲口告诉刘新章的,只不过他说这话时,已有几分醉意了。他说他刚到塔尔拉时有多少豪情壮志,想着能够把自己的热情种植在塔尔拉,让塔尔拉好好地开发他的智慧,可是不行啊!塔尔拉太冷酷太残忍,根本就不给他机会也不给好多人机会。他说他在治水未果的时候就开始失去对塔尔拉的热情了,他觉得自己没有办法对塔尔拉再产生那种要奉献一辈子的留恋感情了,可他是个军人,又不能不服从命令,所以在提干后不管有多不愿意,也还是来了。

"政委,你知道吗?塔尔拉是个风口啊!它吹蚀磨平了多少人对生活的热情。"吕建疆迷迷糊糊地对刘新章说。

刘新章准备等吕建疆接兵回来后再与他详谈,他要再谈谈他的历史和他所了解的塔尔拉的历史。尽管这一段段历史他在吕建疆刚刚提干的时候就曾满腹沧桑感地讲述过,包括他苦涩难忘的初恋。可吕建疆接兵回来后直接去了新兵连,新兵连结束时,刘政委又在塔尔拉蹲点,从新兵连回来时吕建疆又带着叶纯子,他一直没有寻找到合适的机会,而且他想,叶纯子的到来也许会改变吕建疆的想法。有时候,爱情的力量可比说教更具有感召力。

可是,叶纯子最终还是像他所担心的那样,被塔尔拉的恶劣环境吓跑了。作为政治委员,他和吕建疆的面对面是不可避免的了。

作为一个塔尔拉的老兵,刘新章能理解吕建疆的想法,就像理解以前的秋琴和现在叶纯子的逃离一样。但吕建疆不是秋琴和叶纯子,他是一个军人,一个老兵团战士的后代,军人应该就是一种塔样的标志,无论把他放在哪里,他都能钢一样挺立,竹一样坚韧无比。一个军人如果成天只想着逃离战场,又何来"胜利"二字?在这个没有硝烟的和平年代,坚守就是一种操守,又何尝不是一种胜利,一种战胜自我、战胜自然的胜利!而这种胜利又岂会比在动枪动炮、硝烟弥漫的战场赢来的胜利更容易呢?何况还是在塔尔拉这样一个地理环境、自然条件都十分特殊的地方。

刘新章知道,叶纯子的离开可能会坚定吕建疆离开的想法,但他也相信,吕建疆在各方面都是一个称职的军人。他有良好的军事素质,又是兵团人的后代,相信他对塔尔拉的感情并不会比他刘新章淡,只是对生活过高的热情与现实的格格不入,才使得他对塔尔拉的偏僻、落后产生了偏见,从而导致心理上的不适。

刘新章决定,无论如何都要和吕建疆开诚布公地谈一谈,了解一下他的真实想法。

叶纯子的离开似乎使吕建疆变得无所适从起来,老觉得心里有个什么事,可一想,每天都是陪着叶纯子的,现在叶纯子一走,指导员付轶炜的那间房现在是空了,他的心却没有因此而能够空下来。他向着叶纯子曾住过的房间方向望去,那里是再也走不出来叶纯子了。这段日子以来,叶纯子像是一片轻舞飞扬的柳絮,深深地舞在他的记忆之中,无论他怎样去努力,都无法抹掉那个轻舞飞扬的景象。可是静静地一想,叶纯子的走是必然的,就像他认为自己也必然会走一样。与叶纯子在一起的日子里,他总担心自己一直有离开塔尔拉的念头会使叶纯子瞧不起自己,可现在,叶纯子的离开不正是给他找到了一个可以冠冕堂皇地逃离塔尔拉的理由?也许只有离开塔尔拉,才能重新让叶纯子回到他身边。这样一想,吕建疆就想通了,曾经被压抑的心一下子被释放了,变得踏实起来。

王仲军和付轶炜一开始以为叶纯子的离开会使吕建疆变得消极,可一看吕建疆不但没有颓废的迹象,反而像吃了兴奋剂似的,他俩便都纳闷,难道吕建疆是受刺激过度?也猜不着其中的奥秘,又担心吕建疆会出什么意外,就派林平安不离左右地跟着。

B8

刘新章后来喜欢上了红柳。

红柳和秋琴不同,秋琴是让人一眼就能喜欢上的姑娘,而红柳则更像一杯酒,要慢慢品尝,才能体味出其中甘醇的滋味。

　　刘新章和根明叔交往的那些日子,抽着莫合烟,喝着散白酒,聊着一些近的或者远的事情。他们的聊天仿佛永远也聊不完,从这一件事扯到另一件事,说着说着又串到别的事情上。红柳开始还安安静静地听着,可到后来,听的都是一些杂七杂八说不上很有意义的事,就开始不安分了。她的不安分就像一个顽皮的孩童。她经常有些很特别的想法和做法,她有时会在散白酒里掺上味精让刘新章和她父亲很快地喝醉,结束他们永远扯不完天南海北的话题,之后她能面对根明叔和刘新章的责备,十分严肃地说她那样做是为了他们的身体健康考虑,酒喝多了伤身。有时她故意把花生米炒得焦黑,让他们吃得满嘴苦味,连酒喝着都是苦的,她却冲着他们一嘴的焦黑大笑不止;有时她还把酒藏起来,自己也躲在某个地方,任根明叔怎么使唤都不出来,等到两人只好边聊边喝着白开水咕嘟咕嘟老半天了,她才大张旗鼓地托着一盘凉拌菜端着酒跑出来,通常这时的刘新章和根明叔已经没有喝酒的欲望了。总之,她总是要使出一些坏来,不让两个人安安心心地喝酒,过后却是比谁都有理。她常常坦然地这样戏弄着根明叔和刘新章,而她这样的恶作剧叫他们不但生不出一丝恼怒,反而让他们在许许多多难熬的冬日里特别是在荒凉的塔尔拉能感受到家的生气和乐趣。因为红柳的母亲过早地离开,成为军息林中的一员,这个家庭就过早地缺少了家的气氛,而现在的红柳能够创造这种气氛,忧郁苦闷的根明叔常常被这种气氛感染,会发出无拘无束的笑声。

刘新章也不例外,沉甸甸的心中像灌进许多温暖的风,变得轻舞飞扬起来,内心的孤单和无奈就被冲淡了许多。

在家的感觉越来越浓烈的时候,刘新章也就渐渐地淡忘了对秋琴的那份感情,他的心中有了根明叔另外一个女儿红柳俏皮的身影。

红柳最初是被刘新章对秋琴真挚的感情所打动的,等她从根明叔的口中了解了刘新章后便对刘新章有了极大的兴趣,这种兴趣当然是融合进了一个女孩子的情感的。在后来她和刘新章有了真实的接触后,便觉着刘新章身上的诚挚和朴实,叫她看了,心动。

刘新章就这样和红柳彼此有了感情。

人的情感有时候是很怪的,红柳在对刘新章产生感情以前,是被他和秋琴之间的感情感动的,可她喜欢上了刘新章后,却又介意起刘新章的这段感情来了。但红柳聪明就聪明在她的介意是含而不露、不动声色的,她使出的招是在刘新章毫无戒备的情况下套他的话。她的问话看似是无心的,却又是经过她精心细密考虑过的,既不会伤到刘新章,又能问到她想了解的。等到刘新章反应过来时,他已经心甘情愿地把几乎所有和秋琴相处的细节问题向红柳坦白得一清二楚了。

红柳找到秋琴时,秋琴即将是两个孩子的妈妈了。

红柳直截了当地对秋琴说:"我喜欢上了刘新章。"

此时的秋琴已没有当初光鲜艳丽的模样,而且挺着大肚子的她的穿着也是漫不经心的,但在红柳看来,秋琴的身上仍有一股逼人的气质。秋琴毫无表情地看着红柳:"你喜欢刘新章就喜欢刘新章好了,关我什么事?我现在是段建新的老婆。"

红柳直视着秋琴说:"我知道刘新章对你还有感情,我不想让这种感情影响到我们。"

秋琴慢慢地移开她的目光,避开了红柳的眼睛,没有说话,神情呆滞、目光空洞地望着远方。远处是灰蒙蒙的一片,那是沙尘笼罩下的一片天地,在人的视觉上,好像是天与地都不分彼此地粘连在了一起,没有一样东西能让人很清晰地看透彻。

其实红柳也没想到自己会来找秋琴,她只是在一种下意识中,脚步完全没有经过大脑的调动,似十分熟稔路途的老牛不需经过任何人的驱赶,自己就到达了目的地。直到看到秋琴那臃肿的身影,红柳才明白自己究竟想要干什么。对秋琴的遭遇,红柳的内心也充满了无比的同情,否则,就不会一开始对刘新章与秋琴的爱情表现出莫大的兴趣来,不管怎样,秋琴都是她同父异母的姐姐。可秋琴从不理会她,秋琴的冷实在很挫败红柳对秋琴一厢情愿的热情。

不知沉默了多久,秋琴才把空洞的目光从远处收了回来,她依旧面无表情地对红柳说:"我与刘新章没有什么感情的事,但他确实是个很不错的男人,找着他也许是你的幸福,希望你能珍惜。"

最后的话,红柳听出了秋琴冷漠中包裹着的对刘新章的真诚,也许还有悔意。她想。

刘新章知道红柳的心思,她是担心他的心里还深藏着秋琴,对她只是一种敷衍,或者她只是秋琴的替代。所以刘新章并没有怪红柳。

当他提出要和红柳结婚时,根明叔开始不太同意,他心里其实是有点隔阂的,因为秋琴和红柳都是他的女儿。倒是红柳直言不讳地说:"我可不是秋琴,耍了我会是另外一种结果的。"刘新章就做出一副很受惊的表情说:"好,那你最好别嫁给我,我也不是个好东西。"红柳却说:"如果有你说得那么容易,什么事就都不复杂了。"

A25

刘新章和吕建疆的谈话是在傍晚的大漠中进行的。

刘新章抛开饭碗时,对吕建疆说:"走,我们出去走走。"说完,刘新章就自顾走了,留下的几个人端着饭碗,相互看了看,弄不明白政委的真实意图。王仲军和付轶炜却不约而同地用下巴向吕建疆示意,叫他快跟政委去吧。

吕建疆紧跑了几步,追上政委,两个人就向营房后面的大漠走去。黄昏的大漠,浸泡在微微的凉意里,那些能够在大漠中生存的植物,很弱势地呈现出星星点点的绿色来,看上去就像握不住笔的儿童随随便便涂出来的一幅蜡笔画,浓的地方浓了些,淡的地方淡了些,还有没抹到颜色的地方,是一层细碎的暗黄色沙子,毫不怕丑地展露着,呈现出一种气定神闲的气势来。

刘新章没有开口说话,吕建疆猜想政委是要和他说叶纯子的事,于是不吭声,两个人就这样默默地走着。也不知走了多长时间,天都快黑了,还是没有人说话。一直到远远地听到有轻轻的流水声,刘新章才站住,向着水声的地方望着,虽然什么也看不到,可吕建疆感觉到政委神态的凝重。

"那是叶尔羌河!"刘新章说。

"是,那是叶尔羌河!"吕建疆说。

"那是塔尔拉的母亲河呵!多少年来,她一直守候着塔尔拉,养育着塔尔拉一拨又一拨的人,她看到了所有发生在塔尔拉的故事,也看到了你和叶纯子的故事。不管发生什么样的故事,叶尔羌河都一直这样平静地流淌着,平静地看着。我觉得她看到这些故事,一定也为此喜过怒过悲伤过。可因为她只是一条河,所以永远都不会有人去了解她,去询问她的感觉。人只在乎自己是不是快乐,是不是生活得有实实在在的内容,想得多了,就忘了最本质的问题,生存的意义。人啊,永远也做不到像这条河一样平静、踏实。"刘新章感叹道。

"那是因为人有思想存在,有思想就会考虑生活的质量、生存的质量。"吕建疆说。

"可我们是军人,军人有特定的意义。有时候,是我们怎样去适应、去改善生活和生存环境,而不是随意去选择生活和生存的环境。像我们塔尔拉所有的军人一样,我们守在这里,无论生活多苦,我们都不曾动摇。在这里,我们确实谈不上有没有生活质量问题。但是,无论在哪儿,我们都可以说,我们这些驻守在塔尔拉的军人,有人世间最高的生命质量,这质量就是我们的生活意义之所在。"

"所谓的生命质量无非就是守在这里被动地受着环境折磨,除此之外,还能有什么呢?"听明白了政委话中的意思,吕建疆知道因为叶纯子的离开,政委担心他受此影响而思想上有波动。洞悉了政委的心思,吕建疆对此不以为然。

"有信心,有信仰,有一颗为人民服务的忠诚之心!"刘新章严肃地说。

"是不是还有一段历史,还有要让我们再走一走你们曾经走过的路,拾一拾你们曾丢弃在这里的影子!"吕建疆激动起来,"你和秋琴的悲剧是发生在塔尔拉,因为塔尔拉给不了秋琴生活上的激情,所以土生土长的秋琴会要逃离这个地方;因为塔尔拉没有现代文明的一点影子,这里除了落后就是艰苦,所以叶纯子才会忍受不了这个地方。但叶纯子不是秋琴,她不会像秋琴以一种偏执的方式来结束她的梦想,叶纯子有资本远离塔尔拉;我也不是你,我不会做你第二,重复你的往日,让塔尔拉复制出一个秋琴的故事来……"

叶尔羌河的水流声还在清晰地传来,在沉默的大漠上空回旋着。刘新章和吕建疆定定地站着,谁也没有再说话。吕建疆也不知道在政委面前自己怎么会一下子这么激动起来,而且还不顾一切地说出这样一番话来。但说完了他就后悔了,在黑暗中他也看不清政委的表情,但他知道,这些话肯定又触动了政委。他生起这黑暗的气来,就算是同样状况下同样的话题,如果不是这份黑暗的掩饰,不管刘新章平时对他们怎样随和,就是再给他吕建疆一个胆他也不定能说出这样的话来。他不敢再吭声了。

刘新章也没有想到,吕建疆会说出这样一番话来,他竟然以他和秋琴的悲剧来对比自己和叶纯子。记忆又被翻动了,刘新章的脑海里映现出秋琴和那个男医生以自豪的步伐迈出塔尔拉后,以为找着新生活的秋琴又腆着大肚子回到塔尔拉,还有秋琴毫不犹豫地嫁给了无赖段建新,却在生下段建新盼望的儿子后自缢在军息林中⋯⋯一幕一幕的镜头闪过,刘新章心痛不已,在黑暗中,面对着声称不愿重复自己的吕建疆,竟无言以对。

他和秋琴,吕建疆与叶纯子,这两个在不同时代不同社会背景下的爱情故事能相提并论吗?在塔尔拉,它们真的会重蹈覆辙吗?刘新章痛苦地想。

难道是他这个上一代的塔尔拉军人,真的无法了解吕建疆这一代塔尔拉军人的思想和情感?

A26

叶纯子回到攀枝花后,拉肚子很快就成了历史。可是没有这样历史的叶纯子待在家里又心无着落,她便每天跟着朋友去上班,或者去逛街,但不论去哪儿,无论干什么她都打不起精神来,一副失魂落魄的样子。朋友们不愿意了,说叶纯子人虽然出来了,魂却不知丢到哪里去了,他们要替叶纯子找魂去。还有人打趣说,叶纯子该找个男朋友了,有了男朋友,魂该回来了吧。叶纯子没有搭理朋友们的调侃,只是用一双失了神的眼睛看着他们,其实她根本就不知道朋友在说些什么。到后来,无论别人怎样动员,她都不想出去了。在父母的提醒下,她背上了画夹,来到郊外写生,可支开画夹,面对眼前的秀丽山水,她眼前映现的却是一望无际、雄浑壮阔的戈壁滩;一提起画笔,她看到的就只有兵们在河边帮她洗泥除沙的情景,还有吕建疆木讷讷的憨傻的样子。她发现自己的笔无法落在画板上,即使落上去也只是一摊用颜料堆积起来的东西,没有活力,没有灵魂。她明白自己是患了相思病了,她想念那个在叶尔羌河怀抱中叫塔尔拉的地方了,那地方虽然苦些,但那里留下了她的快乐、她对生活的激情、她创作的灵感,还有那人……

从表面上看,叶纯子是回到生她养她的地方了,这个地方却叫她一下子无所适从起来,尽管她每天都在生活,可生活得很别扭。攀枝花的天气已经很炎热了,走到哪里都有种要发生火灾的样子,汗水总是把她的衣服洇湿,使她无法清爽起来,总有种生活在一个污浊的湖水里似的感觉,很压抑。她想画画,可撑开画架,满脑子的塔尔拉,只要她想把塔尔拉从脑子里赶出去,试图想些别的,脑子里便是一片空白,连一点能够想象的东西都没有了。她逼着自己拿起画笔,在纸上落下的都是不轻不重的几笔,像看一本书似的,还没进入主题,她就丢下这本书了。在每一个早晨或者黄昏,一个夜晚的消失或者到来,都会叫她无比伤感,都有一种茫然的气氛笼罩在她的心头上。有时候,她会因此而无缘无故地流起泪来,使得她的心也紧缩起来,紧得容不下身边的所有人和事物,包括她的父母。

父母对叶纯子的这种精神状态非常担心,但他们又无法知道女儿内心的真实想法。他们现在面对的是一个沉默的、怪异的女儿,以前的那个活泼好动的叶纯子已经不复存在了。他们永远也弄不明白,女儿只是去了一次新疆,怎么变得这么快,简直叫他们一下子没法接受现在的女儿。但女儿的脾气他们是清楚的,他们和女儿无法沟通,只好小心地说上几句,一个劲地劝她到外面走走。外面可能会让叶纯子的心情舒畅起来。

然而,背负画夹行走在人群涌动的城市中,喧嚣的浪潮像无边无际的泡沫将叶纯子淹没,她不知道为什么会有这么多人生活在这样嘈杂而轻浮的城市中,不仅没有一点厌烦的感觉,而且还一脸的幸运,难道城市的喧闹真的是他们生命中不可缺少的一部分吗?如果让他们也去塔尔拉度过一段日子,他们一定不会这样张扬,这样心甘情愿、无怨无悔地守在这个城市里过着如此平庸、如此寡淡的生活,但会有人像她那样想念那个地方吗?

父母一看叶纯子每天魂不守舍的神情,便知道女儿人虽然回来了,魂却丢在新疆了。他们一面鼓励叶纯子出去和朋友玩,去野外写生,一面尽自己最大努力到处帮女儿联系合适的工作,期望能以此帮她寻回失落的魂魄。可是没有用,他们给叶纯子联系了一家杂志社,让她去当美术编辑,叶纯子还是那样恍恍惚惚的,到了新的工作单位,还没上两天班,就再也不肯去了,说干的都是一些浪费生命毫无意义的事情,她不想在那些琐碎的事情上面拴住自己。父母面面相觑,他们知道不是工作的原因,而是叶纯子在这里根本就没有了心。心都没了,干什么都不会觉得有意思。父母觉得自己的劝说不起作用,便不再像以前那样催她出去玩、催她去寻找单位,来裹住她的身体和灵魂。这时的他们体现了做父母的最大宽容,给她时间,让她好好静静,希望她在沉静下来时能够用心思考,再做出正确的选择。

A27

开春好长时间了,应该说是夏天了,大漠才绿起来,这种绿是很突然的,陡然间就绿成了一片,叫人一下子看到了另外一个季节的样子,似乎单调的生活随着新季节的出现,充满了希望一般,处处有了生机。拉肚子带给兵们尤其是新兵们的阴影也慢慢消散了。

叶纯子也就是这个时候再一次来到了塔尔拉。她离开塔尔拉一个多月后,再次出现在吕建疆面前时,吕建疆简直不敢相信自己的眼睛,心跳急剧加速,他想,叶纯子这一去,大概是再也不会到塔尔拉来了。正独自品尝着思念的苦,却想不到叶纯子又回来了。他愣愣地站在那里,半天没有反应,还是王仲军眼疾手快,顺手推了吕建疆一把:"都什么时候了?还发愣。"吕建疆醒过神来,大步冲向叶纯子跑过去。叶纯子的泪水一下子涌了出来,扔下手中的行李就扑进了吕建疆的怀里。塔尔拉的兵们都看呆了,直到付轶炜像赶鸭子似的用双手轰着,眼睛发直的兵们才一哄而散。

王仲军和付轶炜笑眯眯地走过来,王仲军拍了拍手冲着他们说:"好了,好了,要亲热回房去,在这外面可不好。老吕你也真是的,也不看看啥地方,怎么这么冲动?可让那些家伙大饱眼福了,电视上也没这么精彩吧!"

付轶炜也难得地风趣了一回:"是呀,好戏不看白不看嘛。哎,我说老王,干吗叫他们回房,让家伙们再瞅瞅吧!老吕,你们再继续,再继续啊。"话是这样说,其实付轶炜最不想叫家伙们看了,怕家伙们思想上有波动,晚上睡不着觉。

两人一唱一和的,说得吕建疆和叶纯子的脸腾地就红了,两人一下就分开了。吕建疆掩饰性地拎起叶纯子的行李,低着头就领着叶纯子向她原来的房间走去。自从叶纯子离开之后,付轶炜也没有回去睡过,他说还是在队部睡好,人多,热闹。房间就一直空着。

B9

那时候,根明叔遭受了人生中最大的不幸,致使后来一直不愿谈起他辉煌的过去,比如他当连长时的一些事。刘新章知道根明叔被不幸控制住了,他对过去已经很漠然。

红柳在刘新章把人世间的情感问题看得很苍茫的时候,她像红柳点缀苍茫的大漠一样点缀了他空荡荡的心,逐渐溢满了他的心,刘新章决定要娶红柳为妻。那时候的刘新章对根明叔的不幸和发生在塔尔拉的故事有着很浓厚的兴趣,因为认识了秋琴然后才从根本上了解了根明叔、青婆和塔尔拉其他可以贯穿成故事的人。刘新章想是塔尔拉和塔尔拉的人们，给他的生命注入了叶尔羌河水一样川流不息的血液，在长久的出入塔尔拉的日子里，他似乎把自己也当成了塔尔拉人。只是他没有经受过塔尔拉第一代人的命运，在这块深刻得有些厚重的土地上生存，他就有种生命太单薄的感觉，生命有时不在于承受了生活的轻重，而在于体味，只有体味才能叫生命。

刘新章并不觉得自己比别人超脱、深刻得多，只是在他和根明叔的交往里才使得他认识到他的思想是从那时候才开始的。他以前是多么单纯，单纯得有时候让别人偏着头笑他。当然红柳偏着头笑刘新章并不是笑他的单纯幼稚，她是笑他对塔尔拉人的故事了解后的痛苦表情。她对那些很漠然，她认为塔尔拉的一切都是很自然的，没必要去苦苦追溯根源。

就像刘新章喜欢上红柳一样，成了自然而然的事。

根明叔也就同意了刘新章和红柳的结合。

青婆的一生很平淡，没有塔尔拉其他人的许多故事，但青婆的一生是塔尔拉独一无二最苦闷的一生。

别人轰轰烈烈、生生死死。青婆没有，青婆的生活枯燥而乏味，但她能够在苦闷中过着属于她自己的生活。

秋琴的死使刘新章改变了不少认识，对塔尔拉这个他掺和进去正在讲述的故事理解了不少，一些原来想不通的倒也想通了，原来能想通的人和事却有些想不通了。

刘新章对秋琴并没有采取漠然的态度，是秋琴不愿理会他，他可以这样想这个问题。

但秋琴的死却哲理一样刻在了他的心上。

人人都在设计属于自己的生活，各种条件下随着条件的变化而变换着，刘新章也同样是这样活着的。

秋琴的死不全是受不了段建新无赖的欺压，秋琴能够很坚强地为段建新生下三个女孩，一年一个，一年又一年地受着段建新及其全家人的鄙视。秋琴能够活到她生出男孩，就说明她对死的态度是明朗的，只不过她要在死之前用创造段建新所需要的新的生命来证实自己存在的价值和能力。所以她坚持到了生下男孩后，才毫不犹豫地把自己挂在了军息林中那棵沙枣树上。

也可以这么说，秋琴从某种程度上愿意陷在那种生活的泥淖里，她已经不愿拔出自己了。但她在忍受了生活的重压之后即将能够明亮活着的时候离开了人世。明亮的生活对于秋琴来说已经在她心里早就拥有过了，她把那些明亮而美丽的晕圈编织成一幅壮丽的图景，图景的突然消失使她的身心遭受了巨大的破碎性的疼痛，她认为人的身心破碎了就不会再完整，即使再完整了也没有了先前的纯净，裂缝永远是裂缝。

秋琴的死令塔尔拉相当一部分人难以理解，这的确是一个很难理解的事情。秋琴在生过三个女孩的日月里所经受的生活挤压，给她提供了生出男孩再死的安然机会。

秋琴，刘新章在心里这样说着，也许在我心里能够接受你离开人世的事实，但我将深深地怀念你。

秋琴,让我的灵魂此刻为你的离去做些祈祷吧!尽管祈祷是我最没用的表现,但我再没有别的办法能够为你做些什么。这些文字只能是放些狗屁,成不了你的祭文,更不能很公正地对你的一生做个深刻的评价。至于你在我心里的位置现在说得再好听也是骗人的鬼话,我没有尽力去拯救你的灵魂,人心没有固定不变的时候,可这个世上什么才是永远不变的?是人心中的情吗?

刘新章在心里念叨着,早已泪流满面了。

A28

天气好起来后,支队通知各单位,要以大队为单位搞一次野营演练,为了部队能适应在野外艰苦环境下的生存能力,还要在野外宿营。因为基层中队担负的都是看守看押任务,还得留下足够的人员负责勤务。

三中队就留下了副指导员吕建疆和排长吴一迪两个干部,还有一个排的人员留下来负责勤务,其他人员全部做好野营演练准备。

一听到要野营演练,叶纯子的兴致就特别高,她也要求参加这项活动。她认为这是千载难逢的机会,她可以看看部队真正野营演练是什么样子。再次来到塔尔拉后,叶纯子才真正明白,自己的心早已经与这片土地结合起来了,自己的血液里已经流淌着叶尔羌河的河水了,即使这里苦些,吕建疆在东北女人的问题上也与她产生分歧,可这些对追求人生本真意义的她来说,又算得了什么呢?她觉得自己已经和塔尔拉、和吕建疆融合在一起了,她已经离不开塔尔拉,离不开这个叫她既爱又恨的地方了。她来了,不顾一切地来了,并且毫无顾忌地扑进了吕建疆的怀抱里,这也表示着,她和吕建疆的关系已经明朗化了,不用拐弯抹角,也不用过多地解释和征求什么意见,就这么直接,就这么简单。所以,叶纯子已经俨然把自己当成一个塔尔拉人了,她想参与塔尔拉的一切活动。

但是,吕建疆反对叶纯子参加这次演练活动,他对叶纯子说:"野营演练属于军事活动,你怎么能参加呢?"

叶纯子说:"你们部队上不是一直喊叫着,军民是一家人吗?大家还鱼水情呢!这会儿怎么就嫌我是民了?"

吕建疆说:"这些不是一回事,军队总有军队的性质,有自己的秘密不能叫外人知道的,不然军队还怎么叫军队呢?"

叶纯子白了吕建疆一眼:"我才不爱听你讲这些大道理呢!你不让我去,我就找中队长、指导员说去。"

叶纯子到队部跟中队长、指导员说了自己的想法。

中队长王仲军笑了笑,说:"这事就不好说了,因为这是军事活动,你参与可能不合适。不过,我可以请示请示支队司令部,然后再回答你。"

叶纯子道:"那你现在就请示,我等着。"

指导员付轶炜说:"我看这事可能性不大,这又不是正式演习,有个观摩团什么的,地方的人可以参加观摩。像这种小范围的勤务性演练,没那么多程序,你以什么名义参加才能说得过去呢?"

叶纯子傻眼了:"那就没有希望了?"

王仲军说:"老付说得有道理,是这么回事。小叶你也不要急,咱们还是给你争取争取,看能否说动他们。"

叶纯子又激动地对王仲军说:"中队长,那就快点跟上面说说呀。"

王仲军到勤务室去用高频率对讲机和支队联系,喊了半天,才和支队司令部作战室联系上。他把叶纯子想参加演练的事跟值班参谋说了,值班参谋做不了主,说去请示参谋长后再答复王仲军。

过了一会,值班参谋回话,说参谋长要直接和王仲军通话。王仲军又把这个情况向参谋长汇报了一遍。参谋长一听完王仲军的汇报就问他:"这个叶纯子我知道,刘政委都在会上说了几次了,她现在和吕建疆的关系到底发展到什么程度了?"

王仲军不知怎么回答才好,想了想说:"从现在情况来看,关系明朗化了,局势定了,但能不能成,我看还需要再努一把力。现在的年轻人说变就变,像塔尔拉的天气一样。"

参谋长说:"咱边疆大漠里当兵的人找个对象多不容易,现在既然人家有意思了,就叫吕建疆积极主动点,要抓紧呵。为了让这个叶纯子住在部队和吕建疆培养感情,刘政委在会上还为她做了担保,可见首长用心良苦。这几年为了基层干部的婚姻问题,首长没少费心,都是咱这地方的条件给害的。你当中队长的,可不能不用劲呵,少给吕建疆安排点工作,让他和叶纯子多交流。你转告吕建疆这小子,他要是再不好好把握,放过这次机会,没把人家姑娘抓到手里,看我怎么收拾他。"

王仲军一听这话,简直就和当初刘新章和付轶炜说得一样嘛,心里忍不住笑,连连保证,一定执行好参谋长的指示,协助吕建疆把这事办得叫首长满意。不过……王仲军说到这里,故意停顿了一下。果然参谋长那面等不住了,问:"不过什么?有什么话就直说。"

王仲军才说道:"就是叶纯子小姐想去看看野营演练的事,参谋长你就同意她去吧。"

参谋长说:"这事我不能点头。因为叶纯子目前毕竟还是外人,就是她是军嫂了,也不能参加这项活动的。王仲军,你想想,规模这么小的演练,什么都不完善,她一个女人家,在一群男人堆里,野外宿营不好办,再说大小便等一系列的事都不方便。你转告叶纯子,这次就算了,等她嫁给了吕建疆成了军嫂,今后有的是机会。"

王仲军没有办法再争取了,他想想参谋长说得也对,带上一个女的确不方便,野外什么都没有,不光是她不方便,兵们也不方便呀。

王仲军正发愁怎么跟叶纯子说这事,一出门发现叶纯子和指导员、副指导员他们都站在门外边等着他呢。他和参谋长像吵架似的互相喊来喊去的,叶纯子早都听得一清二楚了。王仲军从勤务室里一出来,叶纯子就说:"我都听到了,参加不了就算了。中队长,谢谢你为我做的这些。"

说完,叶纯子转身就走了。她一个人把自己关在房子里,大半天都没有出来。

大家都明白叶纯子现在的心事,参谋长说的关于她和吕建疆关系的话她都听到了,谁也不好和她去谈论这事。干脆和她不说这方面的话题,怕人家姑娘家不好意思。王仲军只有单独对吕建疆说:"参谋长的话你都听到了,我可告诉你,已经到了总攻的时机了,可千万不能再让她跑了,不然参谋长会收拾我们的,首长也为你着急呢。"

吕建疆一脸要笑笑不出来,要苦又苦不下来的沉重表情。

付轶炜说:"老吕,这下就看你的了,任重道不能远呵!叶纯子走了又能够回来,这说明大好时机就已经在你跟前了,得抓紧时间,速战速决,首长都等着你这儿的动静呢。"

A29

通信员林平安这几天比较忙,演练的前几天就被大队部召去,做了两天的野营演练中通信员知识培训。培训只是简单地识别一些传达命令用的旗语和有关联络事项,因为在演练时,为了达到保密的程度,有些东西还按以前的方式来传达,这样也就更像演练,也适用于在野外荒凉的地方,没有现代化通信设备的情况下,可以联络。林平安两天也就学会了这些通信知识,又听大队部书记员强调了中队通信员的重要性,那种传达各种命令的神秘感,使林平安一下子觉得自己相当重要。一觉得重要,他就非常自豪,比刚当通信员通知各班、排长开队务会要自豪多了。这次他可是给中队长、指导员传达大队领导的命令呢!

接下来的几天,兵们都在盼望着演练的日子快点到来,他们都已经做好了各种准备工作。

林平安更是激动不安,出出进进的,显得很紧张的样子。其实他心里明白,这是由于他从没有参与过野营演练这样的大活动,心里太慌的缘故。他期待着演练快点开始。

演练终于开始了。

因为是以大队为单位的演练,所以规模很小,一个大队就几个中队的兵力,一共没有多少人。中队与中队之间都拉开一段距离,支队、大队的领导和组织人员乘坐的车子在各个中队队列边开来开去,中队干部和战士全凭两条腿,全副武装步行前进着。

在望不到边的泛着白碱的荒野里,几个中队的兵力难得集中在一起,平时都是执勤分队,现在聚到一起,人不多,但还是有了气势,演练队伍像一支出征的部队,场面还是很壮观的,刚开始还能叫人产生一阵儿自豪和激动来。徒步走了一天的路下来,大家先前的新鲜感就淡了,枪和背包全负载在他们身上,加上干燥和闷热,那种单调和疲惫就有了人生走不到尽头的失望感,那种豪迈壮观的气势慢慢地在队伍中就找不到了,队列变得有些稀稀拉拉了。

林平安是通信员,就没有背背包,他跟在中队长王仲军后面,给中队长背着水壶、挎包和手枪,腰里插着两面小红绿旗,很威风的。后来,走时间长了,大家都累了,后面的指导员赶了上来,也把自己的水壶、挎包和枪给林平安背了。林平安身上的负荷就有点重了,但他是通信员,应该给中队长、指导员服务的。

到了下午,三中队百十号人,拉开的距离却有三四百米,队伍已经不像个队伍了。支队大队的车不时地在三中队的队伍前前后后跑着,一个劲地下达着快跟上、快跟上的命令,车后面掀起一股股白沙尘。中队长就来气了,叫声通信员,叫林平安跑步去通知后面的指导员让队伍跟上,稀稀拉拉的像什么样子。

林平安回身往队尾跑,身上的物件叮叮当当地乱响,他用双手紧按住枪和水壶,跑到队尾,向指导员传达了中队长的话。

刚好支队大队的车又开来了,又在一个劲地催跟上,指导员气不打一处来,叫了声通信员,叫林平安去前面转告中队长,让前面压住步子,后面的跟不上了。

林平安又用双手按住叮当乱响的物什,跑到前面向中队长转告了指导员的话。

王仲军听了,愣了一阵,突然扑哧一声忍不住笑了,对林平安说:"这指导员挺有意思的,跟不上就跟不上,还让前面压住步子,也难怪,后面都是后勤炊事人员,背着全中队的吃食,负荷太重,肯定跟不上的。"

再有支队大队的车过来催,中队长王仲军就对他们说:"你们坐车的光知道催,就不知道这走路的有多累,我们背负着武器走了一天了,哪还有劲走?"

支队大队的车上坐的都是些参谋干事之类的人物,平时都熟悉,就说:"前面已经在探地形,一找好宿营地,就可以停下了,再加把劲吧。"

王仲军没话说了,因为这是军事演练,话是不能随便说的,他就叫林平安再去通知后面的指导员,再加一把劲,马上就到宿营地了。

林平安跑到后面,对指导员说。指导员问他到宿营地还有多长时间,林平安也不知道,指导员就叫林平安去前面问问,如果问到了,就到后面来通知他。

林平安又一颠一颠地跑到了队伍前面,准备给中队长汇报后面的情况时,被中队长用手势制止了。林平安这才发现打着手势的中队长很有英武之气,他壮实的身体走在队列最前面,看不出他有多么乏累,就像个指挥员的样子。林平安心想,中队长这才像个军人,关键时候,气度不凡。

中队长王仲军注意到了林平安的眼神,也有点猜到他此时的想法了,便走出队列,一边走着一边打量着林平安,看到瘦瘦的林平安身上却背了一大堆物什,又气又觉好笑,终于还是忍不住笑了,就要过自己的手枪、水壶和背包自己背上了,回身站到队伍一侧,挥着手大声喊道:"同志们,再加把劲,前面就是宿营地了。"

这样的常规性的鼓动还是能起点作用的。因中队长站在旁边看着,林平安发现队伍抖动了一下,比刚才走得有劲了,兵们又有了点精神,嚓嚓地从中队长面前走过。林平安对中队长又心生出敬佩来,在心里说,中队长就是中队长,兵们叫中队长这么一鼓劲,就是不一样了。

这时,中队长把双手掐在腰上,像欣赏自己刚写的一幅字或者画的画,欣赏着自己的兵,此时,中队长脸上的表情,叫林平安看了,他心想着中队长这时候是在享受呢,是那种内心很自豪、很满足的享受。林平安看得有些痴迷,心里翻腾着,当个中队长真威风!

中队长似乎看透了他身边这个通信员的心思,就用手拍了拍林平安的肩头,说:"林平安,你只看到了我这个中队长的自豪劲来,可你注意队伍了没有?"

林平安点了点头。

王仲军问:"注意到了什么?"

"你刚才一鼓劲,大家走得有劲了。"

"就这些?"

林平安点点头。

王仲军笑了笑,说:"你就没有看出家伙们的人气来,还有这个队伍的精神来?你如果在队伍里走,只是一分子,只是一个人的人气。可你站到旁边来,感觉马上就不一样了。"

林平安很认真地望着中队长。

王仲军说:"你看,这队伍像个啥?"

林平安看了看,摇了摇头,他不明白中队长的意思。

王仲军挥了一下手,说:"你注意看,这队伍多像一条带子。像荒漠上绿色的林带一样,是荒漠的魂,是一条生物带。每当我看到这样的生物带,心里就很激动,更何况在这样荒凉的大漠上,一队士兵,这样走着,像绿色的生物一样流动着。人和生物一样,都有一种向上的精气神,生物有生物的气势,人就有人气势,人的气就是生命的旋律。这样大家走在一起,每个人的人气都出来了,这么多的人气汇在一起,气势就磅礴了,大家就都有劲了。"

林平安当然听不懂,对中队长说的什么生物带和人气听得迷迷糊糊。

王仲军拉了把林平安,又追赶到队伍前面,边走边说:"你现在走进了这个带子,像一个生物,加入这个带子里来了,就成了一个群体的部分,成了生物存在的一分子,你的人气就和大家的汇到一起了。所有的生物,在群体里,生存起来,就会容易些,如果把一棵树种在一个没有任何生物的荒滩上,它生存起来就很困难,就像把你一个人放在这个带子的外面,你就会感觉到孤独,有种孤立无援的悲凉感,要生存起来,也就难多了。我们久居大漠的人,对生物有特殊的情感,你看到一个生机勃勃的群体,就会激动的。是不是这样,林平安?"

林平安听到王仲军叫自己的名字,这才从中队长深奥的高谈阔论中回过神来,虽然听得不甚明白,但还是使劲地点着头,心里更加佩服中队长了。

王仲军又说道:"你现在可能一下子理解不了我说的这些话,时间一长,经历的事多了以后,你就会懂得人这个生物在这个带子里的意义了。人本身就生存在一个带子里,为了生存得有意义,每个人就有了不同的生物带,不用我多说,这个道理你以后自然会明白的。"

林平安点着头,他上的学不多,但对"生物"这个词还是懂的,但中队长把人也当作生物,又说群体是一条带子之类的话,他一时还理解不了,更别说什么生存的意义之类的话了。他只知道,出来当兵,说面子上的话叫当兵尽义务,其实谁不是为了闯前程,见世面,混个出息呢?虽然大家都不说破,可心里都明白,谁不想出息,不想生存得好点,闯出一番前程来,改变自己的命运呢?一想到这里,林平安的心里就开始乱了。这一阵子,在叶纯子的开导下,他基本上能够正视自己的身世,也能正确对待他姐为他付出的一切叫他揪心的事了,他逐渐能够正常地看问题了。可现在经中队长这么一说,什么生物呀人气之类的事他不太懂,可生存呀命运之类的话又勾起了他心中的隐痛,他又有一些心神不定了。

A30

黄昏时,队伍才走到了指定的宿营地。兵们累得一个个往地上一坐,就不想起来了。这时,大队通知立即搭帐篷准备野炊的事,不然天黑了后,就不好弄了。

帐篷是卡车事先送到宿营地的,按班分发了后,各班都在忙乎着搭帐篷。

林平安招呼着从各班抽来的兵,把中队部的帐篷搭好了,给中队长、指导员弄好铺后,中队长让他去通知炊事班班长,先给每个人发一块压缩干粮垫垫肚子,然后尽快架锅做饭,最好天黑前吃上饭。

林平安正要去通知,指导员又叫住他,让他带些压缩干粮回来,他饿得肠子都快粘到一起了。

林平安到炊事班传达了中队长的话,给指导员把压缩干粮带了回来,想到前几天在大队部通信员培训时,要求各中队通信员一到宿营地,要密切和大队方面保持联系。因为林平安心里有事,把这事给搞乱了,到宿营地后又搭帐篷又通知这通知那的,还没有和大队取得联系。这时他记起来了,才在心里说了声"坏事了",忙放下手里的活,只拿上两面小红绿旗,到外面找大队部的帐篷。

大队部的帐篷搭在一个秃山包上,那样的秃山包周围不太多,离各个中队宿营点也不算远,并且选的位置高,方便和各中队联系。

林平安看着大队部的帐篷外面有几个通信兵正在调试着电台天线之类的东西,几个兵出出进进的,很乱,也不知道负责联络的传令兵联络了没有。

林平安注意着大队部方向的动静,这时,听到指导员喊他,他忙跑进帐篷。原来,指导员吃压缩干粮要他的水壶喝水。林平安这才想到把身上的东西全部取下来,他从到了宿营地后,就一直没有停歇过,还没有顾上取身上的东西。正在帐篷里弄着这些,大队部书记员来到了三中队,在外面大声喊着林平安的名字。

林平安答应着到外面问书记员有什么事。

"什么事?"书记员没好气地说道,"你到宿营地也不跟大队部取得联系,你这个通信员是怎么当的?"

林平安正想解释,书记员却不容他开口,又严厉地说道:"你当这是玩呀,这么不重视!前几天培训时给你怎么讲的?这是军事行动,不同于平时,出了差错,要担责任,背处分的!"

一听到"处分"两个字,林平安的心里就咯噔了一下,心想这下坏了,如果背上个处分,这辈子就算完了。

这时,中队长和指导员走了出来,问是怎么回事,林平安低着头不吭气,书记员把大概情况说了一下,见林平安一副沮丧的样子,也没有再动气。中队长替林平安解释了一下,说如果出了什么差错,他王仲军来承担责任。指导员也说如果只是到了宿营地我们三中队没有跟大队部联络这件事,大队领导要问的话,他去跟大队长和教导员说清楚。

书记员见三中队长和指导员这么说,也不好再说什么,叮嘱林平安从现在起一定要注意着大队部方面的联络信号,然后就走了。

王仲军和付轶炜安慰了一下林平安,叫他不要多想,今后注意就行了。

林平安心里才稍微平静了些,心里还想着书记员说背处分的事,从中队长、指导员的口气上虽然听到不会背个处分了,但他恨死了自己的心神不定。

太阳落山的时候,炊事班终于做好了饭,开饭了,林平安去炊事班给队部打好饭后,他倒着步子往队部的帐篷方向走着,眼睛盯着大队部的那个秃山包,不想,一下子被绊倒了,一盆饭菜全扣在了自己身上。他扭身一看,原来是一丛红柳绊倒了自己,胸中一股火气呼地冲了出来,爬起来将那丛红柳踩了几脚,红柳被踩倒后,又软软地挺起了身子,他就更生气,还要上去踩。这时,他看到大队部方向,有个联络兵开始打出旗语,问各中队开饭了没有。林平安赶紧从腰上取下小旗子,很认真地打了三中队已经开饭了的旗语。他在打这个旗语的时候,心想着,难道连开饭这样的事也算秘密,不能用嘴说吗?

B10

刘新章想着他必须去见青婆,因为秋琴死后的那天夜里,青婆就开始神魂不定地从秋琴的家里或者苍茫的洪荒里往那片军息林中给秋琴叫魂。整夜整夜的叫魂声使刘新章彻夜难眠,他躺在床上,在青婆的叫魂声中,谛听自己灵魂的深处,永远失去了一个亲近的人,他心里感觉到了那种悲哀,有种感情自觉地绷紧起来。

他的大脑里一片空白。

他觉得像有什么黏滞无神的东西已经从他的身上撕扯走了,有种像光一样的东西照在他被撕扯得千疮百孔的身体上,他像一条被刮光了鳞的鱼,在床上挣扎着,临近窒息一般的死亡。他受不了了。

青婆根本不听刘新章的劝告,她说秋琴的魂不在躯体上,在外面死的人,那一刻魂都不在躯体上,不然就不会在外面死得糊里糊涂了。青婆要把秋琴的魂叫到秋琴的归宿地与躯体合在一起,那样秋琴才能算完整地到另外一个世界里去了。

秋琴的尸体停放在军息林里,因为在外面死掉的人不能停尸在家里。段建新也是这么做的。

秋琴的弟弟秋生为秋琴在军息林守灵的第一夜里,他就把那棵沙枣树砍倒了。那时候沙枣树上的沙枣果已经熟了,沙枣果落了一地。

刘新章本来是该去给秋琴守灵的,可根明叔不让他去。红柳也不让他去,红柳说:"对于秋琴你始终是个外人,你不能去给她守灵。"红柳说得有些冷,让刘新章有些不舒服,他觉得红柳还在计较他对秋琴的感情,可是,这种感情已不再是当初初恋的情感了,红柳你明白吗?刘新章心里对红柳说。

根明叔给女儿秋琴守了灵,他坐在沙土地上看着黑夜里的军息林,一直看着秋生砍倒那棵沙枣树,他没说一句话。那天晚上是中秋夜,军息林中洒满了惨白的月光。

青婆的叫魂声就像秋琴所有浓缩了的生活内容,苍凉哀婉地飘荡在大漠空洞的夜晚,游丝一样缠绕在塔尔拉的周围,首先包围了刘新章,使他睁着眼一直等到看到了窗户外面的亮色。他本想在青婆的叫魂声中爬起来如魂一样地去军息林,去看一看秋琴的魂灵究竟有没有在青婆的叫喊声中回到她原来的地方。可他身旁躺着他的妻子红柳,红柳一直紧紧地抱着他,就好像知道只要她的手一松开,他就会爬起来离开她一样。

刘新章去找青婆时,秋琴已被匆匆地埋在了她上吊的那棵已不存在的沙枣树下了。

青婆说秋琴死得可怜,活的时候就可怜,没过一天好日子,好容易有了儿子该过好日子了,竟做了傻事,她也真舍得下。

"她这样做也是一种解脱。"刘新章突然这样说,在经历了一个痛苦的夜晚之后,刘新章好像经历了一生,也明白了一生的意义。

"你可不能这么说。"青婆说,"秋琴和她的那个戏子妈可不一样。"

刘新章说:"这个我知道。"

"秋琴就是有些傻。"刘新章又无奈地说。

青婆其实也很傻,从塔尔拉人叫她青姑娘最后实在没法叫了干脆叫成了青婆,就很傻。当然青婆的一生也有她自己的道理。

那也是一种人生。

A31

拉肚子的高峰过去后,吴一迪的身体渐渐恢复了一些,于是每天晚饭后,他都到营房后面的戈壁滩上去转悠。已近黄昏,太阳的余晖将西边的半壁天空烧得着了火似的,整个戈壁滩上蒙了一层青里透红的色彩。戈壁滩没有了白天太阳下的狰狞感,倒像平静而辽阔的海洋,吴一迪仿佛有种站在海边看日出的感觉。他的家乡就在海边,日出时,一抹朝霞就是这样将海面映成青红色的,在广袤的起伏之中透着母性的宽容。

这种时候,吴一迪往往心静如水,也思考一些柔和的问题。蓝天在上,和平在下,一个关于人生的永恒话题——爱情,就会在他心里驻足。

一想到"爱情"这个词,他的脑子里马上会浮现出一个姑娘的影子,确切点说,是一个叫阿芒的姑娘的影子。阿芒是他的同学,他的心里早就装着了,可他一直没有对阿芒透露过。有过许多次机会,他都错过了,没敢说。

天渐渐暗了下来,西天边忽然消失了的青红色将吴一迪惊醒了。他左右看看,才发现自己面对的是晚霞和晚霞下面的凝滞不动的戈壁滩。他的心抖了一下,戈壁太寂寞了,寂寞的戈壁才更需要爱情的润色,他给自己鼓劲,无论如何都得给阿芒写封信,大胆地向她表白自己的感情,得拿出一个边疆军人的气势来攻下这个堡垒。其实用这种方式鼓励自己已经有过好多次了,可每次铺开信纸,他又下不了这个决心,不知该写什么才好。

吴一迪踏着淡淡的夜色,往营区返回时,无意间往马厩的方向望了一眼,竟看到一个人影进了马厩。

吴一迪吃惊不小,谁这么大胆敢私自进马厩呢?他躲在一边,想等那个进去的人出来,他要看一看到底是谁这样漠视部队纪律。

不一会儿,那人就从马厩里闪了出来。天色有些暗了,吴一迪辨不清是谁,就不远不近地跟着他进了营区。他终于看到那人在手里拿着一只空盆子。他一下什么都明白了。

自从那个犯人的亲属——东北女人住进马厩后,没有办法把她赶走,三中队几个干部动了不少脑筋,软的用过了,硬的又来不了,东北女人的那个大肚子一挺,这些男人强硬的目光就先软了,每次鼓起的勇气都叫这个女人的大肚子给顶了回来。没有办法,也向支队汇报过,刘政委来塔尔拉时说了些规定之类的话,也一起到马厩里去看过东北女人,政委也被那个女人的大肚子给弄得没法,态度变得一点也不明朗了。后来大家都有意避开这个话题不说,东北女人也就一直住在马厩里。但在全中队军人大会上,指导员付轶炜明确讲过几条纪律,战士们都很遵守,没有谁违犯过。

但这几天,指导员付轶炜忽然发现,东北女人腆着大肚子开始频繁地出现在营区周围,并听到士兵们对她议论纷纷,就很担心,害怕会发生一些如同她突然住进马厩一样,叫人意想不到的事。

付轶炜忧心忡忡地对王仲军说:"得想个办法,可千万别出什么乱子来,到时可是谁也担当不起。"

王仲军说:"想啥法子呢?只有强行赶她走,可你看她这情况……"

付轶炜不吭气了,半晌才说:"这个……不好说,咱得另外想法子,最好能从咱们这面解决这事。"

王仲军说:"上次不是已经给大家定了纪律了吗?"

付轶炜想了想,说:"这不是长久之计。她要是一直这么住着,难免不出个啥事的。咱的士兵再守纪律,那个女人可不是个一般的女人,咱们得想个长远点的办法。"

"你想咋办?"王仲军问。

"咱们不是一直想打个围墙吗?"付轶炜说。

"那是为了保护营区的沙枣树不叫羊啃坏了。"

"是呀!现在这种情况,打围墙不正是一举两得吗?既圈住了羊进来,也把那个女人隔在了墙外。"

王仲军思忖着,动手卷起了莫合烟,卷好后,点上火,才说:"这样做妥不妥?这么荒凉的地方,一个单身女人,又怀有身孕……"

"可咱是部队,纪律是重要的,打个围墙,总要好些。"付轶炜挠着头,过了会又说,"另外,如果可以,我们派个人远距离地关注她保护她,万一她要有个什么不妥的地方,也可以实行人道主义的嘛。"

王仲军抽着烟,不吭声。抽完一支后,又卷了一支,才说:"围墙肯定要打。沙枣树贵重呀,每年都叫羊啃死几棵。为了这树,也得把围墙打起来。"

付轶炜说:"就算为沙枣树吧,打围墙是对的。有了围墙,营区才算个营区嘛。"

打围墙是个大工程,光打土坯就得一个多月时间。

"看来要干,也得过上十天半个月的,"王仲军说,"苦水期把大家折腾够了,又经过了一场野练,还是再等上几天,等兵们都缓过劲来才行。"

付轶炜说:"咱抓紧点吧。"

苦水期终于过去了,像经过了一场灾难似的,大家脸上都是疲惫。兵们似做了一场长长的梦,恍恍惚惚地过了这么久才回到现实中,竟有些陌生感,好在紧接着的一场演练又让他们找着当兵的感觉,明白了自己还是个军人。

吴一迪去涝坝边看了那水,水清了不少,涝坝边上也是湿湿的泥土了,不像苦水期时,边上根本看不到泥土,全是硬硬的碱壳子,白得晃眼。

吴一迪不明白,现在天依然热着,昆仑山上的积雪还在化着,水咋就不苦了?他去问正在打水的阿不都,阿不都说:"水把渠道里的盐碱冲干净了,水就不苦了,但到了明年,地上又泛了盐碱,水还照样苦。"

吴一迪说:"不管怎样,今年的苦水期总算过去了。"

苦水期过后不久,沙枣花开了。米粒大的沙枣花灿烂地开遍了塔尔拉,这种能给塔尔拉结出渡难关果实的小花,散发出的香气把整个塔尔拉都熏醉了,就像是被装饰过一般,塔尔拉有一种很绚丽的感觉。

最开心的就是叶纯子了,她在沙枣花还是个不起眼的花苞的时候,就整天围着沙枣树转悠,她是奔着沙枣花或者说是借着沙枣花来到塔尔拉的,她渴望沙枣花的盛开,她激动地盼着沙枣花以鲜艳的容颜绽放在她的生活里。

似乎只是在一个晚上,沙枣花就突然绽开了。早上一起来,一股浓郁的香味已铺天盖地地笼罩住了塔尔拉,叶纯子一睁开眼,这种奇异而浓烈的香气便将她的心肺灌了个满满当当。她知道是沙枣花开了,就赶紧爬起来,几乎是冲到了院子沙枣树的跟前,又深深吸了一口香气,在心里喊道:"吕建疆说得没错,沙枣花果然比所有的花都要香。"她闻着这从来没闻过的浓烈的花香味,整个人都陶醉了。在没有风没有尘土的荒原上,沙枣花的香味纯净而浓郁。

在这浓郁的醇香里,叶纯子仔细地看着一朵朵排列得整齐有序、白中透着淡淡米黄色的小花朵,不知它何以能发出这么浓烈的香味,并且有一种气势,一种排山倒海的气势,也是一种威迫人就范的气势,这种气势并不让人反感,相反地,更让人有沉溺其中的欲望,更让人刻骨铭心,无法忘记。叶纯子在心里叹道,这真是一种能从骨子里冒出香味的花啊!

整个营区沉浸在沙枣花的馨香里的时候,打土坯的工程开始了。

阿不都叮叮当当地赶做了一些打土坯用的木板模子,又从监狱借了一些,可因为人多,还是不能做到人手一个。王仲军就将兵们按班排成两组,一个组打土坯,一个组和泥,一天一轮换。这样,除过上哨干杂事的,全部人员都投入打土坯的庞大工程中了。

在大操场边上的一块闲地里,引来水泡湿了地,然后将地里的湿土挑出来堆在操场角上,再洒上水和成泥巴。和这么多泥巴,不好操作,在阿不都的技术指导下,和泥巴的兵们就脱掉鞋子,挽起裤子,用脚去踩。将泥巴踩匀了,像醒面似的醒上一夜,第二天就可以打土坯了。

打土坯的场面非常壮观。

兵们先是脱掉了上衣,接着扒掉了背心,让上身的肌肉暴露在阳光下,随后又褪下了长裤,身上只剩下一件军用大裤头。在冷清的荒原上,一片青春的雄性肌体裸露着,在阳光下闪着耀眼的光。

才干了半天,兵们就嫌头发上溅了泥巴不好洗,又出汗多,干脆在午休时,抓起理发推子,你给我推,我给你理,都剃成了光头。

下午,剃了光头的兵们在操场打土坯时,太阳就照着一片青白的头,白花花的耀人眼目。

受这场面的感染,王仲军也脱得只剩下一条大裤头,光着脚丫,加入打土坯的行列里。

打土坯的工作一开始,吕建疆和吴一迪就按捺不住自己激动的心情。他们几下就扒掉了身上的衣服,光着脚踩在面团一样的泥巴里,和打土坯的兵们混在一起,心里有种说不出的舒坦。

只有付轶炜一个人依然穿着衣服。直到后来汗湿了衣服,他才在大伙连说带劝中脱了上衣,但依旧穿着长裤,在操场上的兵阵里,很扎眼。

王仲军就笑呵呵地对付轶炜说:"你太瘦,不敢脱长裤,是不是怕大家看到你空荡荡的大裤头啊?"

兵们哄笑起来。

有个老兵说："指导员,还是脱掉吧,屁股瘦了,凉快。不信,你试试。"

付轶炜说："你以为这是和尚庙呀,别剃了一片光头,就都像和尚练功一样了。"

王仲军将一块土坯摔在地上,抹了把汗,说："这怕啥呀!荒滩上,跟澡堂子一样,一大群男人就像在男澡堂似的,脱光了都没人看。"

付轶炜说："你可别忘了,人家叶纯子在这里呢!人家还是个姑娘,你们不注意点形象也该注意点影响。"

王仲军说："照你的说法,男女在一起还不能游泳了?再说,人家叶纯子是艺术家,用的是艺术的眼光,才不会像你这么守旧呢!再说了,她迟早都是我们塔尔拉的人,是不会对塔尔拉的兵们有看法的。是不是,老吕?"

吕建疆没办法回答王仲军,摇了摇头,没有吭气。

付轶炜却说："叶纯子快是咱自己人了,可以不说,但你们别忘了马厩那面还有那个东北女人呢。"

大家都愣了一下,往马厩方向望了望,热闹的场面就像是烧得正旺的火被一下泼了一盆凉水,刺啦一声,就冷了下来。

王仲军在逐渐降了温的气氛里,大声说道："咱又没脱光,管他个啥女人不女人的。"

A32

打土坯的场面又热烈了起来,受这样气氛的感染,兵们每天打土坯下来，竟不觉得累，每天吃过饭休息时，各班都还叫着阵，要比赛打一场篮球呢！

这就是兵。兵就应该有这样的活泼气氛，不然，哪还叫什么兵？

中队里的几个干部，每天都混在打土坯的行列里，和兵们一起糊一身的泥巴，大声吼着、笑着，非常热闹。

坏消息也是这个时候降临到塔尔拉的。

确切点说，是指导员付轶炜得到了一个不好的消息。

这天，通信员林平安将付轶炜的一封信送到了打土坯的操场上。

付轶炜没顾上搓一下两手的泥巴，抓过信，看了一下，见是乌鲁木齐他爱人单位的地址，愣了一下，就撕开了信。

看着信，付轶炜的脸色变了，成了信纸一样的苍白色，很快，兵们就听到一向稳重、严肃的指导员突然间发出一阵干涩而空洞的大笑。这笑声像秋风中枯萎的胡杨树叶，哗哗地响在兵们心头上，叫人听着有种恐慌感。

嘈杂的操场上的兵们在那一瞬间，突然像一个没有人的荒原，静了下来，只有灼人的热浪，在没有遮拦的操场上，一阵紧似一阵地涌来涌去，舔得所有裸露着的肌体像火烘烤过似的烫手。

吕建疆的心一紧，预示到了什么事情发生似的朝叶纯子待的地方看了看。此时的叶纯子正在这个壮观的场面写生。

王仲军用沾满泥巴的双手提了一下宽松的大裤头，走到付轶炜跟前，探询般地用目光扫过付轶炜惨白的面孔，最后落在付轶炜手上的几页信纸上。

兵们都看到,指导员的瘦脸上的那点肌肉一抽一抽的,像被风掀动的枯叶,很有节奏地动着。兵们弄不明白,指导员手中的那封信到底写了些啥,竟使他这么痛苦。

王仲军还是轻声问了付轶炜:"出啥事了?"

"没啥!"

付轶炜冷着脸,答了一声,随即又对兵们喊道:"都愣着干啥!打土坯!"

喊完,付轶炜唰地扯开自己的裤带,褪下长裤,往地上一甩,迈着两条干瘦的长腿,噔噔地冲到泥巴堆前,几下撕碎手中的信纸,弯腰将撕碎的信揉进了一团泥巴里。然后,他将那团泥巴抓起,啪地摔在脚前的木模里,光脚上去在模子上跳了几下,将泥巴踩实,端起模子跑到操场边上,啪的一声将模子倒扣在操场上。

那是一个结结实实的,和别的土坯没有什么两样的土坯。

兵们都呆站着,默默地盯着指导员打土坯,然后望着指导员打出的那块结实的土坯愣神。

这时,王仲军大吼一声:"干活!"

兵们神经似的抖动了一下,都冲向了泥巴堆。操场上又响起了一片摔打、脱土坯的声音,却没有了先前的吼声和笑声了。

后来,有人才得知,指导员付轶炜那天收到的是他老婆寄来的离婚协议书。

只过了一夜,付轶炜就显得苍老了许多,脸更黑更瘦了,眼窝深得吓人,下巴和脖子上胡子拉碴的。他第二天照常出现在打土坯的操场上,兵们都吃了一惊。

王仲军就劝付轶炜给政治处用对讲机喊个话,请几天假回乌鲁木齐去看一下,看能不能挽回。

付轶炜冷笑着说:"挽回个啥呀?她提出来倒好了,我一直还不忍心哩。"

王仲军还想劝,嘴动了动,却没再说啥。

操场上没有了往日喧闹的气氛,兵们情绪低落,一个个只是默默地干着活,除了踩泥巴和摔土坯的声音之外,再没有一个兵说话。

王仲军就对付轶炜说:"你休息几天吧!"

付轶炜回头瞪了王仲军一眼,只管去打土坯。

王仲军没办法,休息时,就对付轶炜说:"你这样子憋着咋行?兵们都盯着你呢!你没见操场上的气氛不对劲了吗?这样下去不是个事儿。"

付轶炜不语。

王仲军掏出纸条,卷起了莫合烟。

付轶炜伸过手来,问王仲军要了报纸条,竟熟练地卷了支莫合烟,抽了起来。只抽了一口,太猛,又咽进了肺里,呛得他跳了起来,大咳不已,脸憋得通红。

王仲军看付轶炜的样子,心里不忍,要取付轶炜手中的莫合烟。付轶炜不给,接着又抽了起来。

王仲军愣了好长时间,才说:"你这样干啥呀?自己受罪。"

付轶炜只抽着烟，没吭气。他已经不往肺里吞烟了。

"要不，"王仲军说，"你去营房后面吼几声，那样也许会好受点。"

付轶炜将烟抽得只剩指甲盖大点的烟头，往地上一拧，就起身走了。

他来到营房后面，站在一望无际的戈壁滩上，面对空旷的荒原，付轶炜凝神静气，放眼望去，视野很开阔，虽是满眼的荒芜，却使胸间平静了不少。

付轶炜伸长脖子，将头仰起，用上全身的劲，放开嗓子，嗷——嗬——嗬地叫了一气。他的叫声沉闷而又雄浑，向戈壁深处荡去，带着他胸中的压抑，往四处扩散，直到跌落在黑色的戈壁滩上，碎得像沙子一样，缓缓地钻进戈壁滩细碎的石子缝里，消失得没有了一点痕迹。

喊完，付轶炜出了一头一身的大汗，像大病初愈似的，浑身通畅。

晚上，付轶炜提出，将中队部的饭菜打到房子里，又对王仲军说："快去拿出你的库存吧，咱喝几杯，润润嗓子。"

王仲军没说二话，回他屋里拎来两瓶昆仑特曲，说："这几天打土坯确实累了，喝杯酒解解乏。"

几个人围在一起，将门窗关紧，怕兵们听到声音，影响不好，就闷在屋里，热烘烘地喝起了酒。

王仲军几次扯开话题，想劝付轶炜几句，都被付轶炜用话岔开了。

"来,咱喝酒。"付轶炜端着酒杯,不断地提议。平时,他是不抽烟不喝酒的。这会儿,他一边卷着莫合烟,一边喝着酒。

吴一迪看着付轶炜很娴熟地卷着莫合烟的样子,就问指导员以前是不是也抽过烟。

付轶炜说:"没有。"

"你卷烟怎么这么熟练?"

"还不是被熏陶的?"付轶炜望了望王仲军,说,"这莫合烟,冲,劲大。"

付轶炜喝多了,醉倒在床上,不断说着梦话。

吴一迪没喝多少,怎么也睡不着,在付轶炜的梦话里翻来覆去折腾了半夜,实在睡不着就穿衣出门去查哨了。

戈壁上的夜静得有点可怕,夜黑得不是太彻底,因为天上有星星,天光璀璨,星辉宛若回旋的涡流,布满了苍穹,使天空泛出浑然一体的白色,唯在靠近星星处略显幽暗,然而天空有点亮色,仿佛那儿有一片天鹅绒遮蒙着无量的光芒,晶莹的星星只不过是那无法描绘的亮光借以透射过来的孔隙熠熠生辉,月华和星辉滔滔汩汩,奔涌流泻,像泡沫一般翻腾。天空似乎在一个隐秘的深处燃烧,将所有的尘埃都燃着了,烧光了,最后只剩下了黑色的灰烬。

在这样的夜晚里,在没有灯光设施的哨区,偶尔能听到哨兵的一声咳嗽,此外再无声息。

吴一迪不用打手电筒,就能准确地走到监墙哨楼上。在一号哨楼对过口令后,他发现一号哨位上站着的是中队长王仲军,他很奇怪地问道:"中队长,怎么会是你?"

吴一迪从床上爬起时,却没有注意王仲军在不在他的铺上,他不知道王仲军什么时候已经上到哨位上来了。

王仲军轻声说:"睡不着,就站班哨吧!"

吴一迪说:"我也睡不着,让我来站这班哨吧!"

王仲军说:"你下去吧!指导员喝得有点多了,别叫他掉到床下了。"

吴一迪还想说话,王仲军却开口说:"吴排长,你别再影响我站哨。"

吴一迪无奈,就去其他几个哨位查哨。他本想在别的哨位代哨兵站哨的,又放心不下喝醉了的指导员,就下了哨楼。

那夜,吴一迪发现,中队长站了一夜的哨。第二天吹起床哨后,快出早操时,才见中队长下了哨楼。

土坯打好后,全在操场上摊开晒着,排列整齐地摊了一操场。这就是兵们干的活,每个土坯之间的距离相等,一个拳头十厘米的间隙,横竖都是一条线,似一个密集而庞大的兵阵。

吴一迪站在操场边上,披一身灼烫的阳光,望着眼前的阵容,心潮澎湃。他心里一直想着,这要是一个兵阵那该多好,让我对这么庞大而整齐的群体队列喊几声口令,该多么过瘾啊!

他绕着操场走了几圈,像个将军检阅部队似的,在心里下了几声口令,他似乎看到眼前有了动静,土坯像兵们执行了他的口令,正在变换队形。一会儿纵队,一会儿横队,整齐而有秩序,从那种嚓嚓的脚步声中,似乎可以听出是上千万个士兵在一起操练一般,气势非凡,这个场面叫吴一迪心里激动了好长时间。

付轶炜提出:"土坯打好了,开始挖围墙地基。"

王仲军说:"那就挖吧。"

挖地基时,兵们分散开,以班为单位划了区域,围在营区周围。

土坯打了一个月零四天。这种重体力活,也不见兵们累乏,可到了挖地基这种不太重的活,却见兵们懒洋洋的,干活时无精打采。付轶炜不时地到各个班的工地,一个劲地催着兵们。

王仲军却说:"家伙们可能真累了。"

付轶炜说:"咱还是抓紧点。"说着,看了一眼马厩那边。

王仲军说:"家伙们真怪,合在一起,能搬动山,一分散开,就没劲了。"

"部队最怕分散,紧张,活泼也严肃,才叫兵,才有气氛。"付轶炜说。

吴一迪想,指导员这话有一定的道理。

A33

有段时间,阿不都常来找叶纯子,让叶纯子帮他念他对象写来的信,念完信,还要帮他写回信。

阿不都的对象阿依古丽从小上的是汉族学校,会说维吾尔语,却不会写维吾尔文字,一直用汉字给阿不都写信。阿不都上的却是维吾尔语学校,阿不都会写维吾尔文字,虽然会说汉语,却认识不了几个汉字,写就更难了。因此,阿不都收到对象的信后,就要找人给他念信,然后再托人给写回信。时间一长,就有兵们给他念信时,常加些信里没有的内容,故意逗他玩,开他的玩笑。阿不都找来找去,就找到叶纯子这个地方来了。

"嫂子……"

阿不都这样称呼叶纯子,被叶纯子匆忙打断了:"阿不都,你胡叫什么呀?"

阿不都意识到叫错了,不好意思地说:"对不起,对不起,我们当兵的都这么叫,习惯了,一下子不知怎么称呼你才对。"

叶纯子红着脸说:"谁要你称呼我了,叫我名字不就行了?你们部队上的人,见谁都要带个称呼,这样多别扭。"

阿不都听叶纯子这样说,就有点诚惶诚恐,他和叶纯子平时说话很少,这会儿不知道说什么好了,就一个劲地绞着手指头。

叶纯子看着阿不都的样子,忍不住扑哧一声笑了:"阿不都,你都是个老兵了,没想到你还这样拘谨,怪不得他们爱捉弄你,开你的玩笑呢!"

"塔尔拉偏僻,没有什么有趣的事,平时大家都闷得慌,开开玩笑也没有什么,只是他们老没个正经,我也猜不透他们说的哪句是真,哪句是假。所以我就想……"阿不都说到这里停下了,看着叶纯子。

"说吧,你想干什么?"

"我想找你给我念信,帮我写回信。"

叶纯子早就听说了阿不都找人念信、写回信的事了，现在见他来找自己，就说："你就不怕我也拿你开玩笑？"

"你不会的！"

"为什么我就不会呢？"

"你那么漂亮，又那么善良，我就认定你不会的！"

叶纯子心里一动，诚恳地说道："谢谢你对我的信任，阿不都，就凭你和你对象的这种不同文字的交流法，都叫我好感动。放心吧，我一定给你认真念信、写回信。"

阿不都便拿出他的对象阿依古丽刚寄来的一封信来。叶纯子看了信，给阿不都原文念了一遍后，说："阿不都，阿依古丽肯定是个漂亮美丽又善解人意的女孩子，她到喀什上卫生学校，她说要找机会来塔尔拉看你，看你多幸福呀。"

阿不都一听他的对象要来塔尔拉，急了："她千万不能来塔尔拉，来了可就坏事了。"

"怎么了？"

"你不知道，我原来告诉过她，塔尔拉像和田市一样美丽，到处都是树木、花草，还有泉水呢，"阿不都说，"她要是来了一看塔尔拉这种荒凉的样子，还不说我在欺骗她？"

叶纯子说："你以前不该给人家那样说。"

叶纯子这样说时，想起那时候吕建疆给自己讲的塔尔拉沙枣花的事来，不由自主地笑了笑，想这塔尔拉的人真怪。

阿不都却沮丧地说："我要是照实说了塔尔拉的环境，她不愿和我好了怎么办？"

"怎么会呢？只要她真心喜欢你，别的对她来说都不再重要。爱情这个东西很奇怪，有时它需要建造在一些条件之上，有时它又建造在没有任何条件的空白处，尤其是女人一般都把爱看得很重要，有时根本不注重一点条件，只知一味地去爱自己所爱的人，别的她都不去计较。"

"你这么说，我想问你对我们副指导员也是这么不计较吗？"阿不都突然把话题扯到了叶纯子身上。

叶纯子没想到阿不都会转变话题，将矛头直接指向她，心里慌了一下，随即又镇定了说："你说呢？我在塔尔拉都待了这么长时间，不管我和吕建疆之间怎么样，我对塔尔拉是真心喜欢的，所以谈不上计较与不计较。"

阿不都说："那么你是怎么想的？不光是我，我们三中队的干部战士都想知道你是怎么想的，还有整个塔尔拉的人都盼着你留下来，成为我们的军嫂呢！"

叶纯子一看阿不都那副一定要探究个结果出来的执着劲，就不知道该怎样来回答他，就这样认了吧，有些不甘心；不认吧，又有点伤人心，就故意把嘴一噘，装作生气地说："阿不都，你要再问我这个问题，我就不帮你读信了，今后还叫他们去开你的玩笑吧。"

阿不都一看叶纯子真要生气了，忙说："好了好了，我不说了，还要求你给我对象写封回信呢，想告诉她不要来塔尔拉。"

叶纯子说："你这样做就不对了，人家要来看你，说明她心里装的全是你，你怎么能不叫人来呢？有机会，还是给她讲清楚这里的情况,解释一下,爱情这东西容不得假,哪怕是善意的假话。"

"好吧,我听你的,就麻烦你帮我写封回信,给她解释一下吧。"

"可以。不过,阿不都你以后要学会自己给她写信,这样才能体现你的真情实意,别人写得再怎样都不能完全表达出自己的心意来,这样慢慢感情会变味的。"

阿不都说:"我光会说汉语,不会写汉字,认也认识不了几个。"

叶纯子一听却来兴趣了,说:"不会可以学呀!阿不都,你想不想学?想学就由我来当你老师,每天可以教你学写汉字。"

"这当然好了,"阿不都说,"我求之不得。但我就怕我笨,学不会,以前我也想学汉字,可汉字写起来太难了。"

叶纯子说:"谁说你笨了?你肯定学得会,其实汉字也不难学,你照着画就行了。这样吧,从今天起,就开始教你练习写字。"

叶纯子在纸上写了阿不都对象的名字,递给他说:"你先要会写阿依古丽的名字,然后再学别的字。"

阿不都点着头,拿上字在闲暇时间里练字。他写起汉字来特别费劲,汉字笔画多,不好搭配,他刚开始写,歪歪扭扭的一点都不像,越写越大,浪费了不少纸张,也没有把"阿依古丽"这四个字写会、写好。

吕建疆见了,对阿不都说:"干脆你到篮球场去练字吧,篮球场那么大,又是水泥铺的,可以用粉笔写,想怎样写就怎样写,也不用浪费纸张了。"

阿不都有些难为情,给叶纯子一说,叶纯子非常赞成,说:"你为了爱情,有啥难为情的?这样才更能体现你练字的决心和一切为了爱情的真心。"

于是阿不都每天的休息时间里都蹲在篮球场上,用粉笔练习着写"阿依古丽"这四个字。兵们又跟在他的后面起哄,开他的玩笑,他不管不顾。有的兵也找来粉笔,蹲在篮球场上写起了"阿依古丽",各种字形的这四个字,几天时间,就写满了篮球场。兵们没事就围在篮球场上,评头论足着各种字体,唯有阿不都的字写得最不好,歪歪扭扭的,但他写得最多,占了有一大半篮球场。

叶纯子每天在兵们跟在阿不都后面起哄时,都到篮球场上帮阿不都说话,阿不都就一点也不顾兵们说什么,只是一个劲地练字。

付轶炜看了,说:"阿不都的对象真幸福。"说着这话时,付轶炜的情绪就有些低落。

吕建疆看指导员情绪不好,便说:"为了阿不都的爱情,咱们可以今后不打篮球,就把篮球场让他练字好了。"

付轶炜感叹道:"咱塔尔拉的男人真是痴情啊!"

王仲军过来说:"咱塔尔拉的男人都是好样的,对待爱情的这个劲头,谁看了都会感动的。"说着,他看了看叶纯子,故意对她说道:"你说呢,叶小姐?"

叶纯子笑了笑,说:"我要是阿依古丽,准会感动得流泪的。"

兵们喊了声"好"。有个兵就问叶纯子,塔尔拉就没有叫她感动得流泪的人?

兵们又喊了声"好",认为这个问题问得很有实际意义。

叶纯子当然明白兵们这声好的意思,她微微一笑,很镇定地说道:"有。塔尔拉的每一个人都叫我非常感动!每一件事都会叫我永远难忘!我跑这么远到塔尔拉来,原来只是出于好奇,想看看塔尔拉到底是什么样子,沙枣花到底能香到什么地步,没想到,这几个月来,我发现塔尔拉不仅仅只有沙枣花才是耐人寻味的。塔尔拉是一个很深刻的地方,光一个苦水期,用塔尔拉产的沙枣治拉肚子这一项,就够深刻的了。我现在想,塔尔拉不能用这么一个比较奇特的名字和沙枣花来说明它的内涵,这里的一切,每一个人,都能叫我感动得流泪!说句实话,刚来塔尔拉时,我以为我是很有优越感的,在这荒凉孤独的塔尔拉里,我是十分幸运的,因为我生活的地方是一个到处都有着葱郁的绿色城市,有这里没有的许多东西,就是见到的人,也是光洁和干净的。但现在,我对这个地方只有尊重和热爱。"

兵们都静静地听着,静静地看着叶纯子,谁也没有打断她。

B11

在刘新章的印象里,郭连长只是个整天沉溺在酒里面的人,他对于后来发生在塔尔拉的事一直是很淡漠的。刘新章想,即使这个世界已经天翻地覆了,他也是漠不关心的。可是秋琴死后,他却在一个十分平静的日子里,跑去砍下了段建新的手。郭连长砍掉的是段建新的右手,这只手曾经在秋琴死的那天摸过秋琴刚生下的那个男孩的象征物。这件事的确叫人难以理解,尤其是郭连长这人做这事,如果是秋琴的弟弟秋生或者是别的人,比如说是根明叔,那么谁都想得通。秋琴并不是郭连长亲生的,所有塔尔拉人都明白这件事,郭连长也清楚。

秋生也只砍了他姐上吊的那棵沙枣树。

那棵沙枣树不是根明叔他们开辟军息林的时候种的,而是自己长出来的,与那个军息林中的胡杨没有一点关系。沙枣树本来在大漠里随便在哪长出一棵,是不奇怪的,只要有水的地方,生命力极强的沙枣树就会生长。可在塔尔拉就不一样了,沙枣树是不容易存活的。可在这片全是胡杨的军息林中,却奇怪地生长了这么一棵沙枣树,并且,秋琴选择了这棵沙枣树来结束她生命,这到底是为了什么?谁也弄不清楚。

郭连长的残酷震撼了整个塔尔拉,他曾经带人打瞎了一个男人的右眼,如今又砍下了另外一个男人的右手,一次是为了自己后来的妻子,最后这次是为了自己名义上的女儿。秋琴毕竟管他叫爸。

郭连长的一生富有传奇色彩,刘新章觉得现在这样说郭连长,他这样做能证明他什么样的心理?要知道他对秋琴的遭遇一直持漠不关心的态度,甚至对秋琴吊死的场面一点都不感到吃惊,好像认准会有这样的结局,但他干了一件震撼塔尔拉的事情,刘新章对这个曾经历过战争、看不起他的人实在说不出什么。

　　刘新章再见到郭连长时,他喝过酒,说出的话比醉话还醉,有些话简直没法叫人理解。他一见刘新章就说:"你不是死了吗?你咋又活了?"他满脸杂乱的胡楂上挂着菜渣汤汁,满嘴酒气,说一句话要对你笑上比一句话要长得多的时间。他的笑听起来比青婆叫魂还折磨人。

　　直到刘新章和妻子离开塔尔拉回喀什,再没有听郭连长说上一句正常的话。

　　刘新章和红柳结婚了,他在塔尔拉成为第二任指导员后不久,就被调到了支队政治处任组织股长,到遥远的喀什工作了,红柳也因此随军跟着他到喀什成了真正的城里人。

　　刘新章曾奇怪这世上的一些事情有着没法躲避的相似,在他所知道的事情里,秋琴的死和她妈就有些相似,虽然她们死的方式和意义不同,或许从根本上死的原因相当,但很难对照起来说,可他还是对照了一下。

　　刘新章调到喀什后,只是把他的妻子红柳的婚姻和秋琴最初的也叫作的婚姻对照过,秋琴一心一意想要利用婚姻走出塔尔拉,结果始终没有走出去,而她的妹妹红柳却在真心实意地追求着爱情的时候不经意间就靠着婚姻离开了这个地方。他曾给他的妻子很客观地说过他的这种对照,当时妻子没说话,可她却像以前那样捉弄过他几次,她躲在刘新章不远的地方以秋琴的名义给他打电话,刘新章在开始乍听之下竟没有陌生感,等反应过来秋琴早已死去时,心里就涌出很苍茫、很悲凉的情绪来。于是,刘新章对妻子那样的捉弄恼火起来。妻子到喀什后不知道为什么竟变了许多,在塔尔拉时那个机灵活泼、善解人意的红柳慢慢地消失了。

刘新章恼火过后一想,妻子为什么要用那种方式捉弄他,那是因为妻子的心里也在承受着压力,一直缠绕在刘新章心里的初恋情怀使她无法摒弃那种心理障碍,坦坦然然地过自己的生活,但她又不能与已经死去的秋琴真枪实弹地计较什么。所以她只能以自己的方式来解决这种无形的压力。刘新章就很后悔,有些事只能深埋在心里的,他太忽略了妻子的感受。

刘新章就尽力不在红柳面前提到秋琴。

红柳的变化有时叫人实在很无奈,她不想要孩子。只要他一说起孩子的事她就发呆,她一发呆刘新章就不由自主地想到了秋琴生女孩的遭遇。他没敢给妻子说出这个联想,他知道他不能说,在他的印象里,红柳和秋琴从不来往,但她们都清楚她俩是同父异母的姐妹。红柳熟悉秋琴的遭遇,秋琴生出几个女孩所遭受的折磨和苦难她都一清二楚,她其实也在和秋琴比较,秋琴的遭遇在她的脑海里是无法抹掉的。

刘新章只能轻言柔语地跟妻子说,一个家没有孩子不行,没有孩子就没有家庭的乐趣,他给妻子把家中有了孩子才完整的道理讲了无数遍,他还特别强调了男孩、女孩都一样这个计划生育宣传标语,他心里也的确是这样想的。但不管他怎样动员,妻子还是不想要孩子。

后来刘新章和妻子一同上街或者参加什么活动时，妻子观察到刘新章对别人孩子的关注，她就有些改变想法了。妻子没有工作没事干，闲时常找些杂七杂八的书刊消磨时光，她把手中婚姻家庭方面包括离婚第三者导致孩子没人要的许多悲剧常讲给他听，刘新章这个听众有时很冷漠，很显然他对那些事不抱多大的好奇心，因为塔尔拉的那些故事，使他对社会上再震惊的婚姻故事都失去了兴趣。

那年，就是秋琴死的那年，刘新章和妻子离开塔尔拉回喀什时，他专门去军息林给秋琴烧了一些纸钱。过后，不知不觉中他向叶尔羌河走去，离叶尔羌河不远处，他就想到了此时的河水是最旺盛的季节，他把目光投过去，却没有看到宽阔的河。

刘新章的目光被一排排绿带一样的生物挡住了。那就是红柳！沿着河岸茂盛地生存着的红柳！

A34

刘新章似乎和红柳越来越没有话可以说了。刘新章每次从塔尔拉回去，总是把他的想法和看法一股脑儿全倾倒给红柳，他滔滔不绝，甚至可以说是口若悬河，说到最后就希望能和红柳交流一些看法，可红柳除了带着一双耳朵就再没有别的了。慢慢地刘新章发现，红柳根本就没有兴趣听他讲那些事和人，她懒懒的敷衍神情让刘新章很是失望，也渐渐地失去了和她倾谈交流的念头。在刘新章眼里,红柳总是对逛街、购物有着极大的兴趣,她和这个城市里的许多女人一样,十分投入地融进了这个城市里,她生活的内涵更多的是体现在吃穿住行上。刘新章偶有微词时,她便振振有词,生活的本质就是吃穿住行,她可没能耐游离于这些之上。

刘新章说:"难道就不能在这基础上再追求一些能体现人的精神状态、能够让人有所振奋的东西?"

"你告诉我,是什么?"红柳很平静地问,"是塔尔拉吗?"

就像一块大石头砸了过来,刘新章毫无防备地被砸中了,一下子无言以对。

"我是从塔尔拉出来的,我的骨子里永远都有塔尔拉的气息。但我远离了塔尔拉,我不会再回到塔尔拉那里去了,对你来说,塔尔拉是沉甸甸的,那是因为你也走出了那里,你对塔尔拉是有距离地对视。可对塔尔拉许多人来说,他们仍渴望走出那块土地。我不是秋琴,可我和秋琴一样有对生活追求的同一目标,只不过我没有秋琴那般迫切。我不求能有多高的层次,也无所谓俗与不俗,我只希望能过得平静、安详,我的丈夫健康快乐,家庭美满幸福,这些才是最真实的。"红柳说。

刘新章不能不承认红柳的想法是现实而真实的。

刘新章不能用自己的感情来说服吕建疆,也不能用塔尔拉来征服现在的红柳。就让塔尔拉的现实和真实来融化他们吧!他想。

A35

在塔尔拉三中队,这段时间,因为要打围墙挖地基,兵们分散得太开,干着这活没有了劲头,中队开会研究,准备搞些别的活动,调动一下家伙们的情绪,调节调节气氛,比如拉拉歌、拔拔河什么的,只要能激起大家情绪的活动都可以搞一搞。最后让吴一迪负责准备,本周末就举办这些活动。

这一周才过去了三天,这天,监狱方面却出了一件犯人脱逃的事。

犯人脱逃原因是出外工时,有个犯人钻进了庄稼地里,等收工清点犯人时,才发现少了一个,到周围去找,已经找不到了。

这几年,上面有了新规定,看押部队不带队出外工了,管教人员太少,跑个犯人,其实也是正常的事。

监狱管教科通知了犯人脱逃的消息后,中队迅速开会,组成几个追捕小组,分配追捕任务。

根据管教科介绍的情况,逃犯叫梅杰,就是住在中队马厩里的那个东北女人的原配丈夫,罪行是杀人未遂。

各追捕小组传看了逃犯梅杰的照片,照片上的梅杰很斯文,根本不像个杀人犯。

中队干部根据管教科提供的信息,分析逃犯最大的可能性,是沿着唯一通往外界的那条路跑了。因为只有从这条路上跑出去,才能到达通车的公路上,才有生还的机会。别的方向都是通往大漠的,人一旦闯进大漠,尤其像梅杰这样赤手空拳逃出去的,根本就没有生存的可能。

最后分组执行追捕任务,由中队长王仲军带第一组到逃犯最有可能逃跑的路线沿路追捕,副指导员吕建疆带第二组往东南方向,排长吴一迪带第三组往西北方向。后两组没有目标,但不能排除逃犯存在的可能性,还派出两个小分队在塔尔拉附近搜捕。

留下指导员付轶炜值班,料理中队事务。

各小组正要分头出发时,后勤班长阿不都却要求参加追捕行动。

中队干部不同意阿不都参加。王仲军说:"跑这么一个小蟊贼,去那么多人干什么?你是后勤班长,又不是战斗班的,就别去了,再说……"这样说时,王仲军的眼睛不自觉地扫了扫阿不都的腿脚。

阿不都明白了中队长的意思,他故意在地上走了几步,说:"看,我的腿脚一点问题都没有,原来放羊时每天要走那么多的路,还觉得轻松呢!现在不经常走路了,却觉得不利索了。中队长、指导员,就叫我去吧!"

"你……"指导员不知怎么说才好。

阿不都却调侃道:"中队长、指导员,你们就给我一次表现的机会好不好?不然我当了这么几年兵,就只是干后勤了。让我去吧,在大漠里,我会很有用的,比如遇到有老乡的地方,我就可以当翻译呀。"

王仲军和付轶炜互相看了看,商量了一下,同意了阿不都的请求。几个追捕小组去的方向,只有吕建疆带的第二组可能会见到村庄能用上翻译,向老乡打听一些情况,就把阿不都分在了第二组。

各小组分头行动了。

A36

用"无边无际"来形容戈壁滩一点也不过分,这里全是一般大小的黑褐色的石子,均匀地铺在地上,辽远地向远方铺去,根本望不到边沿。

走在这空旷、寂静的世界里,才知道什么叫可怕!在没有目标、没有一点标志的戈壁滩上走着,才真切地让人体会到什么叫无穷无尽,仿佛一直在原地踏步似的,叫人看不出到底走了多少路程。唯一能说清楚的是,每往前多走一步,就会离塔尔拉远一点。何况四面八方出现一些令人不安的迹象,天气炎热得反常,空气中弥漫着污浊的像雾一样的热气,混合着仿佛从远处火灾场飘来的焦煳味儿。地平线上热气蒸腾,全是黑乎乎的一片,天空似乎很高很远,天地之间别无他物,只有他们几个人在空荡荡的天地间行走着。

吕建疆带着阿不都和两名战士,在戈壁滩上走了一整天,起先还找些话说着,到后来就没有说话的兴趣了。阿不都虽然脚上受过伤,但除了走起来稍微有点瘸外,一点也不影响他走路的速度。吕建疆心想这一路上多亏有阿不都说些风趣幽默的话,才使他们不至于很快就觉得疲乏。他们一天里没有见到一棵树,甚至一根草,更别提找到一丁点逃犯的踪迹了,慢慢地情绪就受了影响,谁也没有心思说话了。

吕建疆感慨万分,把劳改农场建在这种鸟都不拉屎的地方,真是绝了!他心里实在是佩服当时设想建劳改农场的那个人,戈壁滩就是个天然的监狱,把犯人放在这里能往哪里跑?就是跑出去也没有生存的条件。

但要在这样的环境里找到一个逃犯,也犹如在大海里找一根针一样困难。吕建疆心里想着,如果哪个犯人脱逃了,跑进这个地方的话,只有死路一条了。可谁会这么傻呢?明知是死路还不顾一切地往这个死路上跑?梅杰不是傻子,他肯定是不会往这儿跑的,所以自己带的这个组连这个逃犯的影子也没有看着。但谁又能料事如神呢?或许梅杰就偏偏来个逆向思维,认为越是在这样的环境里,他才越能有逃出的机会呢?这样说来,在追捕到逃犯之前,也不能排除逃犯在这种地方出现的可能性。

吕建疆给战士们解释这种可能性时,自己心里都在想怎么会有这种可能,除非这个逃跑的犯人确确实实是个大傻瓜。

他们就这样走了一整天,由于天热,又干渴,再没有人说话了。四个人就越走越觉得累了,在天快黑下来的时候,阿不都提出来找个地方坐下来休息,免得天黑透了走迷了方向,那就麻烦了。

吕建疆同意阿不都的意见,在戈壁滩上也不用选择地方,到处都一样,随便哪个地方都可以休息。

一坐下来,才感觉到筋疲力尽,他们就顺势往地上一坐。平展的戈壁石被太阳晒得很烫,坐着还有点烫人。刚开始战士小林还想躺下呢,试了试实在受不了,又坐了起来。阿不都说:"等会太阳没有了,就可以躺了。"

太阳消失了,天一黑,没有了太阳的影子,气温马上就会降下来,地表也凉了不少。这时候的戈壁滩上温度正好,他们便脱下身上的迷彩服铺到地上,躺在上面真舒服。吕建疆便叫大家吃些干粮,喝些水。几个人也许是走乏了,天太热的缘故,都吃不下去干硬的压缩干粮,只喝了些水。阿不都劝大家不要喝太多的水,现在还不知道什么时候返回,不然,到时水不够用了,在这种地方断了水可是很大的麻烦事。

吕建疆对阿不都在荒漠里出行的丰富经验非常赞赏,叫大家节约各自的水,不到非喝不可时,就不要喝。

天黑透后,地气凉透了,能感觉到一丝凉意了,吕建疆叫大家穿上迷彩服,别受凉,也不要躺下,地气一凉,会伤了腰的。

四个人坐在一起,找些话题,说着说着,就犯迷糊了,有人已经抱着膀子睡着了。刚开始,吕建疆怎么也睡不着。他想到了他和叶纯子。应该说,自从叶纯子从攀枝花回到塔尔拉之后,他和叶纯子之间的关系就已经趋于明朗化了,但也只能说他们之间都已经明白了对方对自己的意思,却谁也没有开口提过那个话题。叶纯子刚从攀枝花回到塔尔拉的那天,那情不自禁拥抱在一起的情形,在他们单独相处的时候却再也没有出现过。

也许是叶纯子重新回到塔尔拉后心境发生变化,对塔尔拉更有一种让吕建疆不可理喻的感情,每次他们在一起时,叶纯子总会跟他提到她在攀枝花时对塔尔拉无比的思念。"那是一种很奇怪的感觉,"叶纯子说,"我一闭上眼就满脑子都是塔尔拉、塔尔拉的人,我就奇怪这种感觉从何而来,我在塔尔拉待的时间与你们相比,实在太短了。我只能说塔尔拉是一个神奇的地方,它的神奇在于你以为它默无声息之时,它已经根植在你的心中了。"叶纯子说这话时,脸上就开始有了当初她从吕建疆、刘新章他们脸上看到的那种凝重感。吕建疆这时心里就不知是什么滋味了,他把要告诉叶纯子自己想离开塔尔拉的想法就一压再压,在这种情况下,他怎么能让叶纯子了解他的真实想法呢?正因为有了这样的心理负担,他也就一直不敢对叶纯子说些属于他们的话。叶纯子见吕建疆很生分的样子,也不明白吕建疆有什么想法,便也不愿太主动。

中队长王仲军和指导员付轶炜见这两个人这下有了恋爱的苗头,却迟迟不见有更进一步的发展,就经常朝吕建疆起哄,嫌吕建疆扭扭捏捏,没拿出军人的气魄来。吕建疆也不解释,只埋着头让大家胡闹。他又何尝不想和叶纯子将关系彻底明朗化呢?他以前一直担心塔尔拉这个地方这样的环境,万一自己走不出塔尔拉不就让她跟着自己受苦吗?现在见她对塔尔拉的感情如此浓烈,又生怕自己流露出的想法会使她看不起自己。吕建疆真的不知道该如何解决这样的矛盾。他有时心里想,叶纯子不是一个势利的人,也不是不讲道理的人,就算他和她说出自己的想法,她也会理解他的吧。虽是这样想的,但一旦面对叶纯子,他的思维就开始失控,就是不知怎样才能让叶纯子真正明白自己的心思。王仲军见他苦恼不堪的模样,还以为他不晓得怎样向叶纯子表白,就大手一挥,十分正经地教给他一个很直接的办法。那就是让吕建疆去折一些沙枣花来,然后捧着这些花,对叶纯子说:"纯子,嫁给我做老婆吧。"付轶炜听了直说好,说塔尔拉的魅力就在一览无余上,让吕建疆立马去折沙枣花。吕建疆哭笑不得,说人家叶纯子是如此高雅漂亮的一个姑娘,哪能受得了这么直接又相当老土的"嫁给我做老婆"这样的话?况且他也说不出这几个字。

怎么办呢?沙枣花也快开败了,他要是再不行动,就再没有借口让叶纯子留下来了。叶纯子如果再一走,就不可能再回来了,他可就永远也没有希望了。这次执勤回去,沙枣花也凋谢完了,他无论如何都得开始行动,不管最终的结局是什么样的,他都要鼓起勇气来,再不能老是叶纯子等他了!

这样想着,不知什么时候,吕建疆也迷迷糊糊地睡着了。

第二天早上醒来,太阳已经升了起来,纵目望去,平坦的戈壁滩上一片焦黑,如炭一般,黑得明亮,都能映照出天上翻腾着的热气。天气又像昨天一样热了。

吕建疆叫大家收拾一下准备赶路时,他说:"今天找到天黑时,如果没有逃犯的踪迹,我们就返回塔尔拉。"

按出发前的计划,如果找不到犯人影踪,各小组第三天必须返回,以便再制定第二追捕方案。

今天似乎比昨天更热,太阳如燎如烤,晒得人头痛欲裂。快到中午的时候,他们似乎走出了戈壁滩,看到一片盐碱滩上有了一些干枯的荒草,空旷辽阔的荒草地上,像人体散发出汗一样,从小孔里分泌出盐和碱来。没有一点遮拦的盐碱地表面被太阳光反射着,直刺得人的眼睛生疼,空气中弥漫着不知从哪里飘来的尘土,粘在眼皮上,像坠了一个什么东西,眼皮沉重得快睁不开了。几个人尽管也有过几次短暂的休息,但并没有解决实际的问题,反而觉得越发疲惫了。

再往前走了一段路,突然间,仿佛有谁一声令下,荒凉的大漠一下就不见了。天山山脉蓦然出现在眼前,山峰上白雪皑皑,山坡上松柏苍翠,看上去是那么清晰、那么亲近。

"这是什么地方?"吕建疆惊愕地说了一句。

"怎么会有冰山和绿树呢?"战士小林说道。

阿不都眨了眨眼,说:"我们走到什么地方来了?这么奇怪。"

他们引颈向前望着。能用肉眼看到天山的低洼处,碧绿的草地和溪流,还有塔楼,它们虽然在远处,但它的金色光华就像从近旁闪耀出的一样,屋顶上面飘荡着细细的炊烟,轻柔地消失在深蓝的像锦缎一样的晴空。白云就在跟前,像要落下来似的,有如一只毛茸茸的扑打着翅膀的鸟儿落到屋顶上……吕建疆他们觉得有新鲜的山风,充满了松树令人神清气爽的香味,经过荒漠向他们迎面扑来。面对突然出现的这片迫在眼前的景色,被灼热的气流烘烤得快要晕过去的他们,突然接受不了了。他们脸色发白,竟然再说不出一句话来,那种湿润凉爽的诱惑却在每一个人的心头上轻轻地滑过,那种对美景的渴望使他们产生了许许多多的幻想,在幻想中他们昏昏欲睡。

终于,他们受不了这种诱惑,不顾一切地向前面的冰山和绿色冲去。他们的腿跑不动了,他们的气喘不匀了,最终瘫倒在地上。

过了好长时间,他们才像从梦中醒来一般,揉着眼睛,互相看了看,从地上爬起来,目光贪婪地射向远方……却发现什么都没有了。在他们前面,极目所至的地方,展现的依旧是一片黑褐色的荒地,单调、静寂、凄凉,天与地黑白相对,被一条清晰的地平线分开。而刚才看到的雪白的冰山、翠绿的松树、袅袅的炊烟连影子也没有了。

他们这一惊非同小可,阿不都惊得半天才缓过神来,说道:"我们是不是碰上了……碰上了那个?"

吕建疆急问道:"碰上了什么?"

战士小林说:"是不是海市蜃楼?"

"对,我就是这个意思。"阿不都说。

另一个战士小李也说,可能是海市蜃楼。

吕建疆却不同意这个看法:"不可能的,海市蜃楼只是个传说,谁也没有真正碰到过,我们怎么会碰上呢?可能是天太热,我们走晕了,产生了幻觉。"

小林说:"产生幻觉的话,我们四个人不可能都产生一样的幻觉吧?"

这的确是个很奇怪的事,哪有四个人产生一样的幻觉呢?

几个人争论不休。

"好了,好了,不要争论了,我们省点劲快点走吧。"吕建疆说。

阿不都说,再往前走,就快到塔克拉玛干大沙漠边缘了。说句实话,就连吕建疆这样的新疆人,也没有亲眼见过真正的沙漠,既然快到著名的世界第二大沙漠——塔克拉玛干了,他们想既然已经追到这里来了,何不再往前走走,去看看真正的大沙漠?说不定逃犯也正好就逃到这条路上来了呢。(其实他们却想着逃犯绝不会傻得跑到这里来,跑到这里来只有死路一条。)几个人又来劲了,继续赶路。

到半下午的时候,他们终于看到了连绵起伏的大沙包。

沙子细得如被碾碎的小黄米,纯净得没有一点杂质,像一堆堆洒满了阳光的金子,闪着金黄色的光,直耀人的眼呢。

沙漠比戈壁滩要耐看得多。这是吕建疆第一眼看到沙漠后,心里想的。他先在沙漠前站定,细细地欣赏了一番眼前金子一样的沙漠,然后才对三个兵说:"我们几个人,分头在沙漠边沿走走,看能否发现点逃犯的踪影。如果没有动静,我们在天黑前就往回返了。记住不要走远了,每个人都得在大家的视线范围里。"

他们几人在金黄色的沙子上奔跑着、跳动着,他们忘记了一天半来戈壁滩给他们带来的疲乏。

"副指导员,快来看,这里有人的粪便。"当他们准备返回的时候,战士小林喊道。

几个人跑过去一看,粪便还没干透,显然有人来过这里。周围有一些杂乱的浅坑,辨不清是不是脚印。

如果在沙漠里发现一些牲畜的粪便纯属正常,沙漠里有许多叫不上名字的野牲畜。但发现人的粪便就有些离奇了,在没有人烟的沙漠里,怎么会有人的粪便呢?

阿不都说:"这些坑就是脚印,沙子松散,留不住明显的脚印。"

这个道理大家当然都明白。

"难道是逃犯?"

几个人的神经一下子就绷紧了。

吕建疆兴奋了,终于有点线索了。他说:"不管是不是逃犯,咱一定要找到这个拉粪便的人。"

几个人顺着沙漠上明显的浅坑,一路找过去。

天快黑的时候,吕建疆他们终于在沙漠里追上了逃犯梅杰。逃犯已经趴在沙子上,走不动了。

他们高兴极了,两天来的劳累消逝得不见影了。总算没白受苦,抓到了逃犯。

吕建疆叫战士小林给逃犯喝了点水。逃犯喝了水后,缓过了劲,爬起来还想逃。

阿不都冲上去一把就扭住了逃犯:"还跑,再跑进去你可就再也甭想出来了。你以为这是平原啊,想怎么走就怎么走?你这人也真怪,心居然这么硬,你老婆腆着个大肚子,大老远地来看你,你都不见她,你还是人吗?"

逃犯梅杰吼道:"她不是我老婆。"

"跟他少废话,带走!"吕建疆对兵们说。

逃犯用力挣扎,折腾了好长时间,才把他的两个手扭到后面铐上。推他走,他就往地上一坐,赖着死活不愿走。吕建疆恨不能上去踢他几脚。

西天的火烧云将半个天空和偌大的荒漠烧得着了火一样,一片辉煌。

几个人连推带拉地带着逃犯往回走,没走出多少路,天就黑了。

黑下来的沙漠跟戈壁滩不一样,沙子有亮光,天空上有星星,只是不见月亮躲到哪里去了。

吕建疆和阿不都辨了半天方向,望着天上的北斗星,确定方向不会错,就商定连夜往回赶。

逃犯不配合,他根本不是在走,简直是一步步地挪,就是挪,也是兵们拖着慢慢地挪。并且他还一个劲地喊着,他不愿回去,就是打死他,他也不要回去。

几个人连推带拉地折腾着,这样,人最容易疲乏,他们已两天时间没休息了,都已经很困乏了。

不一会,大家都累得瘫坐在了沙子上。

A37

狼群是半夜时分出现的。

先是听到一阵杂乱的奔跑声从远处传来,吕建疆几个人被这种声音击得一激灵,还在相互探询是怎么回事时,奔跑声已经冲到了他们身边。十几个黑乎乎的影子在他们面前停住了。

"好像是黄羊。"阿不都叫了一声。

吕建疆在微弱的星光下,也看到了黑影子头上的角。

他们松了一口气。枪都抓出汗了。

就在他们松气的当儿,突然响起一声怪异的、他们从没听过的嗥叫声。

"是狼!"阿不都惊叫一声。

黄羊把狼带来了。

他们又将枪抓在手中。

这时,吕建疆看到,在黄羊群的后面,有无数双眼睛发着绿光的黑影逼了过来。

黄羊向他们靠了过来。黄羊像是找到了依靠似的。

黄羊靠近了他们,那些绿幽幽的光,也靠了过来。

吕建疆下意识地举起了枪,大喊了一声打,他的枪已经响了。

枪声清脆而尖厉,划破了寂静的夜空。

其他三人的枪也一同响了。

绿幽幽的光灭了几对,黄羊和那些狼被枪声惊得四散奔逃了。

吕建疆长嘘了一口气,像经历了一次真正的战斗,终于胜利了似的。

阿不都却说:"赶快离开这里,狼群经这么一打,还会聚到一起回来报复的。"

他们赶紧要走时,一切都已经来不及了。

尽管逃犯受了刚才的惊吓,已经好好走路了,但他们没走出多远,一大群狼便一声声嗥叫着,向他们奔了过来。

这次,狼群的奔跑不再杂乱无序,它们像训练有素的兵,步伐齐整。

"我们开错枪了!"阿不都叫了一声。

为什么?

"荒原上的狼都是成群的,我们打死了它们几个,它们就会来一群。"阿不都说,"这回麻烦了。"

几个人都惊出了一头汗。

奔跑声咚咚响着,像擂鼓似的很有节奏地向他们逼来。不断有狼的嗥叫声撕裂着夜空。

一圈圈绿幽幽的光雾时间将他们围在了中间。

"不要慌,千万不要开枪!"阿不都叫道。

吕建疆也说,大家靠在一起,不要分散。

阿不都掏出火柴,划了一根。微弱的火光只亮了那么一瞬间,却叫狼群停止了向前逼近的步伐。狼怕火光。

"要是有东西烧就好了。"阿不都这样说着,蹲下在地上抓着。地上除了沙子,什么也抓不到。

阿不都又划了一根火柴。

"要节约火柴。"吕建疆提醒道。

"我知道。"阿不都答应着,迅速脱下自己身上的衣服,又划着火柴,试图点着衣服,竟点不着。衣服让汗水洇湿了。

"如果我点着衣服,"阿不都说,"咱们就冲出去,那时开枪打狼,吓跑它们,咱们用劲跑吧。"

几个人都答着:"明白。"

可衣服就是点不着。

"得冲出去,"阿不都说,"天一亮就不好办了,狼会越聚越多,它们就不怕火了。"

吕建疆把自己的衣服也脱下了,试着点火,也烧不着。大家的衣服都汗湿了。

他们商量着。吕建疆说:"一定要突围出去,这样等着,不是个事儿。"

阿不都说:"没有火,咱们等于失败了一半。"

"总不能这样等啊。"

吕建疆做了安排:他在前面,阿不都管逃犯,两名战士一左一右护着阿不都和逃犯。大家一起冲出去。

吸了几口气,做好准备,突围开始了。

吕建疆的枪一响,人也冲了出去。

几个人紧跟着,往前冲去。

这次狼群没有被惊散,可能是狼们很自信,与它们面前的这几人相比,它们的实力太雄厚了,对它们根本构不成威胁。

他们打开一个缺口,狼群马上就会合拢。四周全是绿幽幽的光在闪动。

左右两名战士的枪一响,吕建疆马上叫道:"别乱开枪,节约子弹。"

战士的枪不响了,狼群从三面夹攻过来。一团团黑乎乎的影子在绿光的牵引下,逼了过来。

偏偏在这时候出了乱子。逃犯梅杰摔倒了。他的手被铐在背后,一下子爬不起来。阿不都急忙去提逃犯。

狼群见有机可乘,呼地向阿不都和摔倒在地的逃犯扑来。

阿不都双手正抓着逃犯,还没来得及腾出手来,一团黑影已经扑到了他的身上。猛然扑来的冲击力,差点将阿不都掀翻在地。他被冲得往后撤了一步。狼粘在他的身上,一股腥热的臭气扑了他一脸。他已经看到一个黑洞似的大嘴向他的脖子伸来。

阿不都在后退的同时,已抽回手来,迅速抓住狼的下颌,用力向上推去。

狼扑了个空,却用前爪上尖利的指甲,在阿不都的肚子上狠劲地划了一下。阿不都觉得衣服被划了一个大口子,肚子上火辣辣地烫,像被一根烧红的铁条烙了一般。他忍住疼痛,使出浑身的劲,将身上的狼推离自己的身体。

狼在脱离阿不都身体的时候,身子一拧,下半身跳了起来,两条后腿向阿不都的脸上扫来。

阿不都一惊,头向后仰去。

狼的后腿一条落空了,另一条却实实在在地从阿不都的胸口划了下去。尖利的指甲像一把剪刀,刺啦一下剪开了阿不都的迷彩服,同时也划破了他的胸口。特别是被狼前爪划破的肚子上,几乎被撕去了一块肉。

阿不都这下感觉不到肚子上烫了,只是呼地一下又温温地热了,有什么东西轻轻松松地流了出来。

那只袭击阿不都的狼在地上打了个滚,又返身向地上的逃犯扑去。

这时,后面又扑过一只狼来,一口咬住了阿不都的左腿,狠劲地将他往后拖去。

阿不都的身体向前倾着,用手去抓背上的枪。抓上枪,阿不都也没敢开枪,怕伤了逃犯,就瞅准了,一枪托砸向那只扑向逃犯的狼。狼被砸伤跑了。阿不都这才回身开枪打咬住自己的狼。

一扣枪机,打了个点射,狼扑地栽倒了,却没有松开嘴。

吕建疆停止开路,回来帮阿不都。两个战士也过来护住阿不都和逃犯。

突围失败了。

阿不都的一条腿被狼撕去了一大块肉,血流不止。待吕建疆扒开狼嘴,阿不都才倒吸了一口凉气,感到钻心的疼痛。

再组织突围,已不可能。

阿不都腿伤不轻,已不能走路,何况还有一个逃犯。

他们在绿幽幽的狼群包围中,只有守的份了。

他们在这种对峙中熬到天亮了。天亮后,他们一看,吓了一大跳。

这是多么庞大的一个狼群呀！有五六十只。狼已不再包围他们了，挤在一起很沉着地望着他们，嘴里吊着血红的舌头。也许是累了，有些狼还趴在地上。

现在，他们和狼仍处于胶着状态。

吕建疆将阿不都扶坐在沙地上，一看他的伤口，已血肉模糊了，血还在汩汩地流淌着。吕建疆就叫两个战士端枪对着狼群，防着狼突袭，自己脱掉上衣，将背心脱下，给阿不都包在伤口上。

血还是止不住，已染红了一大片沙子。

狼也不进攻，只在远处蹲着。有只像驴一样大的狼，瘸了腿，站在最前面。它可能是扑向逃犯的那只，被阿不都砸伤了。它一边盯着这面，一边将幼小些的狼像抓小孩子似的往自己身边拢着。

吕建疆看着，心想这只狼是个老谋深算的老家伙，它想争头份功劳，又怕挨枪子，抓幼狼掩护自己呢。

太阳红得晃眼，天又热得叫人受不了。狼的腥臭味不断被热浪冲来，叫人闻着直想呕吐。

吕建疆心里又慌又乱，不知咋样才能摆脱这种境况。阿不都伤得不轻，两个战士的背心也脱下来包在他腿上了，可血还是往外渗着。

吕建疆最担心的是阿不都的伤。照这样止不住血，又没有尽头地和狼对峙着，阿不都还能坚持多久？

这种场面是多么难熬呀！等到了中午，阿不都的脸上已经没有了血色，他的血都慢慢地渗进了沙地。他疼得连嘴唇都咬破了。

还有些吃的东西,水不多了,几个人的加在一起还不够一壶。吕建疆宣布:"谁也不能乱吃乱喝,剩下的食物和水都留给阿不都。"

阿不都却拒绝吃喝。

"我哪吃得下?"阿不都声音微弱地说,"副指导员,还是你们自己吃了吧,吃了才有劲,再和狼较量,才有机会冲出去。"

吕建疆摇着头,不说一句话。此时,他面临的是多么严峻的场面呀!他从来没有想过,在他的一生中,会遇上这么艰难的困境。此时的他,又哪里有时间去想离开塔尔拉的事?

剩下的子弹只能装一个多弹夹了。

吕建疆将子弹收集在一起,自己掌握着,不允许再浪费一粒子弹了。前面乱打,浪费了子弹,是多么大的失误呀!

挨到下午,太阳西斜时,阿不都已经很虚弱了。他们曾搀扶着阿不都走了几步,可狼群不远不近地一直跟着,鸣一枪,狼群理也不理,它们已经和吕建疆他们耗上了,反正急的是人,它们有的是时间。

这时,阿不都对吕建疆说:"副指导员,我求你个事,你得答应我。"

吕建疆说:"啥事?"

"你得先答应我。"

"我一定尽我所能!"

"就怕你做不到。"阿不都说。

吕建疆和两名战士,还有犯人都望着阿不都。吕建疆点了点头说:"你说吧!只要是不违反规定的事,我会努力去做。"

阿不都轻声说道:"副指导员,放下我,你们快突围吧,天快黑了!"

吕建疆一听,眼泪唰地涌了出来。没水喝倒有眼泪。

"你混蛋!"吕建疆哽咽着,骂了阿不都一声。

"天黑了,就不好熬了……"

"住嘴!"吕建疆说,"你再说这混账话,以后……以后,我就叫叶纯子不帮你读信、写回信了。"

吕建疆这样说时,心里却在悲哀地想着,到底有没有以后呢?以现在的境况,谁也说不准。

正是夕阳往下落的时候。吕建疆望着血一样的夕阳,和夕阳下海浪一样的沙漠,突然间心里一片茫然。

天渐渐地又一次黑下来了。黑夜怀着敌意向他们袭来,一种无可名状、无法抑制的恐惧攫住了他们的身心。他们不再说话,彼此都明白对方的心里在想些什么,都在盼望着中队尽快有人来救援他们。这样耗下去,对他们非常不利,尤其是这个晚上,最不好熬了,阿不都又受了伤,若再争取不到时间抢救,就有生命危险。吕建疆心里又焦急又沉重。暂时看来,狼群虽然也折腾得有些疲惫了,在天刚黑的这一阵子没有再发出攻击,但这种局面维持不了多久,因为狼一旦见有机可乘,它们就会又扑上来的。

这是一个危机四伏、充满恐怖的夜晚。

偶尔有一声狼嚎划破了夜空,打破笼罩在他们头顶的一层薄薄的寂静,他们感到这个声音里充满了恶意和恐怖。

吕建疆提醒大家,一定要挺住,中队那边肯定已经在找了,只要熬过这个夜晚,就有活下去的可能。然后,他叫小林主要护着受伤的阿不都,小李看着犯人,做到枪不离手,必要时,可以用枪托来对付狼。自己则掌握着剩下的子弹,准备还击狼群的进攻。

半夜时,狼群开始行动了,它们悄悄地向他们靠近,但它们绿幽幽的移动的眼睛却透露了它意图进攻的阴谋。吕建疆这回有经验了,他端起枪,瞄准那绿色的光,一枪一个准地撂倒一只狼,每撂倒一两只狼,狼群会退回去一次,过一会,它们依然会向他们进攻,但已经不像昨天那么凶狠了,可能是那只头狼被阿不都打伤了的缘故,它们的行动没有了统一的指挥者,变得不再凶猛。或者是狼们想着这些人反正迟早是它们的口中食,就这样拖着,不想做无谓的牺牲,耗到最后,他们被拖垮了,再吃也不迟。所以,这一夜他们用手中的那点子弹,一枪一个准地毙着狼,用枪声和死亡惊退了狼群的一次又一次攻击。他们像熬了一年时间一般,终于又熬过了一个很不平常的夜晚。

第二天太阳升起时,他们已经精疲力竭,几乎失去生存的信心了。

吕建疆后来一想与狼群对峙的最后一晚,虽然狼群没有像前一个晚上那么猛烈进攻他们,可那种没完没了的"车轮战"太折磨人,叫他差点没有精力再耗下去了,疲劳和睡意时刻都在袭击着他。他硬撑着,那种濒临绝望的念头一直都在他的脑子里闪现着,致使他回到塔尔拉后好一阵子都神情恍惚,那种在死亡边缘绝望挣扎的刺激,使他的精神处在恐慌之中,不能一下子回到现实中来。

A38

付轶炜带人找到吕建疆他们时,是这天的中午时分。

付轶炜他们怒吼着,一阵乱枪,将狼群打散了。

在这之前,阿不都因流血过多,已经奄奄一息了,但阿不都还是硬撑着对吕建疆说:"副指导员,住在马厩里的东北女人不容易,一个女人家,又怀有身孕,也算是为了她的爱情吧,孤身一人从东北来到西北,真不容易啊……是我犯了纪律给她送的饭食。苦水期那次我拉肚子拉得栽倒了,是我把我的沙枣给她了,才……你跟指导员、中队长汇报一下,处分我吧……"

吕建疆含着泪说:"阿不都,你不要说了,我早就知道你给那个东北女人送饭食了,不然她怎么生活,又怎么度过这个苦水期呢?其实,大家都知道……"

阿不都喘着粗气,笑了。

阿不都终究还是没能活着回到塔尔拉。他因流血过多,在返回的路上就永远地闭上了眼睛。

焦虑不安的王仲军没想到等到的竟是这种结果,他想扑上来抱住阿不都的躯体,却怎么也迈不动腿了。他两手向前伸着,机械地在空中抓着。他的嘴大张着,一直想喊叫一句什么,却喊不出一个字来。

两股泪水呼地从王仲军的眼睛里挣脱了出来。

兵们拥了过来。

有个持枪的兵冲了过来,咔嗒一声将子弹上了膛,将枪口指到了逃犯梅杰的脑门上。

付轶炜反应得快,一步跃了上去,抓住兵的枪头,推向了天空。

哒——哒——哒——一串子弹像受惊的小鸟,飞向了空中。

枪声刺得每个人的神经都绷紧了。

付轶炜将兵的枪夺了,上去一脚就踢翻了逃犯。

逃犯像一个破麻袋,软软地栽倒在地上。

付轶炜顿了顿,上去又踢了逃犯一脚,想了想,又补了一脚。

逃犯趴在地上,没吭一声。

吕建疆神思恍惚地冲过去,他也狠狠地一脚朝逃犯踢了过去,被眼明手快的付轶炜一下子拖住,他费了好大的劲才将吕建疆抱住。付轶炜被吕建疆折腾了一阵,眼泪给折腾得四处乱飞。兵们都看着付轶炜,他抬手抹了把泪。

"你想知法犯法呀!"付轶炜冷着脸,对吕建疆说。他这样说时,发现兵们看他的眼神里面有了别的内容,他也不管,走上去伸手把逃犯从地上往起拉时,他又狠狠地踢了两脚。这回他踢得再也控制不住自己的感情了,眼泪又涌了出来,喉咙里发出咕噜咕噜的怪叫声,最后,终于变成了哭声。

一时间,唏嘘声响成一片。

这时,那个东北女人闻讯从马厩里冲了过来,第一次跑到了营区。她毫无顾忌地跳过营区挖好的要打围墙的地基沟。她的肚子已经很大了,身子很笨重,可她跑动时很灵敏。

东北女人跑到逃犯梅杰跟前,冲着他扑通一声就跪下了。

她大叫一声逃犯的名字,便毫无顾忌地大声哭着。

逃犯梅杰只抬头望了一眼东北女人,就别过了毫无表情的脸。直到管教科的人将他带回监狱的大门,他也没有再正眼看女人一眼,对女人的哭诉置之不理。

A39

中队营区里骇人地寂静,平时的喧闹,消逝得无影无踪。

塔尔拉像无边无际的海洋中一个默默的小岛,被又苦又涩的海水围困着、撞击着,这种痛苦叫人压抑而不安。

一切记忆都成了幻觉,仿佛不真实的梦境一般,似有似无。吕建疆感觉不到疲惫,他的心只是一个劲地抽动着疼痛。在悲伤和沉寂的压迫下,他的神志有点恍惚,无形中有一种灼烫的东西冲击着他的心灵。他回想不起那个真实可怕的场景里的细节了,因为每个细节都像刺一样扎进了他的记忆,他的记忆里便只有那种被锐器扎出的没有休止的痛。痛到极处,他反倒像做了一场梦似的奇怪着这些事情的发生。

那一刻,叶纯子看到满身血污的吕建疆,再没有矜持,她什么也不想什么也不顾,就冲了过去,再一次当着那么多兵的面,泪流满面地拥抱着吕建疆。只是这次,再没有人像上次那样看这份热闹。

"他回来了!"这个让她寝食不安、坐卧不宁的人终于回来了,虽然他满身伤口,军装破成了碎片,但他回来了,回到她的身边来了。她拥抱着他,只听任自己的眼泪哗哗流淌,她竟说不出一句话来。面对木呆呆的他,她的思绪像紊乱的电闪射进了头脑里,使她无法用平静的心态去面对经历了一场劫难的吕建疆,她无法让自己的心安静下来。自始至终,她都没有敢去看一眼阿不都的遗体,她怕她受不了这个突如其来的现实。看着吕建疆这副神不守舍的样子,她的心在战栗。一切感觉和思考都不停地以旋风一般无情的力量围着一个痛苦的思想疯狂地旋转。她这时能说什么呢?她说什么都会使他跟着这个痛苦的旋风一起旋转的,她知道他此时心里的悲痛没有人能比,因为他经历了一场生与死的较量,目睹了阿不都牺牲的惨状,他所受的刺激使他一时半会恢复不了正常。

吕建疆终于开口说话了,起初话有些杂乱无章地、火热地从他嘴里流出来,就像从一个弥合不了的伤口里一滴滴流出的血……

"我怎么活着回来了?活着回来的应该是阿不都!"

吕建疆这么一说,叶纯子的脸瞬间变得苍白,心在一个劲地抽搐着。她明白这句话对于此时的她来说,是多么残酷的一句话。她的脸上没有了一点生气。一阵剧烈的痉挛从她的内心深处涌了出来,它好像从五脏六腑中升上来一样,慢慢地把她刚才苍白的脸颊染上了一层暗红色。有一种东西,好像被心脏激烈的跳动抽出来似的非常缓慢地涌了上来,她的喉咙被挤压得不停地颤抖。最后,它终于经过喉头,从紧咬的牙关里冲了出来:"你再不要这样说了,这话谁也受不了。我知道,你和阿不都都应该活着回来的。"

这时候的吕建疆听着叶纯子的话,突然开始滔滔不绝、情绪激动地讲述他们在沙漠中与狼群搏斗的情景。但讲着讲着,他的目光就逐渐暗淡下来,他会将讲述停顿下来,激动的情绪如退潮的海水一般,哗啦一下就没有了,汹涌的泪水像喷泉一样,毫不掩饰地飞溅出来,淹没他所有的思绪。他的脸就在痛苦中瞬息变化着,忍受着痛苦对他灵魂的啃噬。

叶纯子眼睛湿润地望着吕建疆,她像高烧中的谵语一样,结结巴巴地说:"你们没回来时……我没有想到会有这么严重……你们回来了……我才越想越后怕……我真为你担心……"她的声音在一筹莫展的抽泣中进行着,她紧紧抱着双臂,嘴里不断发出悲伤的呻吟,她的身体也随着悲伤而抽搐着,深埋在心底的感情终于爆发了。她喃喃地重复着这么一句话:"我再也无法忍受我们这样的时远时近,这样的……互相等待,我想要和你在一起……和你一生一世在一起!"

在叶纯子心里酝酿了很久的许许多多的关于爱情的话题,还有在那些沉默寡言的日子中所编织的美好幻想,现在都随着语言自然而然地一拥而出,连她本人都觉得惊奇,如同一个人审视地从另一个人手里接过某种陌生的事物似的。经过了一场生与死的冲击之后,她大胆地说出了这句一直藏在她心底的话,她不知道这句话会在吕建疆那里产生什么样的反应,但她勇敢地说出来之后,便怀着慌乱的心期盼地望着吕建疆。

吕建疆听着叶纯子的话,他才像从梦中惊醒似的,一下跳了起来。他惊讶地望着她,因为他听到这充满了温柔和净化了的关于爱的语言,从她那自然的语调上,他感到无比惊异,这语调第一次透过没有止境的荒原向他迎面扑来。她的这些话像是接通了电流,刹那间流遍了他的全身,使他的僵直的身体和僵冷的心一下子活动了起来。他伸直了腰,他的心颤抖着。

慢慢地,吕建疆又恢复了清醒。但是他觉得他的脑子还不是很清楚,因为本能上他还没有从阿不都牺牲的事件中走出来,他麻木的心并不相信在这种剧烈的痛苦中竟然还会有这么大的幸福向他走来。一下子,他心里没有了一点把握,这是怎么回事呢?他心里左思右想摇摆不定,他没有完全理解她的意思,他望着她,在等待着她能说得更详细一点。

叶纯子望着吕建疆,看到他脸上流露出的那些成年累月渴望被爱抚的神情,还有那一下子接受这么一个令人震惊的消息时微微颤抖的惊恐,她感到了他内心的温柔和两眼里透露出来的善良本性。当她得到面前的这个和她一开始就有缘分的男人投过来的目光时,他的沉默和带着紧张热烈目光的询问是那样沉重地压迫着她,她几乎想喊叫起来,盲目的,没有一点目的性的。但她没有喊出声,她能够控制住自己。她听到一种声音在她的心房里敲响了，那种敲击声很大，一直穿过她身上所有的脉络，上升到咽喉，弄得她反而再说不出一句话来。她的脸就红了，使劲地点着头，她点头的动作像在气头上突如其来的动作，似乎非常笨拙而生硬。

但吕建疆还是感觉到了叶纯子真诚的心。他沉浸在突然降临的巨大幸福之中，可是很分明地，这份幸福里带着痛与泪。

外面的寂静，整个营区的寂静使吕建疆突然回过神来。他站了起来，在屋子里来回走了几步。他看到了一幅画，是叶纯子最近画的一幅画，它还处于修改阶段，没有完全完成。

这是叶纯子凭着想象给阿不都的未婚妻阿依古丽画的一幅肖像画。画上的阿依古丽有一双迷人的大眼睛、弯月似的细眉，特别是那个高高的鼻子，使画上的阿依古丽美丽无比，还有淡淡的几笔画出的奇妙的维吾尔族服装，能看到一个真实的阿依古丽就站在你的面前，正深情地望着你。

吕建疆看着画上的阿依古丽，眼前闪现出阿不都牺牲时血淋淋的场面，他的心抽动了一下。他不敢再看这幅画了。

流动的血已经静止，面对那个好像被永远固定在他记忆中某个地方的场景，他的心再有激情也无法表述他对这个场景之外的任何语言。他没有能力把他梦想中最美最向往的爱情变成现实，阿不都牺牲这个事实像火一样烧灼着他的心，就是再好的现实现在也不能把他从痛苦的深渊中救出来。

不能！

就是叶纯子，也不能。

那个血淋淋的场面对吕建疆的刺激实在太大了,这么多年来,还没有比那个场面更让他刻骨铭心的。

有时候,吕建疆的脑子里会一片空白,只有这亘古不变的荒原,无穷无尽地、永无声息地不断在吕建疆的眼前闪现。

A40

晚上的饭没有人动一下,炊事班干脆就没叫值班员吹开饭的哨子。

阿不都的尸体停放在中队的文化活动室里。阿不都死了,这是一个既成的事实,兵们却难以接受这个事实。兵们心里都清楚,事实是无法改变的,所以谁也不愿多说一句关于事实的话。刚开始接触这个事实的慌乱和恐惧被悲伤淹没着,兵们表现出来的悲痛是没有声息的沉默。

这比有声息更叫人难以忍受。

一时间,整个营区像没人似的,就这样慢慢地被黑夜吞没了。

东北女人的惨叫声是半夜时分发出的。叫声从马厩里冲了出来,响亮地传达到了营区寂静的夜空。

营区似乎抖动了一下,才有了声音。像吹了紧急集合的哨子似的,兵们都冲到了马厩跟前。几十束手电光朝马厩那里照着,却没有一个人走进去。

东北女人的惨叫声一阵紧似一阵。

王仲军和付轶炜打着手电筒,进到马厩里去看了,才知道那个东北女人要生孩子了。她在马槽里杀猪似的号叫着。

出来后,王仲军在黑暗里用探询的目光望着付轶炜。

付轶炜也在黑暗里望着王仲军。

东北女人的惨叫声刺得人耳膜子疼。

王仲军喊了几个老兵的名字,没有征求付轶炜的意见,就叫几个老兵找来担架,进了马厩里,把东北女人抬到担架上。

付轶炜在旁边跑前跑后地一直打着手电筒。当担架抬过为打地基挖的那条沟时,付轶炜一脚踩进了沟里,他差点摔倒,同时心里也咯噔了一下,心想看来这个围墙一时半会又打不成了。

老兵们将东北女人抬到场部卫生队去后不久,就回来向中队长指导员报告:卫生队医生讲,东北女人是早产,流血过多,需要输血。

塔尔拉没有血库。

王仲军和付轶炜一听到"流血过多"四个字时,脸全唰地白了。他俩互相望了一眼,又都怕烫似的躲开对方的目光。

吕建疆的心跳得更是没有了规律。

他们都想到了阿不都的死,就是流血过多造成的。

王仲军毫不迟疑地出来吹哨子集合兵们。付轶炜却卷着莫合烟,由于手颤抖得厉害,烟末撒了一地。

队伍集合好了,王仲军在黑暗中望着兵们,简单地说明了一下情况。

兵们不语,都望着黑夜中的中队长。

王仲军就说:"不愿输血的,体质弱的,就别去了。愿去的,就去卫生队验血型。"

没有人吭气。

静了一阵,队伍走了,没有一个人走出队列。

这时,付轶炜走出屋子,追上队伍,在后面说:"我是 O 型血!"

后来,东北女人早产的婴儿夭折了。她因为及时输上了血,总算保住了性命。

A41

兵营里又出现了那种可怕的寂静。一种压抑的沉闷笼罩着塔尔拉。

这种情绪像密布压顶的黑云罩在叶纯子的心上。她整个人感觉都起了很大变化,因为她周围的世界和所有的人似乎一下子全变了,变得深沉了,她认为自己在身心上也发生了某些奇怪的现象,她突然变得太想画画了,心里充满了隐秘的冲动。一切事情似乎都是朝夕相关的,具有一种内在的生命,它直往前挤,又在往后推,这是一种共同的东西,但是她并不知道藏于何处。她觉得一些原本零散的感情似乎是互相关联的,她自己感觉有种内在的力量将她拉进现实生活之中,拉到了人群之中,给了她一个到人群中和大家朝夕相处的机会,她自己就要珍惜。如果说原来她还有一点不知所措,不知道该往哪个地方走的话,现在她有了目标,有了自己认为正确的选择。

她为她的这种选择而感到自豪。

她整天都在静坐中度过。到了晚上,一想到阿不都的牺牲、吕建疆的神思恍惚,还有整个兵营里沉闷压抑的气氛,使她微微打着寒噤。然后,为了掩饰自己的悲伤,她故作镇静地走出了她房间的门。她觉得走出这个门像走出一条没有光线的通道那么艰难,门洞里黑乎乎的,只有窗户玻璃周围有一线银色的月光颤抖地闪烁着。整个营院里似乎空无一人,平时就是熄灯后营院寂静了,总还有一个哨兵走来走去的,这会儿也不见了,在没有一点声响的营院里,没有一个人影晃动,一切都是静谧的、肃穆的。这种气氛感染着叶纯子,她怯生生地挪动着脚步,吃力地向前摸索着。这时,有股清淡的香味从黑暗中一阵一阵地向她袭来。这是已经快开败的沙枣花的香味。她闻着已经淡了的沙枣花香气,心里一点也激动不起来了。她就是奔着这沙枣花的香气来的,可现在,她的思想已经超出了接受沙枣花这么一个单薄的现实,她觉得沙枣花和她的距离一下子无限地近又无限地远了。她这么一想,心里不再那么慌乱了,但周围悲哀的气氛还是不能叫她跟往常一样,在院子里走走。她返回房间里坐下。她能够理解这些兵们的感情,包括吕建疆所受的刺激,就连她本人也是这样。自从阿不都牺牲后,她内心的悲伤无法言表,她想起她给阿不都念信、代写回信,还有教他学写汉字的那些日子,再也不会有了,她的心里就抽动得厉害,尤其想到她给阿不都代写回信的那一方——阿依古丽那面,她知道了这个不幸的消息,她怎么办呢?她痛心阿依古丽如何面对这个消息。

一想到阿依古丽,叶纯子起身走到阿依古丽的肖像前,她看着自己的作品。这幅画好像不是自己靠想象画出来的,完全有种阿依古丽就在面前的感觉。这是一幅可爱、温柔,富有人情味的画,也是她倾注了自己真实感情,她自认为比较满意的一幅画。她把阿依古丽画得若有所思,与自己似乎很久以前就认识,而在作画时,她是那样的投入,阿依古丽又是那么的配合。她现在看着画上的阿依古丽,因为她受自己情绪的影响,她看到画上的阿依古丽脸上泛起了一种苍白的光,她脸上的线条也变得更软、更模糊,几乎是一点都不清晰,嘴唇周围蕴含着痛哭后隐忍的忧伤,甚至连她美丽的眼睛里都蓄满了失魂落魄的悲伤。这种悲哀跟尽力控制的不安交织在一起,使叶纯子在静止不动中再难有一份沉静的心情了。她突然觉得自己心里很迷惘。

两天后,烈士阿不都的父母亲,还有阿不都的对象——阿依古丽,在支队政委刘新章和政治处主任的陪同下,来到了塔尔拉。

中队干部们迎了上来,没有多余的客套话,只听着政委一一介绍阿不都的亲人,上去和他们握手,却没有话要说。当介绍到阿不都的未婚妻阿依古丽时,中队干部都不由自主地互相看了看,像做错事的孩子似的,不敢看阿依古丽那双漂亮的大眼睛。

兵们都站在院子里,静静地望着阿不都的家人。

整个营区里一片肃穆。

火红的太阳挂在天空上,烘烤着塔尔拉,兵们能听到太阳的热流将脚下的土地烤得吱吱地响。

阿不都的对象阿依古丽头戴漂亮的小花帽,身穿雪白的丝裙,看上去懂事又文静。

一进入营区,只走了几步,阿依古丽就像触电了似的猛地停步了。她差点踩到篮球场上那些像灿然开放的花朵一般的粉笔字。

营区似乎抖动了一下,阳光晃了几晃,灼人的眼目,兵们的眼睛忍得生疼都没让泪水模糊了视线,他们静静地望着阿依古丽。

阿依古丽站在篮球场上,被眼前的景象惊呆了。望着整个篮球场上,写得满满的"阿依古丽"几个汉字,阿依古丽没有说出一句话来。

这时,吕建疆的心绞痛得厉害,他的眼前出现阿不都蹲在篮球场上练习写汉字的身影,又变幻成阿不都在沙漠里奄奄一息的情景。他看到阿依古丽看到阿不都把她的名字写在篮球场上的那种惊愕的表情,他的心实在承受不了眼前这个残酷场面,他感到自己的生命在这一刻就要停止了,他那还在跳动的心,被压得喘不过气来,他张大嘴巴呼哧呼哧地喘着粗气。他快晕过去了。这时他只有一个念头:赶快离开这里。他怕多看一眼阿依古丽这种沉静中压抑得叫人喘不过气来的哀痛。

吕建疆像喝醉了酒一般摇摇晃晃地离开了人群。一直注意着吕建疆情绪变化的王仲军看到吕建疆离开时的样子,悄悄地跟了上去。

站在篮球场上的阿依古丽这时全身怕冷似的颤抖着,慢慢地蹲了下来,她颤巍巍地伸出细长的手指,抚摸着篮球场上那些写得歪歪扭扭的她的名字。

阿依古丽摸着那些字,手不住地抖动,像被火烫了似的。但她没有收回手,颤抖着,一直摸着、摸着……

一串清泪从阿依古丽美丽的大眼睛里冲了出来,大颗大颗地滴在了篮球场上她的名字上,泪水洇湿了那些歪歪扭扭的字。

这一刻,兵营里响起了一片泪水砸地的噼啪声。

一直盯着阿依古丽的吴一迪,这时再也忍不住了,就拔腿跑到了营房后面的戈壁滩上,泪眼模糊地看到茫茫戈壁滩上,已先他而来的中队长王仲军,还有副指导员吕建疆,都阴沉个脸痛苦地站在那里,望着没有边际的戈壁滩。

戈壁滩像沉睡不醒的怪物,横躺在他们面前。

吴一迪将脖子拉长,高昂起头颅,张大喉咙,使上浑身的劲,吼了起来:"嗷——嗬——嗬——"

中队长和副指导员也跟着吼了起来,三个不同的音调,吼出不同的声音,像喝醉酒的汉子,趔趔趄趄地在平坦如砥的戈壁滩上乱撞着……

A42

叶纯子在收拾自己的东西,她告诉吕建疆,沙枣花她已经看过了,她已经没有理由再留在塔尔拉了,她很快就要回攀枝花了。叶纯子想刺激一下一直沉湎在悲痛之中的吕建疆,让他早点解脱出来。她在面对吕建疆陷入对阿不都死亡的自责中时,就为自己不能抚慰吕建疆而痛苦。她想既然吕建疆现在一直陷在痛苦之中拔不出来,自己又不能为他做什么,哪怕分担一点点悲痛,让他的灵魂少受点自责的折磨。叶纯子也试图给吕建疆开导过,阿不都的牺牲,不是他的过失造成的,事实上也是这样,可吕建疆没法回到现实中来,他的思维一直停留在那个悲惨的场面里,一时难以面对她。她只是觉得这个时候,她应该尽快让吕建疆振作起来,但她又没有别的办法能使他面对现实,所以,叶纯子想用她要离开塔尔拉这个法子,使吕建疆清醒清醒。

没想到吕建疆对叶纯子提出要走的话不在意,他没有阻止叶纯子。

此时的吕建疆思维还是混乱的,他没有意识到自己的这种态度会产生什么样的后果,在他的思维还在阿不都惨死的情景里纠缠的时候,他已经对自己、对塔尔拉有了另外一层含义的认识。塔尔拉不能给他带来荣耀,也无法给他生活上的享受,但使他有了军人的质量,有了军人的高度。阿不都的死唤醒了他内心已经沉睡的对事业的忠诚,为了这血的呼唤,他要重新审视自己的思想和行为。

A43

处理完阿不都的善后工作后,政委刘新章提出他要看望一下叶纯子。

刘新章是一个感情细腻并且能够把握住情绪的人,他很快从悲哀中走出来,进入另一种状态。刘新章见到叶纯子的第一句话就是,他此次到塔尔拉的另一件要办的事,就是要和叶纯子好好交谈一下。

"对不起,叶纯子,我应该早点和你交谈才对,你是第一个只身到塔尔拉造访的年轻女子,我这个老塔尔拉人应该多和你谈谈。"刘新章这样对叶纯子说道。

这个时候,刘政委这么说,叫叶纯子好感动。

接下来,政委叫其他人都出去,说是要单独和叶纯子谈谈。政委郑重其事的表情叫叶纯子心里有点不安。

刘新章似乎看透了叶纯子的心事。他看了看叶纯子已经收拾好的准备随时上路的行李,行李上放着叶纯子的画夹。刘新章走过去对叶纯子说了句:"我能理解你的良苦用心,可这种时候,你得体谅小吕啊!"说着,他拿起叶纯子的画夹打开,里面只夹着一张空白的素描纸,像是叶纯子空空落落的心,素净得让人心头一颤。刘新章合上画夹,提出要看看叶纯子的画册。

叶纯子拿出了自己的画册。她的画册里有许多出自神话故事的绘画,虽然不是油画,只是一些素描或者工笔,没有油画的那份高贵,但都是她精心创作的。在她的创作过程中,她对意大利文艺复兴时期的绘画之父奇马布埃的《六天使围绕庄严的圣母》和波提切利的《天国圣母和天使图》、鲁本斯的《胜利的王妃》,以及米开朗琪罗的《创造亚当》等等世界级画作非常喜爱,这些画作对她启发很大。这几位大师从古神话中找到了艺术的真谛,最著名的作品全是长着翅膀飞来飞去的天使,这些作品是艺术史上最辉煌的成就,令后来无论用什么形式作画的画家们都叹为观止。叶纯子也不例外,因为她酷爱奇思妙想,喜欢富有想象力的作品。她在自己学画的时候,就临摹过许多大师的作品,一种对他们的热烈崇拜左右了她。她把这些画拿着和政委一起观看时,她就感觉到她对某些画又产生了深刻的想法,每一次只要她翻开这些画册时,都会有新的想法产生,这次也不例外,因为是和政委在一起看画,她不好放下画册记录当下的想法,所以她翻动画页的手就有点不安。刘新章注意到了这点,他示意叶纯子收起画册后说:"你的模仿画很到位,可惜我对艺术一窍不通,不能和你找到共同话题。如果你不介意的话,我们谈谈别的,比如塔尔拉。"

　　叶纯子心想,政委要给她做思想工作了,她不好说什么,只好点了点头,以示她洗耳恭听。

　　他们的谈话很自然地开始了,刘新章没有问叶纯子对塔尔拉的印象如何。这叫叶纯子颇感意外,一般的谈话都以印象之类的话题作为引子的。政委却一开口就说:"我想给你讲一段故事。"

　　在长达四个小时的讲述中,刘新章始终没有对叶纯子说一句说教的话,也没有像对吕建疆那样慷慨激昂。他只给叶纯子讲述了他在塔尔拉从战士到指导员那十年间,他了解到并且参与了的一段感情经历,包括发生在塔尔拉第一代开拓者身上的感情纠葛,时代和观念造就的一段哀婉的故事。

刘新章显然为这次谈话做了准备,他细心地寻找一条把真诚和信念带向她心灵的道路,因为他知道,当他把信念清晰地展现给她时,有如在阳光中色彩缤纷闪耀着的宝石一样,她才不会一看见高贵和华丽,就有种觉其庸俗的反感,相反,她会很投入地走进事物本身,对真诚和信念的东西深受感动。

果然,叶纯子听着政委的讲述时,被发生在塔尔拉上辈人身上那些恩恩怨怨的故事,政委和秋琴那段无言的恋情深深打动了。她为政委在秋琴的悲惨命运上所做的自责而感动,她不能自已地流下了酸酸的泪水。她觉得,政委讲述的发生在塔尔拉第一代人身上的故事,仿佛是在从她手上滑落的那本书里看到的,要不就是在梦里出现过的,叫她非常伤感,却又非常感动。

刘新章一口气讲完这些,深深地松了口气,似乎已完成了一项重大的工程。叶纯子深感这些埋藏在政委心中的故事对他的影响。刘新章看着叶纯子的表情,他说话时有了一种庄重感:"叶纯子,我向你讲到了塔尔拉的恋情,许多人说,那是以前的事了。可是我感到,不论时代发展到什么地步,社会做何样的变化,真诚的恋情还会存在,只不过它们变得不声不响,是在那些期待真诚恋情的人的灵魂里才会发生的,像那些表面上狂呼乱喊,内心却充满了飘忽不定的虚弱,不是我们这些人向往的生活。我讲述发生在塔尔拉的过去,我的话和你的泪水,在一只看不见的手里是同一体,这只手把我们看不见的真诚合二为一了,我们之间就会有了信赖感,你说是不是这样?"

叶纯子含泪地点了点头。

从那一刻起叶纯子在她的梦中又开始了她的行程,因为这一切在政委讲述的故事里又变得清楚起来。于是,故事所具有的那些感情,加上政委色彩凝重的叙述话语和浑厚而沉重的音调,仿佛这些故事都来自她自己亲身经历过的生活似的。叶纯子在刘新章的陪伴下专门去了一趟塔尔拉的军息林。作了简短的停留之后,叶纯子默默地跟着刘政委回来了,心里却一直不能平静,之后,她一个人常常到军息林中去走走。她从政委那里听到的好多人物都已作古,根明叔、郭生海,还有那个一辈子没有嫁人的青婆,他们都成了军息林中的一员,人世间的一切情情爱爱都在这个永恒的地方画上了句号。她仔细找了秋琴的坟墓,她很想再看一下这个叫政委怀念的苦命女人的坟墓,却没有找到,看着大小都没有什么区别的坟堆,她惊讶自己怎么就突然找不到了,自己的记忆力就这么差吗?她自责了一阵,突然有了一种想法,又不想找了,找到了又能看到什么?最重要的是能把握住现在,不要再让上辈人的悲情故事在现代的塔尔拉重演。

叶纯子记得刚来塔尔拉时,政委刘新章感叹地说过,塔尔拉是块很厚重的土地。在塔尔拉度过的这几个月时间,叶纯子感受到了这份厚重。

叶纯子感慨万分,她尘封的和在她的灵魂中遮蔽住的,又都闪现了出来。她又恢复了以前的神态,有时被她当作一个梦的事,都是实实在在的,是过去的生活,她的画匆匆地尾随着那些清晰而永远固定的画面,开始了新的生活上的创作。

吕建疆来了，虽然显得羞怯，还有点茫然，但不久就在叶纯子深情的目光里变得十分投入。他开口，还没有说出一个字来，就被叶纯子用手捂上了他的嘴："什么也别说，什么也不要说，我知道你的心！"

她不需要他的解释和表白。

她的目光里全是温顺和单纯的信赖，这种信赖照亮了吕建疆这个质朴者的灵魂。他激动得想哭。

这一天，他们只是在一起聊天，像多年不见的朋友相遇一样，仿佛要重新认识。不久，他们期待的真诚将他们联系在一起了。他们虽然原来彼此不了解，但是他们情感的质朴是相似的：一个是无论对生活还是对艺术都执着追求的人，这使她的心底深处只有澄明和恬静；一个是被环境锻炼而变得奋勇进取的人，岁月使他变得纯朴和稳重。叶纯子却是一个对生活还没有多少感受的人，因为她过去像是深陷在黑暗中一直耽于梦想，现在她内心深处接收到从朗朗世界射向她的第一束光辉并无华地反射出恬静的光亮。他们在彼此的心灵里似乎已存在了很久，就等着走到这一天似的，他们都把对方认作是自己今生今世最信赖的人了。

当吕建疆告诉王仲军和付轶炜，他和叶纯子已经确定了关系时，王仲军与付轶炜的脸上顿时开了花一般灿烂起来。王仲军上去很亲热地给了吕建疆一拳："老吕，还真有你的，总算没有辜负我们对你的期望，没有把降临到塔尔拉的天使放飞，你算给塔尔拉争了光了。"

付轶炜握住吕建疆的手,说:"祝贺你,老吕,叶纯子能成为咱塔尔拉的人,不仅仅是你一个人的喜事,更是咱塔尔拉大家的喜事,大喜讯。"说到这里,付轶炜转向王仲军,又说道,"老王,咱们是不是赶快把这个喜讯报告给支队政委,政委一直期待着来主持这个婚礼呢。"

王仲军说:"现在就报,也叫政委早点高兴高兴。另外,得把这喜讯给家伙们通报一下,他们一直都盼着这事呢!现在一说,家伙们还不知高兴成什么样呢!唉,这阵子,家伙们的情绪一直还很沉闷,应该使他们从沉痛中走出来了,不然,一直这样下去,会影响到工作和学习的。"

付轶炜点了点头,说:"这老吕和叶纯子的事对我们影响很大呢,既然定下了,我的意思还不如趁早把事办了,给咱们调剂一下气氛。老吕,你说呢?"

吕建疆脸一红,埋着头说:"我没意见,就看叶纯子那面是什么意思了。"

王仲军说:"叶纯子那面我去说,如果没什么意见,我看就定在八一建军节结婚,更有纪念意义。"

付轶炜说:"这个意见好,离八一建军节还有个把月时间,先到管教科把房子要上,条件再差,说什么也得弄出个新洞房来。"

王仲军说:"房子的事由我出面去要,布置新房时,老付你多出点主意,另外,老付你向政委去报告,征求一下政委的意见,看看能不能给老吕几天假,让他陪着叶纯子去趟喀什,购买一些结婚用的物品。我这就先去和叶纯子商量结婚日子的事,对了,通信员呢,找找林平安叫他别忘了去通知吴排长,叫吴排长今天下午开饭集合时,向家伙们通报这个好消息。"

王仲军说完要走,被吕建疆拦住了。

"中队长,我现在要干些什么事呢?"他自己结婚听中队长安排这个,安排那个,却觉得没有自己要干的事,就问了。

王仲军说:"你要干的事,谁也干不了——当新郎!别的事不要你管,你就做些当新郎的心理准备吧。"

吕建疆说:"当新郎还要做什么心理准备?"

王仲军笑着说:"这里面学问大着呢,好好去学吧。"说完,就去找叶纯子了。

叶纯子倒没什么异议,只是提出一个问题,说阿不都不幸刚牺牲不久,这么急着给他们操办婚事,不知好不好。

王仲军说:"这两件事要一分为二地看待,你心里也清楚,你和吕建疆的事,是全塔尔拉人盼望已久的大事,家伙们早就想喊你一声嫂子了。阿不都生前一直想着你能嫁给吕建疆,你留在塔尔拉是他最大的愿望,在他遇难前一阵子,不是经常去找你给他读信写回信吗?你教他写字的那些日子里,他不断称赞你心地善良、为人诚恳,如果能和副指导员成亲,将来肯定是他们的好嫂子,他不是已经试着叫你嫂子了吗……"

王仲军说不下去了,他的喉咙里有热热的东西涌了上来。

叶纯子的眼圈红了,一串眼泪无声地流了出来。

"可惜,阿不都看不到我成为他们的嫂子了。"叶纯子哽咽着说道。

王仲军说:"阿不都一定会感知到你做了他嫂子的,一定会的!"说到这里,王仲军停顿了一下,调整一下自己的情绪,又接着说,"大家都盼望着你和吕建疆的这一天,现在终于有了这一天,我们都非常激动,正因为阿不都的事,使大家心里的哀痛没法解除,家伙们这一阵子情绪都比较低落,这样下去不行。我们是执勤部队,每天都在和犯罪分子打交道,要化悲痛为力量,我们想着,尽快给你们办婚事,可以使大家从悲痛中走出来,振作起来好好工作,不然这样下去是不行的。"

叶纯子含泪点了点头,说:"我一切听从中队长的安排。"

王仲军笑了笑,说:"什么安排不安排的?这不光是你和吕建疆个人的事,还是塔尔拉的大事,咱们一起把这事操办好。小叶,你孤身一人在塔尔拉,婚姻是人生大事,你还是给你家里写封信征求一下他们的意见,如果能行,他们最好能来参加你们的婚礼!"

叶纯子说:"其实这封信我早就写了,我父母在这方面还是很开通的,他们说只要对方真诚善良,我能找到属于自己的幸福,就赞同我的选择。只是,塔尔拉离攀枝花这么远,恐怕他们参加不了我们的婚礼。"

叶纯子这么说时,心里想着她父母还以为塔尔拉是一个什么样的地方,哪里知道这里其实是一个遥远、偏僻、落后的小地方。还是不让他们来的好,否则,他们对塔尔拉又不了解,只看到塔尔拉的荒凉和艰苦，还不得心疼死。

A44

付轶炜向支队政委汇报了吕建疆和叶纯子要结婚的事，刘新章听了果然很高兴，当场表扬了三中队两个主官在这件事时间上的安排真是太好了。他说三中队现在正需要这样的大喜事调动一下大家的情绪，阿不都的牺牲是一个英雄的壮举，人死不能复生，他的事迹将成为三中队的光荣乃至全支队的光荣，叫大家要正确对待，振作起精神。

"八一节吕建疆和叶纯子他们的婚礼，我一定要来参加的。"刘新章在电话里表明了他的态度。

付轶炜又提出了给吕建疆请假的事，刘新章满口答应，并且在他们结婚这件事上，给付轶炜提出了几点要求，要中队主官帮助他们协调好房子的事，叶纯子父母方面的工作，也得做一做。

最后，刘新章突然问付轶炜他的家庭情况到底现在怎么样了。

付轶炜一谈到自己的事，就吞吞吐吐了，他回答说："挺好的，小孩都那么大了，不好还能怎么样？"

刘新章一听，说："什么叫挺好的？上次我没顾得上详细问你情况，我听说你们闹得已经不太好了，你妻子已经向你提出好多次离婚了，是不是这样？"

付轶炜不想正面回答。

刘新章火了，付轶炜才老老实实地说是这么回事。

刘新章问他对离婚的事是怎么考虑的。付轶炜想了半天，他不敢和政委说他的牢骚话，他认真地说，他不想离婚，虽然妻子不理解他，可毕竟他们结婚那么多年了，好歹也有了感情，再说，离婚了孩子是最大的受害者，他不想叫孩子从小就受这种伤害。

"你的这种想法是对的，"刘新章说，"现在有好多领导支持别人离婚，说过不到一起硬这样耗着还不如离了干脆利落。这样做不对，离了，孩子怎么办？要为孩子着想，你既然是这种态度，就好办，你妻子那里我会出面做些工作，过阵子我要到总队去开会，我去找她单位和本人，做做她的工作，你可要沉住气，安心工作，千万不要在信上和你妻子干起来，弄得不可收拾，影响了关系。"

付轶炜保证，他不会那么做的，一定心平气和地对待这件事，工作上也不会出差错的。请政委放心。

刘新章说："我对你还是很放心的。"

吕建疆和叶纯子关系的顺利发展，让刘新章心里很是欢畅。这阵子，上面已经考虑干部年底转业问题了，他的心里本来一直沉甸甸的，不管他愿不愿意，还是在心里做好了离开部队的思想准备，他是一个老兵了，组织上怎么决定，他会完全执行的。但就在刘新章心里空落落的时候，总队政治部主任前几天突然给他打了一个电话，告诉他，把他不做今年转业的对象考虑，因为支队摊子大，勤务重，还需要刘新章这样的老兵再站一班岗。刘新章一听到这个消息,就像久阴的天放晴了,见到了久违的阳光,心情一下子好了起来。刚好又接到吕建疆和叶纯子结婚的好消息,他连连感叹着,塔尔拉终于留住了一个美丽的姑娘,它再也不是过去那充满了苦难记忆的塔尔拉了。

回到家,刘新章心情很好地将此事和红柳一说,红柳听了也很为吕建疆高兴,说:"这个吕建疆,老大不小的人了,你还常替他担心,敢情人家就命里带桃花嘛,找了个又漂亮又有文化的姑娘。你看,塔尔拉的历史又有新的一页了,叶纯子这朵美丽的花会在这里盛开的。"

"是啊,塔尔拉再也不是留不住爱情的塔尔拉了。"刘新章想起那个一心要走出塔尔拉却被生活戏弄了的秋琴,感叹地说了这么一句话。

红柳看了刘新章一眼,知道他的心里又想起了秋琴,心里就酸了一下。但她终究还是没有说什么,其实说什么都没有用,刘新章对塔尔拉的感情不是说他离开了就断了,他确是很真诚地用心去爱那片土地,而不是因为他对塔尔拉有了空间距离的缘故。

在经过上次短暂的交谈之后,刘新章又找了几次机会与红柳交谈。他告诉红柳他对她漠视塔尔拉的心痛,他对塔尔拉那无法磨灭的感情。

"虽然我无法忘记秋琴,但那是历史,我保留这段历史是因为认识她之后,才有了认识塔尔拉更多的人的机会,当然也才有了认识你并娶了你做我妻子的机会。塔尔拉啊,它给了我许多的机会,它给了我生存和生活的最大动力,你说我能不留恋它吗?"刘新章说到动情处,竟是泪光盈盈。

红柳的心为之怦然而动,在城市的繁华中渐渐被埋没,对塔尔拉业已麻木的情感在刘新章动情的叙说中渐渐复苏。她没有再和刘新章拌嘴,只是用很深情的目光看着自己的丈夫,结婚这么多年来,社会变化得这么快,而他对她却一点也没变,难说那不是因为他的心里还有塔尔拉,那块贫瘠而厚实的土地的缘故。不正因为他对那块土地的执着的爱,才造就了他对生活对人生更加地珍惜和热爱吗?

A45

吕建疆和叶纯子的婚礼如期举行。

一直沉闷的营区因有了些活力,兵们暂时放下了阿不都牺牲的悲痛,情绪有了些变化,一下子来了劲,在现有的条件下,想尽了办法,出尽了馊主意,其中有一条是要吕建疆背着叶纯子,在塔尔拉转一圈,一群兵在后面跟着监督。塔尔拉看起来不大,但要走一圈,还是得走上一阵子的。吕建疆躲不过去,就背上叶纯子开始走了。这么热的天,吕建疆背着个人,累得连气都喘不匀了,一个劲地要找王仲军求救。

王仲军笑呵呵地跟在兵们后面,开始时不表态,吕建疆求得急了,他笑着说:"这事我说了不算,家伙们哪会听我的?你个大男人,不叫你受点罪,哪能知道人家一个大闺女家是那么好娶的?再说这帮家伙好不容易逮住一个机会可以不听干部的,他们咋能放过？你委屈委屈，就叫他们乐一乐吧。"

王仲军这么一说，兵们像得到了胡闹的命令，更来劲了，一边起哄一边催着吕建疆往前继续走。

吕建疆就咬着牙坚持着，他的腿都在打哆嗦了，急得背上的叶纯子一个劲给他擦着额头上的汗。

王仲军看着哈哈大笑，高声对叶纯子说："小叶，你现在心疼他，心里怨没怨我不出手相助？我告诉你，我这可一切都是为了你，你别不识好人心。为了帮你先治一治他，你看你看，我在老吕面前都当恶人吧！不过，这事也会轮到你的，到了晚上家伙们闹洞房时，你要受不了，还是不要找我，我依旧是这个态度。如果你不介意，我还想着和老付一起帮着家伙们出谋划策呢。"

叶纯子就慌了，连忙抗议："我反对，我介意！"

王仲军摇着手说："反对无效，介意无用。"

兵们就哄笑起来。

晚上的闹洞房，热闹到了极点，欢呼声一浪高过一浪，王仲军趁机又叫家伙们和新娘子拉了拉歌，气氛相当热烈。塔尔拉难得有这样的热闹场面，兵营里沸腾了起来。

前来参加婚礼的刘新章，都受了这个场面的感染，在王仲军的提议下，唱了一首老军歌。红柳也在刘新章的劝说下跟随前来，她自然是叶纯子在这一大帮男人中唯一可以贴心的人了。

红柳是第一次见着叶纯子，就明白刘新章为什么会对这段爱情倾以如此多的心思，连她都为叶纯子的美丽而倾服。她拉着叶纯子的手，当着一群人对吕建疆说："吕建疆啊，也只有你有这么好的福气,以后你可得好好善待纯子姑娘,不然,我都对你不客气。"

吕建疆满脸的幸福,呵呵地搓着手傻笑着。

这样的婚礼气氛,在闹完洞房之后,叶纯子都感动得哭了。吕建疆抱着叶纯子,他不断地吻着她,却没有劝她止住哭泣,他吻着她的眼泪,把她所有的又咸又涩的泪水全咽到自己的肚子里,把美好的甜蜜的吻全给了她。

叶纯子躺在吕建疆的怀里,哭得更厉害了。她在哭的同时,把自己的双手交到这个一生都要厮守的男人手里,仿佛要他支撑住似的。

这个男人就紧紧地抓着她的手,给予了她需要的支撑。

那一刻,叶纯子觉得自己好幸福。

A46

结婚后,叶纯子像一片随风飘浮的树叶,终于落到了自己该落的地方,有了家的感觉,心里踏实了。她开始在心里编织婚后更美好的生活。

此时,叶纯子的身心有一种恬静之感,使她觉得安详、满足,正如夏日的波浪汇合,失去了浪涛,平缓、宽阔,她有种一切都稳定了下来的感觉,开始了过日子的打算。结婚后住在家属院里,虽然离兵营不算太远,能听到兵们的喧闹,但这毕竟是两个世界了,家属院几乎没有人来,这面永远是一个宁静寂寞的独立世界。吕建疆每天一大早就到兵营里去了,如果是他值班,他晚上都不能回来,就是不轮到他值班,他也不在家里吃饭,说是部队有规定,基层干部必须和战士一起吃、住、行。只是到了晚上他才回来,回来后,他想帮着叶纯子干些活,也没有什么活要干,现在结了婚,叶纯子也不好意思在中队吃饭了,她一个人做饭吃。中队长和指导员都对她说过,叫她到中队去吃,如果她不好意思去吃,就叫通信员打上饭给送过来,反正就她一个人的饭,做起来也麻烦。叶纯子吃了几次通信员林平安送过来的饭,就不好意思吃了,林平安还坚持送,叶纯子更不好意思,自己有了家,应该自己做饭吃,便对吕建疆说不要叫林平安送饭来了,她要自己做饭。刚开始做饭还有点新鲜感,慢慢地就越吃越没有了味道,她对做一个人的饭失去了兴趣,有时就凑合着吃。经常就留她一人在空荡荡的家属房里,尤其是白天,自己又不好到兵营里去,怕打扰他们的工作。叶纯子感到奇怪,原来没结婚时,她就住在兵营里,一住就是几个月,她却没有打扰他们的感觉,现在结婚搬到家属院住,却有了这种想法,就越发不好经常到兵营里去了。

　　叶纯子就撑开画布,准备画画。画什么呢?她拿着画笔却犹豫着不知画什么好了,她不知该在画布的哪一点上涂上第一道色彩。一切在想象中似乎很简单的事情,在实际操作中却变得复杂起来,她想起了,在那些纵横交错的线条的互相关系中,在由红橙黄绿青蓝紫组成的这个世界里,有某种东西一直留在她的脑海里,在她那儿打了一个结,使她在想着各种零零星星事情的瞬间,会身不由己地发现自己正在心中绘着那幅画,她的目光掠过那幅画,并且正在解开那个想象中的结。她想着她的未来和过去突然分离开来,注视着她,她觉得整个画布像一面镜子,照着她的现在,她的过去,里面有她生活的影子,当照到她的未来时,却是一个空空的镜子。当她一边休息,一边模模糊糊地从一样东西望另一样东西的时候,那个永远在心灵的苍穹盘桓的老问题,那个在这样的瞬间总是要把它自己详细表白一番的宏大的、普遍的问题。当她把刚才一直处于紧张状态的官能松弛下来的时候,它就停留在她的上方,罩在她的头顶。人生的意义是什么?那就是全部问题所在——一个简单的问题,一个随着岁月的流逝免不了会向你逼过来的问题。那个关于人生意义的启示,还没有在她的生活中出现过,也许还不到时候,作为它的替代品,在现在属于她的日常生活中,所有的乐趣就是她和吕建疆在一起,除此之外,她只有面对画布了,可她对人生的真谛获得的一刹那印象,就是她的人生在这里发生了一个大的转折。她将从这里开始另外一种生活了,她却不知道怎么着才算和以前的生活有了区别。她对现在的生活很知足,对自己的丈夫很满意,她面对画布,却突然对未来的生活不知所云了。

时间过得飞快,她画架上的画布还一直没有着笔,但这不是束缚人双手的气馁,而是一种内在把握上的信赖。这种信赖不再是以时日计算,它不是匆匆忙忙,而是在神圣的恬静和被遏制的力量中摇晃不已。

但她还是受不了这难耐的寂寞。

就在这难耐的寂寞中,叶纯子逐渐从婚姻的朦胧和混沌中走了出来,她有了明确的冀求。于是,她给丈夫说,她想要个孩子。吕建疆一听高兴得差点跳起来。他说他早就有这个想法了,只是担心她不会同意就没有说出来。

叶纯子奇怪吕建疆怎么会担心她不同意呢?她是最喜欢孩子的,尤其是大师们创作的在圣殿里自由飞翔的天使,这些天使大多都是圣婴,对她的诱惑太大了,况且他们自从结婚以后,还没有正式讨论过要不要孩子的问题。

吕建疆迟疑了一下说:"现在有许多女人结婚了不愿要孩子,怕生了孩子破坏了自己的体形。"他其实想说,刘政委的妻子就曾经不愿要孩子。

叶纯子说:"我不是那些女人,我爱孩子,因为我爱创造,我乐于在这个过程里寻找人生的情趣。其实人的伟大之处就在于创造,如果不去创造,活在世上还有什么意义?还有什么乐趣?"

吕建疆当然高兴叶纯子这样想了。他自从结婚后,一直觉得有点对不住叶纯子,经常把她一个人放在家里,独自寂寞,塔尔拉又没有地方可以去,他不能在她身边陪着她,她一个人够孤单的了,如果有个孩子,不但可以给她做伴,也可以使他们的家庭更完满,更有情趣。

她为他们达到的共识而感到欣慰,她在他的怀抱里,开始幻想自己生的孩子会是什么样子。

寂寞的日子,她都用来作画,这样打发日子的方式也有叫她烦躁的时候,有时候,她似乎看到她的画布在飘浮,颜色苍白寸步不让地逼近着她。她在画一个小孩子,这幅画叫她恢复了平静。起初,当她发现自己身体上的异样时,她还不太相信一切是真的,她悄悄地到场部卫生队做了检查,确定她已经怀孕了,她激动无比,一种和平静谧之感在她心中扩展,带着一种奇妙的肉体上的激动,好像她被某种力量驱使着,而同时她又必须抑制住自己的情绪,她迅速地画下了关键性的一笔。画笔落了下来。一抹色彩飘洒到画布上,流下了一道流动的笔迹。她赶紧又画上第二笔、第三笔。就这样,她停留片刻,再添上一笔,停了又画,画了又停,笔的起落形成了一种带有节奏的舞蹈动作,似乎那些停顿都构成了这节奏的一部分,那些笔触又构成另一部分,而这一切都是互相关联的。她就这样轻柔地、迅捷地画画停停,在画布上留下了她全部的爱意。

她想把自己的喜悦与丈夫分享,她故意把他带到画布前,让他看自己即兴创作的这幅画。

那是一张更可爱、更温柔、更富有人情味的画。吕建疆看着画,又看看叶纯子,他发现她向他投来的目光虽然不是从她自己内心看到的图像中反射出来的,但他是在一个无声无息的诞生了的艺术品中辨认出的那道能够照亮他的光线。

她的目光告诉了他一切。

他大叫了一声,扑过去本来是要把她紧紧抱住的,却突然意识到了自己的粗鲁,便改变了方式,轻轻地把她拥入怀中,静静地看着她,却没有一句话要表达他心中要说的话。他太激动了。

她却说："你说说,我们的孩子会是什么样子?"

这是个谁也回答不了的问题。如果问的是生男生女,还可以瞎猜一番。但吕建疆还是很认真地向叶纯子详细地描绘了他们孩子的模样。

"我们的孩子肯定会像你画的一样漂亮!"

A47

风一刮起来,树叶发芽的时候,新兵该下中队了。

树叶开始落了,老兵该复员了。

一批老兵从塔尔拉走了,一批新兵又到塔尔拉来了。

塔尔拉就像一个码头,迎来了一批批新兵,又送走了一批批老兵……

树叶开始落的时候,老兵就要复员了。老兵就像这树叶一样,叶落归根了。老兵们总是到了第一场霜降过后,把沙枣从树上打下来,干干净净地收好了,才开始整理自己的家当,准备复员了。

每到这时候,复员的和不复员的兵,心里都很伤感,有的在一起相处了三年,有的相处了两年,有的虽然才相处了一年,但那种像一家人一样的生活规律使他们彼此都有了感情。现在一下子要分开了,天南地北的,谁知道今生今世还能不能见上面?这样一想,走的和不走的,心里都慌了。

中队干部这阵子特别谨慎,每天分别找复员老兵谈话,一副亲热的样子,没有了以前的上下级之别,老兵们也都变得比以前听话了,彼此之间都客客气气的,不像当兵的样子了。当然,快分开了嘛。

中队开支部会,研究今年复员人选。要是以前开这种会,干部们会把通信员打发出去,可这次却没有一个干部提到叫林平安回避的事,林平安还是知趣地走出了队部。马上到冬天了,荒漠上的冬天来得特别早,塔尔拉晚上已经要生炉子了。自从叶纯子结婚搬走后,指导员又回到自己的办公室一个人住,晚上因没有生炉子而感冒了,开会是在上午,队部里有点凉,指导员就喊林平安把炉子生上火。林平安进来生火,支部会也没有因他的存在而停下来,林平安就听了不少有关老兵复员的事。

林平安听到服役期满的老兵中要留下一批骨干继续留队,其中有三班长的名字。林平安知道三班长一直不想复员,他家在农村,那地方靠天吃饭,很贫困,他想留下来多干几年,看能不能转个士官什么的。

支部会最后还没有定下具体谁留谁走。因为中队老兵中农村的多,农村兵不想复员的多。那几天里许多人四处打听消息,问林平安的比较多,林平安没敢说支部会上的事,他对谁都是笑笑,说他不知道。

三班长也找林平安打听过消息,他还想和林平安套个近乎,林平安也没有告诉他情况。自从林平安当了队部通信员后,三班长对他客气多了,兵们都对他很客气,一来他在队部出出进进,他知道的多;二来他每天到场部去取全中队的信件,怕他押信。特别是同年兵很羡慕他,心里不服这个当初走队列同手同脚没人要的人却出息了。起码在中队范围这批同年兵中,林平安算是最出息的一个。

这天,林平安一个人坐在队部里练字,他闲下时也不到处乱转,喜欢没事时练练字、看看书。中队干部都告诫他要多学习,没事时把他狗爬一样的字练好。林平安坚持练了一阵子,也不见好,干部们却说他的字有了长进,他就坚持练着。

林平安正练着字,听到一个人打报告进到队部。林平安一看是三班长,就说:"中队长和指导员、副指导员都不在。"

三班长笑了笑,很不自然,过了会儿才说:"我知道干部们这会儿都不在队部,所以才来的。"

林平安停下手中的笔,不解地望着三班长。

三班长从身后拿出两个纸包,放到林平安面前,说:"林平安,这是我给中队长和指导员的一点心意,我想请你转交给他们。"

林平安看了看两个纸包,明白了三班长的意思,就说:"班长,这东西还是你自己交给他们的好。"

三班长又笑笑,很不自然地说:"我不好给,他们谁在谁不在都不好,只好请你了。"说到这里,三班长停顿了一下,又说,"林平安,以前的事,也是没有办法,咱班是示范班,我那样对你……请你原谅。"

林平安看到三班长对他也有了这种笑,并且还这样说了,他心里很舒坦,就说:"那你就放到这里吧。"

三班长推了推纸包,说:"是这样,这个包给指导员,那个包给中队长,你别弄混了。"

林平安说:"那你在上面写上名字,谁是谁的,我也好分辨。"

三班长在纸包上写了名字,临出门时,对林平安说:"林平安,麻烦你了。以前的事,对不起了。"

林平安笑了笑,没有说话。

快开饭时,中队长和指导员一起走进了队部。

林平安就把两个纸包拿过来,按上面的名字,分别交到中队长和指导员的手里,说这是三班长送来的。

王仲军和付轶炜相互看了看,又都看了看各自手上的纸包。

王仲军说了句:"这像什么话?都送上礼了。"

付轶炜先动手打开给他的纸包,里面是一条毛毯。

王仲军也打开纸包,见是一条花被面,随手往床上一扔,开始卷莫合烟,卷好烟点上火后,才说:"三班长也真是的,想留下继续干这是好事,却来这一手,把咱看扁了。"

付轶炜说:"铁打的营盘流水的兵,三班长家里穷,想在部队闯个前程。可现在部队除过考学,提干简直就不可能,转个士官也不是说转就能转上的。"

王仲军抽完一支烟后,说:"叫三班长走吧,他来这一手,丢我们农村人的脸呢。出来当了三年兵了,还没有改掉农民意识,这是军队,不是生产队。"

付轶炜没有吭气。

王仲军便唤了声林平安,要他把三班长的东西还回去。

付轶炜却说:"东西还是我去还吧,这会儿他思想波动大,我还得给他讲讲这里面的一些道理。"

三班长就复员了。

排长吴一迪送老兵回来后对林平安说:"三班长恨死你了。"

林平安问:"他恨我干什么?"

吴一迪说:"他说你小子心眼太小,还记着以前他对你的那些事,他请你办个事,你故意给他办砸了,说你太损了。"

林平安心里不是个味,他并没有干对不起三班长的事呀!三班长为什么要这样恨他呢?他复员走,是中队决定的事,又不是他捣的鬼,他林平安也捣不了这个鬼的。自从那天中队长说了那番农村人出来当兵的话后,林平安心里也一直乱乱的,那些话也说到了他的痛处。现在排长又说三班长恨他,他心里就更乱了。一个人走出来在营区外面转悠,转到操场边上时,他看到操场上兵们在搞队列训练,他看了一阵,无意中就走了几步,却发现自己再不是同手同脚了,他深感奇怪,便到一丛红柳后面,又试着走了一阵,他现在想走成同手同脚还走不来了。他心想这也许是感觉不同了吧?当了快一年的兵了,骨子里是不是有了军人味了?

林平安心里有种说不出的滋味,他不知道应该高兴还是应该难受。三班长恨他这件事又勾起了他心里的惆怅,他觉得憋屈得慌,有种特别想诉说的欲望。他想了想,便决定去家属院找叶纯子诉说诉说,她是他最值得信赖的人。自从她结婚后,有好长时间,他没有和她好好说说话了。还有叶纯子曾给他说过,要他给他姐写信,劝他姐和村长的傻儿子离婚,他照着叶纯子的话做了,可心里总有种说不清的恐慌,他还想和叶纯子说说这事,让她再给自己讲讲婚姻、法律方面的问题。

A48

这年冬天,叶纯子流产了。

这个打击对叶纯子和吕建疆来说,简直是太大了。事先他们没有一点这方面的思想准备,也没有一点征兆,所以他们接受不了这个残酷的现实,尤其是叶纯子,她对肚子里孩子的热望已经超过了一切。因为孩子是她在这些孤单的日子里赖以生存的最好伙伴,可现在他(根据医生的判断流产的是个男孩)没有了,也就是她的希望破灭了。她对这个孩子抱有多么大的幻想呵,光为他的模样就画了十几幅画,并且一幅比一幅有特点,加进了自己最新的想象,她把自己的想象和画出的画做着比较,不断地讲给吕建疆听。吕建疆听得都有点说不清哪个好了,最后总是说,如果不是基本国策控制着,你干脆按每幅画的模样生上十几个好了。叶纯子当然高兴,说:"如果允许生,我肯定要生那么多,到时自己像个幼儿园园长,多热闹。"

可现在,一个孩子都没有了。

叶纯子沉浸在深深的悲痛里,泪水把她的眼睛泡得像发面一样肿胀了起来。吕建疆陪着她,他比她要坚强些,因为他是男人,他感知不到那种从他肉体上撕去一块肉的痛楚,所以都说男人坚强。吕建疆也不例外,他伤心了几天后,就想通了,孩子这次没有,下次还可以有,就劝叶纯子要保重身体。叶纯子也知道这样悲痛下去是没有用的,可她没法从其中拔出来,毕竟是在她的肚子里存在了三个多月的肉体啊!这么一下子就没了,她说什么也忍受不了,并且那么多的幻想都随之破灭了,她像倒塌了精神支柱似的,身心全都瘫了。

吕建疆除劝她坚强点外,再也说不出什么别的话来,中队长、指导员给他准假,让他陪着妻子,多开导她。他说的一切开导的话对叶纯子都起不了多大的作用,他更多的时候就是沉默,心里难受地望着叶纯子发着呆。

叶纯子受不了这种沉默。她以疯狂的表情扑在吕建疆的怀里,紧紧抱住他,抽泣着、呻吟着,她怀着从未曾有过的巨大痛苦,哭着喊出一番绝望的话:"我一定要重新得到这个孩子,我的孩子,否则我就无法活下去,他是我的一切。……为什么他要离开我们,不愿和我们在一起呢?告诉我,为什么?为什么会这样?"

一阵无声的哭泣淹没了吕建疆的心,他俯下身把妻子紧紧抱在怀里。这时她紧紧地抓着他的手变得软弱无力了,她像一朵枯萎的花一样在一点点地往下坠。他轻轻地抚摸着她散乱的头发,像哄小孩似的说:"纯子,别这样了,孩子是不在了,但是……孩子还会有的,你这样下去,身体垮了,怎么再生孩子呢?"

他这样一说,觉得她的目光贪婪地以疯狂的绝望神情停留在他动着的嘴上,过了好长时间,她才梦醒一般对他说:"那我现在就要生孩子,就想有个孩子!"

"你好好的,别再这样折磨自己,等你身体恢复好了,我们就会有孩子了,好不好,纯子?"

她点了点头。但她没法这么快就从悲伤中走出来。

他看着她的半悲伤半强忍的神情,心里很难受,觉得妻子现在很可怜,在无依无靠的大漠里,她要承受的悲伤何止失去孩子这么简单?她还要承受除他之外再没有亲人的苦,他到兵营里去后一个人孤独寂寞的苦,塔尔拉自然条件差的苦,她一个女人从天府之国来到千里之外的大漠,嫁给他这个当兵的,又遇上第一个孩子流产,她够不幸的了。他觉得恰恰是现在她需要得到他的整个生命和他全部毫无拘束的爱,好披露自己心灵的和日益增加的痛苦,要求解除围绕在她心上的悲伤。他只能用话语抚慰。

她全神贯注地倾听着他把心里挤得快要溢出来的话尽数吐露的那段时间里,她坐在那里,用充满期待的目光望着他。这时他能感到她的心灵,像一只鸟儿,在树枝间蹿来跳去,总是拣稳当的树枝栖息。这时候的她看上去像一个需要倚靠的孩子,很专注地围在他的周围。他能揣摩到她的心思,只要他一开口,随便说什么,她都会顺从地一笑,仿佛一只鸟儿用利爪攥紧树枝,安稳地栖息着。所以她才能够什么也不用考虑,只有一个念头,就是等待着能够再次怀孩子的那一刻。

但是这种等待没有尽头,反而弄得她更疲惫不堪。

下次再怀孩子的念头成了她最大的愿望,成了安慰她的最大力量,孩子几乎占据了她所有的大脑空间,使她一直处在幻觉之中。尤其是在晚上,她的脑子里全是奇马布埃的《六天使围绕庄严圣母》和波提切利的《天国圣母和天使图》里那些长着翅膀飞翔的天使,正是这种幻觉永无休止地浮现,伴随着真实,却把她的思维置于真实之前,使她像一个孤独的漫游者,在塔尔拉这片土地上驻足、栖息。这里给予了她对爱的知觉和家的愿望,现在在她痛苦的时候,给予她大致的安宁,使她重新看到了希望,她只是一个劲地催着,我什么时候才能怀上孩子!

她在渴望的瞬间,看到了她一笔一画描绘自己孩子的画像,她贪婪地朝画像扑去,仿佛她要把这可爱的微笑的幸福孩子从画框里拽出来,让他回到现实中来,这样她就可以体会到孩子笨拙的四肢的娇嫩,在他的小嘴上逗出的笑来。现在她并没有想,这只是一幅画像,只是画了画的一块布,这不过是生活的梦。她不去考虑这些,只是体会做母亲的幸福,她的目光里充满了慈爱,完全陶醉在幸福之中。她紧紧贴着画像站着,她的手指有点颤,有点痒,渴望战战栗栗地抚摸孩子光滑而柔嫩的身子。她的嘴唇像火一样地灼热,想要温柔地吻遍这梦寐以求的胴体。一股幸福的暖流流遍全身,热泪随即夺眶而出。

他把她紧紧地揽进怀里,让她充满内心并要冒出来的那份感情外流和溢出。他小心翼翼地拉着她的手,把她从画像前领开,他没有劝她,因为他也热泪纵横了。他不愿让她看见自己也流泪了,他便抱着她,每天都轻轻地摇晃着她,让一个温柔的声音萦绕着她,将她轻轻地、甜蜜地摇入一个远离现实生活的朦胧而又美妙的梦境。

他们两人在一起的时间多了。他们又像以前那样谈话了,谈得更加心平气和、更加纯净,好似两个彼此非常了解、相互不存在一点意见分歧的体贴夫妻一样,是那么和谐、投入。

叶纯子又一次怀孕了。

叶纯子才安静了下来。在她的头上飞速地出现一片光辉,它没入头发中间,宛若是从那里面发出的一种内在的光。她又开始她的绘画了,温柔的运动与嬉戏的光结为一体,无意识同梦幻般的回忆连在一起,这一切组成了一幅飞快完成的美丽的图画,这幅画又赐给了她幸福的、最美好的回忆,她就像已经重新拥有了她的孩子,比现实中的还要神圣、深沉和慈祥得多,所以一看到这幅画她就激动和快乐不已。现在这幅画完全是她美梦的外壳,整个儿是她自己的一切寄托,是她灵魂的栖息地。

A49

春节过后不久,支队下了文件,对各中队的干部做了些新的调整。三中队干部调整得比较多,中队长王仲军调到支队任管理股股长了,副指导员吕建疆被晋升为中队长,排长吴一迪破例被提升为代理副中队长。只有指导员付轶炜没有动。

王仲军交接工作时,怕付轶炜心里有想法,就单独找个地方对付轶炜说:"老付,你也快了,任正连职有三年半了吧?我正连一干就是四年。这次动我没动你,可能是我太老了的缘故,你毕竟比我年轻点。"

付轶炜说:"年轻啥呀?只比你小五个月,就年轻了?老王,早该动你了,动你我替你高兴,因为你动了,到副营就可以随军了,嫂子和孩子他们在农村,可以解决一些实际问题,免得你们夫妻这样两地分居着,一年探一次家,旱时旱死,涝时又涝死了,现在年轻,身体又没有什么问题,该在一起过幸福日子了。哪像我,现在这样子,就是不分居了也不一定过得舒心。"

王仲军叹口气说:"老付你别这么想,夫妻之间闹闹矛盾是常事,再说有孩子在中间牵连着,会慢慢过好的。上次政委到总队开会时不是给你爱人做过工作吗?听政委说她那边其实也没有别的想法,就是两地分居时间长了,人家带个孩子也不容易,跟你撒撒气而已。人在气头上,难免会说些气话,过了还是夫妻。夫妻之间不闹不吵,那就不是夫妻了,倒像两个不承担任何责任的情人了。"

付轶炜摇了摇头说:"你说得有道理,但我们的事你不太清楚,不是你说的那么简单。老王,咱们俩是多年的老伙计了,我也不怕你听了笑话,也不再瞒着你了,我那位在那有了相好,她一直想甩掉我呢!"

王仲军吃了一惊:"会有这种事?你爱人不像那种人呀!"

"老王,你还以为现在是什么年代呢!你在塔尔拉知道什么呀?现在人说离婚就离婚了,只要单方面同意就可以办了,像吃饭穿衣一样随便。要不是咱算是军婚,不太好离,我那位早就和我一干二净了。"付轶炜说到这里,叹着气,又说道,"其实要不是孩子的话,我早和她离了,她心里装的是别人,和我过还有什么劲?但是这孩子可怜呀,他从小心灵上就受到伤害,以后心理上没有障碍才怪呢。"

"说得是呀,是得为孩子着想,孩子太重要了。"王仲军说,"你看吕建疆和叶纯子这两口甜甜蜜蜜的,小叶是多好的女人啊,可第一个小孩就流产了,给她刺激多大。对于她那样不世故、不贪求什么,只一心要过日子的女人,太不公平了。唉,说起来,无论是你还是叶纯子的痛苦,都是这塔尔拉造成的。塔尔拉的自然环境和生存条件,才是这些痛苦的根源。可谁又能把塔尔拉怎么样呢?谁也改变不了它!我现在要离开塔尔拉了,心里并没有一丝终于解脱了的那种兴奋,相反我心里更加沉重,还有一批人在这里受自然条件的苦,造成个人的悲痛,一批又一批……"

王仲军的眼眶先是湿润了,随即泪水控制不住地往外涌着。

付轶炜受他的感染,也流下了心酸的泪水。两人伤心地流着眼泪,过了一会,付轶炜开口劝王仲军别这么伤感了,弄得人心里沉甸甸的。

王仲军抹了抹眼窝,说:"塔尔拉就是个沉甸甸的地方,我在这里干了这么多年,看到了多少沉甸甸的人和事啊。我曾一直憎恨这个地方,却在心里对它蓄满了说不清、扯不断的感情。

我会永远怀念这个地方!"

树叶发芽的时候,新兵下中队了。

新兵一下中队,林平安这批兵就很自然地成了老兵。

老兵林平安已不是新兵时的林平安了,他学会了抽烟,并且学会了用报纸条卷莫合烟抽了。本来,他坚持着不肯学抽烟的,但他心里闷,尤其是去年老兵复员,排长告诉他三班长恨他的事后,他心里一直很难受。倒不是三班长恨他,他就心里难受了,主要是他从三班长的身上看到了自己的今后。今后自己的路到底怎么走?他不得不考虑了。

一个在三中队的老乡给林平安来信说,新兵下来后,他当副班长了,还说了一些同年兵中谁谁最近加入党组织了,谁谁也快预备上了。林平安把老乡的信看了三遍后,抽了三根烟,然后把信往口袋里一塞,到外面转了一圈,他看不到日子有什么特别之处,但他能看到眼前的兵营的确不同于以前了,中队的角角落落都是那样熟悉,熟悉得像他生活了二十年的家乡一样。他奇怪咋就这么快,才一年的时间就熟悉到这种程度。部队就是不一样,人适应得快,无论从感情上还是思想上。他这样想时,突然有了一种惆怅感,走一批老兵,来一批新兵,兵营里的日子就这样过去了,并且会越过越少了,自己还一点出息都没有,心里越想越烦躁。烦躁了就一个人抽烟。

中队长吕建疆见林平安日常工作虽然干着,却不像以前那么勤快利索了,动不动还一个人躲在房子里抽烟。有次吕建疆碰上了,就说:"林平安你怎么也抽上烟了?是不是最近家里又有烦心事了?"

林平安忙说:"没有没有,家里挺好的,我抽烟是闹着玩的,没有上瘾,说不抽就不抽了。"

吕建疆说:"那好,你就别抽了,你的家庭情况我是知道的,省点钱吧,再说抽烟对身体也不好。"

林平安点了点头。

吕建疆又说:"林平安,我一直想和你谈谈,问一下你姐的事。不知你嫂子跟你说的那些,你给你姐写信时讲了没?她对离婚的事怎么看的?"

林平安说:"我姐回信说,人家村长让我当上了兵,她现在得说话算数守这个信用,要对得起人家,离婚的事以后再说……"

吕建疆说:"这算什么信用?这些乡间恶霸,好多事都被他们扭曲了,和他们有什么信用可讲的!"

林平安说:"可我姐总认为应该讲这个信用,既然嫁了人家,也得给人家生上个孩娃后,再做别的打算。"

吕建疆说:"有了孩子就不好离了,尤其是女人,孩子能使她认命的。你还得再给你姐做工作,这可是你嫂子一心想办成的事,她恨死那个村长了。你咋没把你姐的态度跟你嫂子讲?我可没有听她说这些情况,她前段时间还问我呢,说你怎么不和她说这些事了,她一直把你当作弟弟看待呢。"

林平安低下了头,半晌,才说:"中队长,我嫂子的心我知道,她是天底下最好的人,可好人总是命苦,像我姐一样。去年冬天出那事后,我嫂子痛苦成那样,我不忍心再给她添烦心事,就没有跟她说。"

吕建疆长叹了口气,说:"事都过去了,这是短痛,不说了。你姐的事何时才是个头啊!你要抽空跟你嫂子说说,她一直惦记着这事呢。你们再商量着做做你姐的工作,首先要她有这个打算,必要时,咱们可以通过部队给当地政府去个函,请他们帮助解决。"

林平安点着头。

吕建疆过了会又说:"林平安,你的情况比较特殊,我们干部平时对你关心不够,有什么想法就说出来。比如你干通信员一年了,通信员工作看起来平凡,干起来琐碎事杂,时间一长,谁都会烦的。"

林平安听新中队长这么说,连忙说:"中队长,我没有烦。"

吕建疆说:"我知道你没有烦,但这样干下去会耽搁了你。你下到班里去吧,这些杂事我再找个新兵来干。"

林平安急了:"中队长,是我干得不好,你告诉我,我会改的。"

"不是,你干得不错。"吕建疆说,"我和指导员商量过,叫你下到后勤班去,先管管菜地的事,起码是一个专业,今后也算有一技之长呢!你可别小看种菜,它也有学问呢!你好好学吧!"

林平安就不再当通信员,搬到菜地里种菜了。起初他还有些想法,后来他才知道,中队长是有意这么做的。因为在原中队长王仲军调走时,叶纯子专门跟他提到了要帮助一下林平安的事,王仲军说先叫林平安学一门技术,日后转个士官啥的,也好争取些。林平安文化程度太低,只有想法转士官这条路子了,转士官要么是优秀班长,要么必须会一门技术。中队能有什么技术?吕建疆和付轶炜商量,只有种菜还算是一门技术了。

  林平安种了三个多月的菜,就被管理股长王仲军调到支队去了,虽然到支队还是种菜,可王仲军说在支队,转个士官什么的要容易得多,今后发展的可能性也要大得多。再说,像林平安这样受够了苦难的兵,叫他离开塔尔拉,少受点苦吧!

  林平安心里清楚,只有在部队,他才能得到这些像大哥一样的战友对他的关心和爱护。他感激部队,同时,他也感激塔尔拉,是塔尔拉这个地方给了他这么一个生存的机会,给了他温暖,给了他关爱……

  他爱塔尔拉,爱这块土地上的每一个人:吕建疆、叶纯子、付轶炜、吴一迪,还有永远离开了他们的阿不都。

  林平安临上车走的时候,专门去家属院,跟神思恍惚、身子还一直很虚弱的叶纯子告别。告别的话没有说上一句,林平安的泪水已经奔涌而出,哽咽着只叫了一声"嫂子",就哭得一塌糊涂。这个给了他精神上莫大慰藉的女人,却在塔尔拉经受了女人最不能经受的不幸,林平安这一刻憎恨塔尔拉,憎恨让这个叫叶纯子的女人遭受磨难的地方。

  塔尔拉!塔尔拉!塔尔拉……

林平安用哭腔怒吼着这个地方,他这颗善良的心,只能用哭来宣泄自己对这个世界不公平的抗议,还有对塔尔拉又爱又恨的感情。

就这样,林平安离开了塔尔拉。

A50

叶纯子又一次感到诚惶诚恐,在这种包容广泛的人的情感中她显得异常脆弱和敏感。

曾有人对叶纯子说过,你的敏感和情感的脆弱,到底能不能作为一个缺点给你提出来,提醒你今后改正?

叶纯子认为这是自己的缺点,但她改正不了。她试过,没有用。

叶纯子的生活里,总是有旋风一样的东西搅动着,使她陷于极大的、莫名的痛苦之中,心里感到阵阵战栗。她开始觉得一个女人的悲痛,她心里充满了迷惘,不知所措,没有人给她指点和引导,她在黑沉沉的光线里用心灵走着另一条奇特的路。她心里生出渴念,却找不到路了。在她受到又一次打击之后,她毫不犹豫地和她的同伴——一个影子一起越过了没有路的荒野。她看到的那个片段和景象,自有安慰她的力量。不论她在作画,还是干别的什么,那个幻影总会来到她的面前。她半闭着眼,像欣赏一件美妙的艺术品似的,总能欣赏半天。她发现这个被叫作塔尔拉的地方真是个好地方,天阔地广,所有能看到的空间铺满了波澜起伏的波涛,看上去雄浑壮阔。这片驻守着人的绿洲就是大海中的孤岛,她有时离开这个孤岛的码头,去海的中央,有一个棕色的小点,她明白过来,那是给她准备的离开这个孤岛,去寻找海岸的一叶孤舟。她上了小舟,乘风破浪,驶向海岸。

她是感觉不到她在小舟上的,她感觉是在海面上行走,她的手却浸没在水中,在海面上划出一道波痕。在她的心目中,那些蓝色的旋涡和线条形成了各种图案。她望着这些图案,心上像蒙了一层帷幕,她在想象自己漫游在茫茫大海之中。在那儿,成串的珍珠和白色的浪花粘在一起,在那蓝色的光芒中,她的整个心灵起了变化,她变得非常不可思议。

此时,她最崇拜的是抽象派大师凡·高,她走进了凡·高的画中,把现实中的一切看成另外一种现实了。比如,塔尔拉这个极其缺水的地方,她把它当成是海洋了。

她漂泊在这个海洋里,后来,围绕着她的手的旋涡减弱了,哗哗的湍流停止了,却能听到浪花拍打着小舟的声音。她弯下腰,屏息谛听,走过来,再走过去,她能听到所有的东西其实都和她非常接近,比如海岸。一上一下的海岸在波动着,诱惑着在大海中的漂泊者。

当这个小舟在灼热的阳光下随波逐流地漂荡时,在远方看起来大海像一片非常荒凉而单调的荒原。在那儿,光和影互相交错,扭曲了万物的形态,一会儿阳光令人炫目,一会儿阴影遮蔽了视线,她在其中慌乱地摸索,她已经寻求了一个形象,用一个具体的形态来把她的感情点燃了。她如今已不再分散自己,使自己转换方向了。

她感到了自己的呼吸和生长,也感到了和她一起呼吸和生长的孩子。她经常能看到一个人影儿,像自己一样,正在大海上航行,有什么东西在天上的一个地方逗留,把她笼罩在阴影之中,它不肯走开,它在空中横冲直撞。现在萦绕在她脑子里的已经不是能够飞翔的天使,而是变成了能够在海水里游动的鱼了。这就是凡·高的力量,他能叫天使同样飞翔,却要从空中跳到水里。她甚至想,凡·高就是给这个幸福世界里突然降落一片刀刃,说不定落在叶瓣和花丛中砍伐,使百花枯萎、枝叶凋零。

那些遇害的花朵,落在空荡荡的海里,她看到那些花瓣在她眼前汇聚成她的形状,像她的影子一样从她的身上滑了下去,却依恋着她,一直看着她,在她无奈的注视下,很不情愿地变成一条美丽的小鱼,游入海水深处,不见了踪影,像她的小鱼被大海吞没了。她在阳光里悲哀地凝望着海水,她没有力气动弹,没有力气拂去一粒接着一粒落在她心头悲哀的微尘。好像有一根灾难的绳索把她捆在了那儿。

她看到,这个海面上连一个斑点都没有,大海伸展开去,像丝绸一般光滑,所以她看不到距离,不论是前面还是后面,所有的距离都被洪荒吞没了。她想,距离的作用那么大,就像对某个人的感觉好坏,取决于他离我们距离的远近。她离她的孩子远吗?孩子从一开始就孕育在她的肚子里,可他像她的影子似的若即若离,永远回不到她的怀抱里来,他宁愿像鱼似的滑入大海……游来游去,最后被距离所吞没。

塔尔拉的存在,就像一片树叶漂在海上。她重新凝视大海,眺望那个树叶似的岛屿。树叶似的岛屿虽然失去了鲜明的轮廓,非常渺小,非常遥远,但它比遥远的海岸更重要。

在找不到海岸的时候,岛屿就是你的海岸,就是你心灵的栖息地。

她梦想着自己的海岸,她就这样乘上了一叶小舟,海水从她的指缝间流过,一丛海藻在她的手指后面分散、消失了。她的痛苦,她的孩子都悄悄地溜走了,消失了,游走了。接踵而来的将是什么?她伸手向海水中抓去,从她深深地浸没在海水中的冰凉的手心里,好像冒出一股欢乐的喷泉,对于那一次又一次在大海中沉溺过痛苦的人来说,她感到喜悦。从这股无意之中突然涌现的欢乐的喷泉中迸射出的水珠,四散溅落到一片朦胧黑暗的地方,飘洒到她心底里的模糊的形体上,这是一个未知的世界。这个世界就是从她身上像鱼似的游走了孩子,这个世界一直和她若即若离,每次叫她捕捉到一闪而过的光芒,随即会给她一个巨大的空想。她的生活只是随着唯一的洪流奔向迷惘,围着她的黑暗使她把自己空虚时所做的种种幻想的梦当成了现实,这些梦是如此遥远和陌生,像她知道有着说不清有多远的距离一样。

她总是梦幻地想着某一天会出现一个奇迹,或许有一天她的孩子会像鱼似的从海水里跳出来,要寻找着回到自己的家里一般,游回到她的身边,成为一个完完全全地属于她的世界……

A51

叶纯子又一次流产了。

A52

叶纯子觉得有一样东西长期以来把她全身挤压成坚实、痛苦而又默不作声的一块,现在它突然以惊人的力量迸发出来了。她像一个受了猛烈一击的人,浑身肌肉不自觉地痉挛收缩,如果她睡着了醒来,全身会汗涔涔的,好像她的创伤都变成咸咸的汁水一样,她就任这些汁水静静地流着。她的额头伏在弯曲起来的膝盖上,坐在那里毫无声息,呆若木鸡。她不时抬起头来,因为那些汹涌的汗水会流入她的眼睛,并且顺着脸往下直流,浸湿了她的衣服。她有时被这种汗水浸透的时候,真想哭一场,可她没有泪,也没有哭声。她想着她的这两次不幸不过是一团隐藏着的混乱不堪的梦一样,做过了就当作一次回忆。因为经历过第一次的巨大悲伤,叶纯子在这次悲伤之中没有沉得太久,她主要怕自己的情绪影响吕建疆。

"对我来说,悲伤已经过去了。"叶纯子这样给丈夫说。她的声调是如此柔和,又充满了苦涩的轻松。吕建疆听来,觉得五脏六腑都收紧起来,他想安慰一下妻子,可不知从何说起,该说的话在上一次已经说过了,这次再说只能加重心里更大的悲痛。于是吕建疆干脆不说那些,找了些远离痛苦的话题,尽量避开使他们伤感的事情。说什么呢?不能说塔尔拉的以前,因为那些事里面有秋琴的悲剧。不知不觉,就说到了已经离开了塔尔拉的林平安,说到林平安正在想办法劝他姐林萍儿离婚的事,他像征求她的意见似的,轻声地问她,她也轻声地回答着。就这样,他们俩像其他夫妻一样,闲时扯些别人的话题来填充生活的空隙,使生活变得更生动起来。

黑夜就这样怀着不可名状的目的向他们袭来,它飘过那窄窄的门洞,扑向他们的心田,它带来了叹息和哀怨声,以及晚风穿过沙枣树发出的阵阵细微的如泣如诉声。这些声音以前是多么亲切和美好,现在听来却充满了恶意和恐怖,一种无可名状、无法抑制的疼痛还是攫住了他们的身心。

黑夜,叶纯子总觉得她身下的大地,似乎都随着那不断的、从容的、温和的呼吸声在一起一落,就像躺在船上一样,那一刻的命运全掌握在船长和风浪手里,由不得她自己了,她自己只有认命的份。

A53

指导员付轶炜的妻子终于没有和他离成婚,并且她带着孩子来了塔尔拉。她一直闹着离婚,是因为她有了婚外恋,那个男人在她快要闹得离成婚的时候,却又和另外一个女人搞在了一起,并且那个女人也开始闹离婚了。付轶炜妻子心中那份燥热冷却了。她像她的单位液化气公司一样,乌鲁木齐只要全部装上管道天然气,他们就该退下来找个地方乘凉去了。

支队政委刘新章去给付轶炜的妻子做工作,找到她的单位时,单位领导跟刘政委说:"如果不想叫他们离婚,最好的办法就是把他们调到一起,断了他们两地分居的后路,两人都不独守空房了,哪还能动离婚的心思呢?"

刘政委一听有道理,可怎么调呢?要把付轶炜调到乌鲁木齐来,简直比登天还难。女方单位领导跟刘政委说:"就调他妻子去他那里好了,不调走,她也快下岗了,我们公司已经快关门了。"

刘政委还没有想出来往哪个地方调付轶炜的妻子,付轶炜的妻子就下岗了。

下了岗的她什么都没有了,事业、爱情都泡汤了。她来塔尔拉,并不是和付轶炜重归于好的,两个人的感情破裂了,想弥合,是比较难的。但他们有孩子,孩子是他们之间连接的线。有线在,他们就还是夫妻。

他们的线是一个五岁的男孩,名字叫付克。

A54

付克认识叶纯子,是在他最寂寞的时候。他来到塔尔拉以后,他才发现,他爸爸所在的兵营离有点人群的场部还很远,这里没有一个可以和他玩的小孩子。他一个人不甘寂寞地在营区周围跑来跑去,寻找玩的地方。

那天,付克正从一片红柳丛中穿过,他从没有什么遮挡的大道上拐进一条狭窄的小路,两旁全是密密的红柳,顶上闪着红光的树冠像是在互相拥抱一样,树底下就黑黝黝的了。这时万籁俱寂，只有红柳枝互相摩擦的声音，那种宛如细雨落进草里或草茎互相抚摸时所发出的沙沙声颤动着向这个孤独寂寞的男孩飘来。付克觉得有趣，有时他轻轻地抓住一根红柳枝，把它拉弯下来，然后再松手，红柳枝很柔软，会缓缓地弹回去。付克觉得很有趣，他一个人玩得正起劲的时候，听到身后有嚓嚓的响声，是什么东西踩在盐碱地上的声音。付克吓了一跳，他转回身一看，由于树丛中光线太暗，他只看到一个白色的身影朝他飘来，并且已经挨近了他，他还没有看清楚来的是谁，就被这个白色的影子紧紧地搂住了。一个温暖柔软的身体把他抱在怀里，一只柔软的手，迅速地、战栗地抚摸着他的头发。他惊奇地发现，抱着他的是一个漂亮年轻的阿姨，他还没有开口问这个阿姨是谁，她就微笑着告诉他，她是纯子阿姨。纯子阿姨还把他带到了自己家里。

付克终于在塔尔拉找到了一个能和他玩到一起的人。

即使爸爸回到家里，付克也要挣脱爸爸的怀抱，不听妈妈的呵斥，跑到纯子阿姨家去。付克跑出家门，他也知道爸爸和妈妈会吵上几句。他经常把这些争吵抛在身后，他已经厌烦了爸爸回到家里，只要爸爸一回来，除过闷着头一根接一根地抽烟外，就是和妈妈一句一句地争吵了。他们吵架的理由非常简单，互相嘲讽，琐琐碎碎都能成为他们讽刺的内容。然后，爸爸唉声叹气地抽烟，妈妈摔东摔西地流泪。

付克哪有心思在家待呢？只要爸爸一进家门，他就出去，到纯子阿姨家玩。纯子阿姨身材瘦小，面色苍白，但她能挺着一个比她的头大得多的肚子,像身上挂了个大提包一样。付克第一次见时,问她累不累。纯子阿姨笑笑,把付克拉过去,让他把耳朵贴在自己的大肚子上,说:"付克,你听听,阿姨肚子里的小付克是不是喊你哥哩!"

付克认真地把脸贴上去,纯子阿姨的肚子软乎乎的,他听不到有一点声音,只能感觉到一团肉在纯子阿姨的呼吸声里蠕动。他便仰起头,对纯子阿姨说:"阿姨,我听不到他叫我哥,他不认识我,就不愿叫我。"

"胡说,小付克怎么会不认识你?"纯子阿姨两眼一瞪,"女人的肚子就像装着水的皮囊,小孩就是鱼,在里面长大了才游出来。小付克是一条鱼,你也曾是,身上滑溜溜的,我摸到过。鱼你见过吧?你和小付克是一样的鱼,是你装作不认识他的。原来的小付克游来,又游走了,这次又游回来。"她拍了拍自己的肚子。

付克就不吭气了,鱼他见过,他最爱吃鱼了,妈妈说他是鱼变的。塔尔拉没有鱼,经常从外面买来,妈妈杀鱼时,他最爱摸鱼了,像摸自己,光滑光滑的。

用手抚摸着纯子阿姨的肚子,付克心里想着,只要小付克像鱼一样从纯子阿姨肚子里游出来,我肯定会认识的,那时,我就能听到他叫我哥了。付克最盼望的,是他能有一个能玩的伙伴。在塔尔拉,除过爸爸和一群当兵的叔叔外,就他一个小孩,爸爸又不让他到兵营里去,他没有一个能玩的伙伴,天天生活在家属院这个圈子里,孤孤单单的。白天,尤其是秋天的中午,他一个人跑到家属院后面的荒滩上,那里有一大片正在开花的红柳,他可以钻到枝条细密的红柳丛中。红柳丛中非常安静,而且它们不把天空遮住,一蓬蓬的,枝条上全是一串串红色的红柳花。花虽然没有香味,付克还是喜欢去闻,他把柔软的花棒一样的枝条拉下来,凑到鼻子上,摩擦着鼻子,他能一个人在红柳丛中闻一个下午。他最喜欢的,就是把自己掩藏在红柳丛中,让别人看不到,听妈妈一遍又一遍地唤他,他硬憋住不答应,透过枝条的缝隙,得意地看着妈妈生气的样子。可当妈妈认为在这荒滩上也丢不掉他,要转身回去时,付克会大叫一声,哈哈大笑着冲出来,吓妈妈一下。这样的玩法玩得多了,妈妈就失去了找他的兴趣,不再到处唤他了,付克就觉得红柳丛中也没有了意思。但他还是喜欢秋天的红柳丛,那米粒似的紫红色花儿盛开的时候。

付克后来爱到纯子阿姨家去,不光是纯子阿姨也喜欢秋天到红柳丛中去看花,主要是纯子阿姨肚子里有了一个小付克,那是付克最大的梦想,他快有一个也叫付克的小伙伴了。

纯子阿姨肚子里原来有过两个小付克,在这个小付克没生出来之前她就给胎儿起名,也叫付克,意思想生出一个像付克这样的儿子来。纯子阿姨对付克的妈妈说,她要借用付克这个好名字,生一个胖乎乎的好儿子。纯子阿姨因为流过两次产,她不相信她的孩子没有了,有时她想孩子心切了,就抱个枕头在塔尔拉走来走去地叫着自己孩子的名字。自从付克来到塔尔拉后,纯子阿姨就用付克的名字代替了她孩子的名字,那种"付克付克"的叫声有时会在塔尔拉的白天或者夜晚叫上一阵。付克的妈妈一听到这种叫声,怕吓着付克,就把他抱在怀里用被子蒙着头。付克还不太懂得到底发生了什么事,一个劲地对妈妈说,纯子阿姨叫他呢,要挣脱妈妈的怀抱去答应纯子阿姨,气得妈妈打了他一巴掌,他大哭大闹起来。他的哭泣声引来了纯子阿姨,她把也叫付克的枕头往付克家的床上一放,就要从他妈妈的怀里抢付克,他妈妈吓得把纯子阿姨推倒在地。从那时起,妈妈和爸爸的争吵内容又变成了要离开塔尔拉这个疯子待的地方。

纯子阿姨被丈夫送到遥远的喀什治疗了三个月又回到塔尔拉,她比以前更瘦了,脸比原来更白,一见到付克,还说成是自己的付克,买了很多好吃的东西给付克吃,不断地把付克叫到她家里。付克的妈妈为了不让他到纯子阿姨家去,有时会锁上院门。院子是用干硬的红柳枝围起来的,纯子阿姨为了叫出付克,把付克家的红柳枝栅栏墙拆得一塌糊涂。为此,男孩付克的妈妈和纯子阿姨大闹过一回,闹的结果是付克的爸爸把付克的妈妈大骂了一顿,妈妈哭泣着把付克推出家门,说付克的魂就叫那个疯女人勾去吧,后来就不太管付克了。

付克一点都不觉得纯子阿姨是疯子,她对他很好,尤其是她又怀孕后,把她丈夫托人从外面给她买来的东西全给付克吃了。付克五岁了,谁给他好吃的,他当然说谁好了。纯子阿姨又经常叫付克摸她的肚子,他更愿意和纯子阿姨在一起。至于纯子阿姨把自己肚子里又怀上的胎儿还叫作付克,付克有些不解,他曾问过纯子阿姨。纯子阿姨说:"我的儿子就叫付克,你就是我的大付克,你不想有个小付克弟弟吗?"

付克当然想有一个小付克弟弟了。但他的妈妈为了这个名字,曾和纯子阿姨的丈夫理论过几回。吕建疆抱歉地说:"嫂子,你就让她那样吧,我保证你的付克不会受到伤害的。"付克的妈妈没话可说了,要离开塔尔拉的念头却更强烈了,一闹起来,付克的爸爸开始还忍让着,后来就不让了,骂她离开可以,留下付克,走时先把离婚手续办了。一提到离婚,现在的她就不说话,只有哭了。哭过,还闹。

日子就这样一天天过去了。

付克已经离不开纯子阿姨了。纯子阿姨除过给付克好吃的,还教他认字。他最先认会的两个字就是他的名字——付克。后来还教他画画,给他买来许多水彩笔。付克对画画充满了好奇,他喜欢把纯子阿姨教的圆圈画得溜直,然后首尾衔接,在一张纸上就画成了一个大方块,然后把剩下的地方全画成波浪线和乱七八糟的线条,说是有很多水的,还要画一些鱼、大涝坝。纯子阿姨一点都不怪他,还很高兴。纯子阿姨夸他是个好孩子,又教他画画。他想画一条像小付克一样的鱼,却不会画,纯子阿姨说小付克是鱼,但要先画出水,才能画鱼,他就开始画涝坝,想把涝坝画得好看点,就在涝坝边上画了些芦苇,他还要画红柳哩。纯子阿姨就握着他的手,两人画了些红柳丛,还画了紫红色的红柳花,虽然涂得一塌糊涂,但俩人都很开心。一画到红柳,纯子阿姨就教他在红柳丛中画两个小人,说一个是大付克,一个是小付克,在红柳丛中藏猫猫。他一想到藏猫猫,就兴奋了,一个劲地催着纯子阿姨快点叫小付克从她肚子里游出来,一块到红柳丛中去藏猫猫。纯子阿姨很高兴,带着他先到红柳丛中去藏了,一个找一个,把付克玩得忘记了日月。那段时光是付克最开心的时候了。

付克和纯子阿姨玩过许多游戏后,也画了不少塔尔拉能看到的东西,比如沙枣树啦,四方四正的军营啦,红柳枝围起的栅栏啦,牛啦,能画的他都画了。有次,纯子阿姨教他画小付克,他俩一想到小付克就想到了鱼,费了几天的劲,也没有把小付克画像,怎么画,纯子阿姨都说不像小付克,他们又没见过小付克的样子。他说:"纯子阿姨,你不是说小付克会像我吗?就画成我的样子吧!"纯子阿姨高兴地直说他聪明。他们就动手画,怎么画都画不像,为此他们苦恼了几天,就不画小付克了,等小付克出生了再画吧。想画些别的,可塔尔拉能画的都画过了,画什么呢?俩人想了半天,也想不出来,到外面转了一圈,实在找不到能画的,付克没有画画的兴致了。纯子阿姨看着付克无精打采的样子,突然提出一个新奇的想法,她说:"我们就画空气吧!"

空气是什么呢?付克琢磨着,没办法下笔。纯子阿姨就在空中抓了几把,说:"这就是空气,你想画成什么就画成什么吧。"

付克在纸上涂了半天,怎么也画不出来空气,后来用白色的水彩笔涂了一张什么也没有的白纸,说:"这可能就是空气吧。"

纯子阿姨看着看着,大笑起来,直夸他聪明,叫他拿着画有空气的白纸回家给他爸爸妈妈看。爸爸妈妈看了,都不解,问他画的是什么。

"是空气呀！你们连空气都不认识。"

爸爸妈妈面面相觑，妈妈当即就流泪了，哭泣着说再这样下去，儿子非得叫那个神经病折腾坏不可。爸爸只是抽烟，叹气。付克被妈妈看管了起来，他又哭又闹，但不管他哭得怎样伤心，撕碎了多少东西，妈妈就是不放他出去。

叶纯子也被吕建疆关在了房子里，她大喊大叫。付轶炜觉得这样下去不是个事，请示上级后，叫吕建疆在家陪着妻子。但叶纯子的叫声依然不断，家属院像遭了大劫似的，一个女人和一个男孩的哭叫声扰得大家心烦意乱。

A55

这种毛毛糙糙的日子在这个秋天的一个黄昏里终于结束了。

叶纯子又一次流产了。

这次叶纯子不哭不叫，也不抱着死胎到外面去叫了，嘴里一个劲地只说着一个字，鱼。

她的婴儿又像鱼一样滑溜溜地游走了。

付克知道事情的真相后，他也不闹了，一心想去纯子阿姨家看一眼那个盼望已久的小付克。但他妈妈把他看得很严，他根本出不了门。他痛苦不堪地对妈妈说，他只想去看一下纯子阿姨生下的小付克像不像鱼。他的妈妈有天终于忍不住了，打了他一巴掌："什么小付克？什么鱼？你的魂是叫那个疯子勾走了。"妈妈打完骂完,伤心地大哭起来。

付轶炜生气地骂妻子:"你发什么疯?孩子有什么错?"

付轶炜骂完,就蹲到地上,慢慢地掏出烟点上。

付克对爸爸妈妈的这种举动习以为常,但他看到妈妈这回不还嘴,却开始一边流泪一边收拾东西,他就怯怯地上去拉住妈妈的衣角,问妈妈要去哪里。妈妈没好气地说道:"去哪里?去哪里也比这里好,再住下去,我们都得疯了!"

付克呆了,他的眼前闪过纯子阿姨苍白的面孔,还有她的提包一样的大肚子,那里有他盼望已久的小弟弟——小付克。他不假思索地说了句:"我不走!"

"你为什么不走?"

"我要等小付克像小鱼一样再游回来!"他仿佛看到小付克又游回了纯子阿姨皮囊一样的肚子里。

"疯了,都疯了!"妈妈将一件衣服狠劲地摔到地上,歇斯底里地吼道。

付轶炜被一口烟呛到了,咳嗽起来。

付克第二天上午哄骗了妈妈,说要到外面红柳丛那里去折些红柳枝来。妈妈跟着他到了后面的荒滩上,怕他又到叶纯子家去。付克磨磨蹭蹭地折了些红柳枝,对妈妈说他不会去纯子阿姨家了,他怕听见纯子阿姨的叫声。

折了些红柳枝,付克跟着妈妈回家了,他告诉妈妈他今后会听话的,只是求妈妈别带他离开塔尔拉。他不想离开塔尔拉,主要是不想离开爸爸,好不容易才和爸爸在一起了,还有他不想离开纯子阿姨和那个像鱼一样的小付克。他一心想看到小付克,想和他一起玩呢。

"不离开,想找死呀!"妈妈没好气地骂道。

随后几天,付克确实很听话,妈妈也不再骂了,把屋子搞得乱糟糟的,扬言要走了。

付克待在屋子里,安静地望着妈妈,他知道没法说服她,凭他一个小孩根本改变不了大人的想法。

爸爸到兵营去了,妈妈摔东摔西地撒着气。付克看起来正常了不少,妈妈也不理他,比前几天看管得松多了。

付克是趁妈妈睡午觉时溜出家的,他一个人到了外边,也没敢去纯子阿姨家,他朝纯子阿姨家那面望了一阵,心里确实害怕见到纯子阿姨。小付克又无声地游走了,纯子阿姨伤心透了,见到他,纯子阿姨会更伤心的。他站了一阵,朝另外一个方向走去。

他想去帮纯子阿姨找回像鱼一样游走的小付克,他打算去大涝坝那边看看,没忘记到红柳丛里去折一大抱红柳枝。付克想小付克一定会喜欢这种花的,等他游回来了,长大了,还要和他一起到红柳丛中藏猫猫呢。

投在路上的树影子变得越来越浓,那些微弱的声响也越来越乱七八糟,付克抬起头,他看到天上飘浮的云又遮住了天空,天暗了下来,孤独寂寞一下子袭上他的心头,令他感到苦闷。

他走出红柳丛,他踯躅,步子越来越急。他要去一个地方——大涝坝。像海一样的大涝坝(他没有见过大海,他从纯子阿姨那里得知,海就是水组成的没有边沿的世界),那里有水,像大海一样的水,他想着说不定在那里能找到小付克的影子呢。

他要去大涝坝找小付克。

大涝坝在远离营房的荒滩上,那里非常洁净,没有一个人影。付克沿着人们在荒滩上踩出的一条便道,快快地走到了涝坝跟前。

涝坝边上稀稀拉拉地长着一些芦苇,不高,已经泛黄了,快到枯黄的季节了。

他到涝坝边上来过一次,是和妈妈一起来的,妈妈来提水,但一直牵着他的一只手,并告诫他,一个人千万不要到这里来。他当时问过为啥不能来,妈妈说不能来就是不能来,不为啥。

他太孤独了,原来有时妈妈会和他在屋子里待一个星期,妈妈总是睡觉,也不和他玩,他走来走去的,往往会引起妈妈过激的反应。他一个人多孤单呀,到房子外面也没有人和他玩,连个说话的人都没有。

后来结识了纯子阿姨,是她陪伴着他,给了他一个儿童应有的乐趣,并且给了他一个能拥有伙伴的希望。可这个希望总是没有实现,眼看快实现了,那个不听话的小付克又游走了。他很失望。

他站在涝坝边上,望着静静地躺在那里的一池水,想起和纯子阿姨画的那幅涝坝画来,和现实中的涝坝差远了。但他已无心去对比了,他围着涝坝走了几圈,他只想在涝坝里找到纯子阿姨的小付克。

太阳这会又从乌云中钻了出来,阳光暖暖地淌了下来,溅了他一身,他也顾不上。他望了望池水中的那个太阳,在水里还是红红的,像红柳花那么红。他找了为提水挖的台阶走下去,把怀里的红柳花放到水面上,与太阳比了比,发现还是红柳花更红些。他就蹲在水池边,举着红柳花,对着水喃喃道:"小付克,你游到哪里去了?你妈快急疯了。"他也用"疯"字了。

他的叫声惊动了一条水蛇,水蛇哧啦一声窜到芦苇根里去了。

他觉得四周草丛中刚才发出的声音有些特别,轻轻摇晃的芦苇把晃动的影子投到水里,使水里有了丰富的水纹。

他没有看到水蛇,却听到水里的响声,以为他唤到了小付克,心嗵嗵跳得快了,兴奋地喊道:"是你吗,小付克?我是大付克,我来找你,你游出来吧!我会和你玩的。等你长大了,我和你到红柳丛中去玩藏猫猫,你妈妈说的。"

水里又响起来。起风了,平静的水面上起了一圈圈细微的波纹。

"真是小付克,纯子阿姨没有哄我,小付克像鱼一样,游来游去的。"他自言自语着,把手中的红柳花向前伸去。

"小付克,你游过来呀,看我给你带什么来了,是红柳花呀,多好看,我最喜欢红柳花了,你妈妈说你也会喜欢的。"

风过去了,水面平静了,只是水中的那个太阳还晃动着。

"小付克,你咋又不见了?你总不听话,想气死你妈呀!你知道吗?他们都说你妈是疯子,你妈不是疯子,她是个好人。你快来吧,游出来吧,你妈等着你哩。"

水里没有一点声音。

付克蹲在水边,泪水流了出来:"小付克,你再这样,我不让你叫我哥了!"

水里没有声音。

"你不理我,你还不理我,看我不抓住你才怪哩。"

"你比我小,我肯定比你力气大,我会抓住你的。"

付克说着,便甩掉鞋子,试探着走进水里。

水里有了响声,太阳又晃起来,他看到太阳跳来跳去的,可总是跳不出这个涝坝。

"小付克,看你能跑到哪里去!"他想着连太阳都跳不出这个涝坝,小付克还能跑哪里去?

又一阵秋风走过,这回风大了,水面波纹也变大了,水里响声也大了起来。整个涝坝像大海一样疯狂起来,风掀起了一层一层的浪花,气势非常凶猛。

付克被眼前的阵势吓住了,他想拔腿逃离这里,但四周全是呼呼的风声和水的翻腾声,这两种声音和在一起,把付克团团包围了,他迈不动步子,全身恐惧得像触了电似的抖动起来。正在这时候,付克突然感觉到有一双柔软的手搭在了他的肩膀上,这双手的出现像拔掉了电源,他的身子一下子停止了抖动,他狂跳的心渐渐平静了下来,并且有了一种真实的倚靠感。不用回头,付克也知道是谁在他最恐惧的时候来到了他身边,他的心里溢满了温热的亲切感。

"纯子阿姨,我是来这里找小付克的,我想叫他回家看看你,还要他和我玩,可叫不到他。我想到水里去把他拉出来,刚下到水里,水就生气了,发这么大的脾气,我很害怕。你看,涝坝里的水都快要跳出来了。"

叶纯子摸着付克的头,竟然很平静地对他说道:"你千万不要进去,这是海,海很凶恶的,小付克已经被海吞没了,你可不能再被海吞没了。"

"这就是海?"付克瞪大的眼睛,望着在风中疯狂跳跃的涝坝,他的心上又划过了一丝无所适从的恐慌,"这怎么能是海呢?你原来不是说过,海很大,涝坝只是像海一样都是水吗?"

"这就是海,整个塔尔拉都是海,是没有边沿的海,永远找不到岸的海……"

叶纯子的声音被塔尔拉的风声搅乱,随风飘散到塔尔拉的天空上,跌落在这个被她称为海的荒原上。她的一只手搭在付克的肩膀上,一只手指着面前一眼望不到边沿的塔尔拉,她凝望着,一直凝望着。

起风了,塔尔拉的秋风已经很硬,不愧是从大漠深处过来的,干硬中开始夹带着沙子,打在脸上,生生地痛。太阳悄然中隐退了。

但是没有人因为这样的风而晃动。

叶纯子护着付克,在转身的刹那,她和付克看到了一堵墙。

是的,一堵绿色的墙!秋风裹挟而来的沙子打在这堵墙上,想要用自己的坚硬来摧毁这堵墙,但是它失望了,它不但无法使这堵刚强的墙破解,相反,它不得不绕开而行。

付轶炜和他的妻子、吕建疆、吴一迪,还有许许多多的战士,都拥在叶纯子和付克的后面,他们望着叶纯子和付克,眼里含着泪。

付克指着爸爸眼里的泪,对叶纯子说道:"阿姨,我爸爸和叔叔他们眼里的也是海水吗?"

叶纯子抚摸着付克的头,平静地说:"是!是海水!不信,你去尝一尝,海水是咸的,你爸爸眼里的海水一定也是咸的!"

付克果然朝着付轶炜跑过来。付轶炜蹲下来,让付克轻轻地擦着他的眼泪。付克把沾了泪水的手放到嘴里舔了舔,真的是咸的!他喊道:"为什么会有海水呢?"

因为这里是塔尔拉!

塔尔拉,塔尔拉……吕建疆嘴里念叨着,这块让他无法割舍的土地啊,它以它的深邃和广博引诱了叶纯子,却又无情地夺走了他心爱的妻子的美丽的梦。它不仅夺取了一个女人曾经花一样的鲜艳和娇嫩,还残酷地剥夺了叶纯子成为母亲的最本质的渴望。塔尔拉,它真的是大海,变幻无常却又充满魅力的海吗?……望着叶纯子此时显得异常宁静的目光,吕建疆的泪水终于夺眶而出,无法抑制地爬满了他那张粗糙的、黝黑的脸。

没有人说话,只有风和人群中低低的抽泣声混合着,飘散在广袤的大漠之中。

吴一迪又一次见证了这样悲凉的场面——不,是悲壮!塔尔拉是块坚硬的土地,生活在这块土地上的每一个人,包括叶纯子和付克,在经历着塔尔拉的严酷的同时,却也慢慢地被塔尔拉改造和同化着,他们深深地融进了这块土地,无论思想还是生活。他回头看了看身后的这些兵,他们一个个板着腰,像根植在戈壁滩上的一棵棵红柳,坚毅而顽强地挺立着,挺立着!

又是一阵猛烈的风刮来,地上的沙子被刮了起来,荒原上一片灰蒙蒙的。

塔尔拉的人已经习惯这样坚硬的风了。

荒原依然。塔尔拉依然。一切都和原来一样!

A56

风一刮起来,树叶发芽的时候,新兵该下中队了。

树叶开始落了,老兵该复员了。

一批老兵从塔尔拉走了,一批新兵又到塔尔拉来了。

塔尔拉就像一个码头,迎来了一批批新兵,又送走了一批批老兵……